KB265544

독보군림

임영기 新무협 판타지 소설
FANTASTIC ORIENTAL HEROES

독보군림 1

임영기 新무협 판타지 소설

초판 1쇄 찍은 날 § 2007년 6월 14일
초판 1쇄 펴낸 날 § 2007년 6월 24일

지은이 § 임영기
펴낸이 § 서경석

편집장 § 문혜영
편집 § 최하나 · 문정흠 · 김동화

펴낸곳 § 도서출판 청어람
등록번호 § 제1081-1-89호
등록일자 § 1999. 5. 31
어람번호 § 제2-1228호

주소 § 경기도 부천시 원미구 심곡1동 350-1 남성B/D 3F (우) 420-011
전화 § 032-656-4452 팩스 § 032-656-4453
http://www.chungeoram.com
E-mail § eoram99@chollian.net

ⓒ 임영기, 2007

ISBN 978-89-251-0746-2 04810
ISBN 978-89-251-0745-5 (세트)

임영기

新무협 판타지 소설

FANTASTIC ORIENTAL HEROES

용마검

1

천애(天涯)

도서출판 청어람

머리글

이번 '獨步君臨'은 다섯 번째 작품이다.

지난 네 작품 모두가 각각 다른 색깔이고 다른 이야기였듯이 이번 작품도 전혀 다른 이야기이다.

작품을 거듭할수록 더 나은 작품을 써야겠다는 각오는 새 작품을 시작하고 나서는 역시 어김없이 허물어지고 만다.

그러나 종전 작품에 비해서 새로운 시도를 했으며, 새로운 작품의 세계를 열었다는 점에서는 노력한 것의 십분지 일쯤의 성공을 했다고 자평하며 약간의 위안을 삼는다.

나는 '무협의 소설화(小說化)'를 지향하고 있으며, 나름대로 꾸준히 노력하고 있다고 생각한다.

무협소설이면 그저 무협소설이지, 무협의 소설화는 또 무슨 소리냐고 물을 수도 있다.

그렇다면 나는 '작품에서 무협적인 요소를 빼버려도 하나의 작품으로 완성될 수 있는 작품'이라고 말하고 싶다.

미리 밝혀두지만, 이 작품 '獨步君臨'은 형제의 이야기이다.

전혀 다른 용모와 성격, 그리고 나이 터울이 많은 형제가 천하에 자신 혼자만 남았다고 철석같이 믿으면서, 형은 북(北)에서, 아우는 남(南)에서, 시쳇말로 파란만장하며 치열한 삶을 살아간다.

형제는 거의 모든 면에서 영판 다르지만 두 가지 공통점을 갖고 있다.

가슴속에 똑같은 한(恨)을 품고 있으며, 그 복수의 머나먼 길을 혼자서 묵묵히 걸어간다는 것이다.

그래서 독보(獨步)이다. 각각의 독보인 셈이다.

이 작품 '獨步君臨'은 내가 무던히도 지향하는 바, '무협의 소설화'를 이루려고 애썼음을 다시 한 번 강조하고 싶다.

2007년 6월 초순
반변천(半邊川) 옆에서.

第一章

정점(頂點)

사방이 밀폐된 석실.

천장에 박혀 있는 어린아이 주먹 크기의 야광주 하나가 실내에 붉은 빛을 뿌리고 있을 뿐이다.

석실 한복판.

바닥에서 두 자 높이의 청석으로 만든 돌 침상 위에 한 사내가 혼절한 채 반듯한 자세로 누워 있다.

한 자루 삼 척 장검으로 칠 년 만에 천하무림, 즉 남천(南天), 북천(北天), 중천(中天)의 삼천(三天) 중에서 중천을 평정하여 스물일곱 젊은 나이에 절대자(絶對者)가 된 청년.

그는 당금 무림의 살아 있는 세 명의 전설 삼천절(三天絶)

중 한 명이다.

그가 깨어 있을 때, 그의 몸에 상처를 낼 수 있는 인물은 전무하다고 단언할 수 있다.

또한 절대자는 만독불침(萬毒不侵)의 신체라서 그 어떤 독으로도 쓰러뜨리지 못한다.

지금 다섯 쌍의 눈이 돌 침상 주위에 둘러서서 중천의 절대자를 묵묵히 굽어보고 있었다.

그 눈 중에서 오직 한 쌍의 눈만이 복잡하고도 애잔한 눈빛을 하고 있을 뿐, 다른 네 쌍의 눈에서는 극도의 긴장과 득의함, 쾌감의 눈빛이 뒤엉킨 채 흘러나오고 있었다.

애잔한 눈빛을 아지랑이처럼 흘리고 있는 사람은 여자.

최고급 흰 비단에 초록의 난초가 고결한 자태로 정교하게 수놓아진 더없이 고귀한 옷으로 늘씬한 육체를 감싸고 있는 여자의 눈빛이 더욱 깊은 슬픔에 빠져들었다.

그녀, 난초녀(蘭草女)는 혼절하기 전의 중천의 절대자가 넘치는 믿음과 사랑을 베풀었던 유일한 사람이다.

또한 한 모금만 마셔도 백 일 동안 깨어나지 못한다는 백일취수(百日醉睡)라는 술을 그 믿음을 이용하여 절대자에게 열다섯 병이나 마시게 한 장본인이기도 하다.

돌 침상 둘레에 있는 일녀사남(一女四男)은 중천의 절대자의 최측근들이었다.

이들은 반역을 꾀했고, 그것을 실행에 옮겼으며, 지금 최종 마무리를 하고 있는 중이었다.

이들이 반역을 모의하고 실행에 옮기는 데에는 무수한 어려움이 있었다.

가장 큰 어려움은 이들 모두가 각각 다른 이유와 계기로 중천의 절대자에게 막중한 은혜를 입었다는 사실이다.

그래서 이들은 이날까지 목숨을 바쳐서 중천의 절대자에게 충성을 다해왔다.

그러나 이들은 또한 각각의 다른 이유로 중천의 절대자를 짓밟을 수밖에 없었다.

그를 절대자의 자리에서 끌어내려야만 하는 절박한 이유들을 그들 각자 가슴속에 품고 있는 것이었다.

철저한 모순(矛盾)이었다.

중천의 절대자에게 충성하고 그를 한없이 존경하면서도, 그를 짓밟아야만 자신들의 야망과 욕심과 애증과 질투를 해결할 수 있기 때문이었다.

이들은 충성과 존경심, 그리고 야망과 욕망 사이에서 오랜 세월 갈등을 겪어왔다.

그리고 마침내 결론을 내렸다.

중천의 절대자를 짓밟되 그의 목숨은 붙여두는 것으로.

중천의 절대자를 짓밟아 내침으로써 자신들의 야망과 욕망을 달성하는 동시에 그의 목숨을 붙여두어 자신들의 얄팍한 충성심을 충족시키며, 또한 그것을 은혜에 대한 알량한 보은이라고 여긴 것이다.

원래 사람이란 한번 목적을 정하면 그 외의 것들은 어떤 방식으로든 정당화되는 법이다.

"우선 공력을 완전히 폐지시키는 것이 좋겠군."

한 사내가 절대자의 단전에 손바닥을 밀착시키는 것과 동시에 전신의 공력을 극한으로 끌어올렸다.

스우우―

그의 손바닥이 반투명하게 물들면서 절대자의 단전으로 공력이 파도처럼 스며들었다.

몹시 힘에 겨운 듯 그 남자의 얼굴에서 굵은 땀방울이 비오듯이 흘러내렸다.

절대자의 단전은 여간해서는 파훼되지 않았다. 견고한 보호막이 철벽처럼 단전을 보호하고 있기 때문이었다.

다른 곳을 바라보고 있는 난초녀를 제외한 세 남자는 긴장된 표정으로 그 광경을 지켜보았다.

퍼억!

한순간 누워 있는 사내의 단전에서 가죽으로 만든 북이 터지는 듯한 묵직한 음향이 실내를 울렸다.

"그것으로는 부족하오. 한 번 더 하시오. 그의 단전은 이중 보호막에 싸여 있소."

한 자루 푸른 보검을 메고 있는 남자가 절대자의 단전을 파훼한 남자에게 냉정한 어조로 일깨워 주었다.

또다시 절대자의 단전에 장심을 밀착시킨 남자는 조금 전보다 몇 배나 더 힘겨워하며 전신의 공력을 손바닥으로 쏟아부었다.

반 각이 흘렀지만 남자는 절대자의 두 번째 보호막을 깨뜨리지 못하고 있었다.

이곳에 있는 남자들의 공력은 거의 비슷해서 그가 깨지 못한다면 다른 남자들도 마찬가지일 것이다.

시간이 더 흘러 일각이 되어갈 무렵, 남자의 온몸은 땀으로 흠뻑 젖었고 머리에서는 뿌연 김이 무럭무럭 피어올랐으며, 악다문 어금니와 부릅뜬 눈, 그리고 얼굴이 금방이라도 터질 것처럼 시뻘겋게 달아올랐다.

지켜보는 세 남자의 얼굴에 짙은 초조함이 떠올랐다.

퍽!

순간 조금 전보다 더 묵직한 음향이 터지는 것과 동시에 절대자의 몸이 돌 침상에서 반 자쯤 허공으로 튀어 올랐다가 떨어졌다.

"허억! 헉헉헉……."

남자는 혼절해 있는 절대자의 공력을 파훼하는 것만으로도 기진맥진했다.

그제야 둘러서 있는 세 남자의 얼굴에 비로소 안도하는 기색이 떠올랐다.

난초녀는 남자가 손을 쓰기 시작한 이후부터 줄곧 외면하고 있었다.

"건(腱:힘줄)을 끊어야겠소."

이번에는 조금 전에 절대자의 목을 치려고 했던 남자가 도를 꽂고 대신 품속에서 회검(懷劍:품고 다니는 작은 칼) 한 자루를 꺼내면서 빠르게 절대자에게 다가들었다.

이들은 절대자의 공력을 파훼시키는 것만으로는 결코 안심할 수가 없었다.

만에 하나 절대자에게 예전의 능력을 되찾을 수 있는 가능성이 조금이라도 열려 있다면, 그래서 그가 복수를 결행한다면 이들은 자신들뿐 아니라 삼족, 아니, 구족이 멸문지화를 당하고 말 것이다.

절대자는 당금 무림에서 유일하게 '검신(劍神)'이라는 칭호를 얻은 인물이었다.

그러나 아예 오른손 힘줄을 잘라 버린다면 요행히 목숨을 부지한다고 해도 젓가락을 잡는 것조차 힘겨워하게 될 것이다.

남자가 절대자의 오른손을 잡고 소매를 걷어 올려 손목을 드러나게 한 후 회검을 갖다 대자 지켜보는 세 남자의 눈에 기대와 통쾌함의 광기가 이글거렸다.

스슥―

투둑―

회검이 가볍게 절대자의 손목을 긋는 순간 팽팽하게 당겨

졌던 활시위가 단번에 끊어지는 소리가 터졌다.

단전을 파훼하는 것이 애를 먹였던 반면에 힘줄을 자르는 것은 의외로 간단하게 끝났다.

이것으로써 절대자는 다시는 오른손으로 검을 잡지 못하리라.

절대자의 오른 손목에서 흘러내린 새빨간 피가 금세 돌 침상과 바닥을 흥건히 적셨다.

네 남자는 묵묵히 절대자를 굽어보았다.

지금 그들은 똑같은 염려와 궁리를 하고 있었다.

공력을 파훼시킨 데다 오른손 힘줄마저 잘랐으면서도 혹시 있을지도 모르는 절대자의 부활을 염려하는 것이었다.

혼절하기 전의 절대자는 그 정도로 가공한 존재였다.

네 남자는 절대자에게 가할 수 있는 또 다른 지독한 금제(禁制)가 없을까를 궁리했다.

그러나 사실 이것만으로도 충분하다는 것을 그들 자신도 잘 알고 있었다.

공력이 파훼됐고, 오른손을 쓸 수가 없다는 것은 더 이상 무인이 아니라는 뜻이다.

다만 상대가 불가사의할 정도로 강한 인물이라는 사실이 그들을 불안하게 하고 있었다.

난초녀가 쓸쓸한 표정으로 절대자의 손목에서 흐르는 피를 지혈시켰다.

이어서 품속에서 옥색에 노란 모란이 수놓아진 비단 손수건을 꺼냈다.

그것이 작게 펄럭이자 은은한 사향 냄새가 네 남자의 후각을 자극했다.

난초녀는 네 남자를 의식하지 않고 절대자의 오른 손목에 정성껏 손수건을 묶어주었다.

그녀는 자신의 희고 섬세한 손끝에 절대자의 살결과 체온이 느껴지자 가볍게 움찔했다.

견디기 힘든 비애와 회한이 그녀의 온몸을 휩싸 안았다.

그녀는 이 시간 이후 두 번 다시 절대자, 아니, 사랑하는 사내의 체온을 느끼지도, 그의 얼굴을 볼 수도 없으리라.

그녀는 허리를 편 후 착잡한 표정으로 이 음모의 동료들을 둘러보았다.

"이제 어떻게 할 건가요?"

"다시는 돌아오지 못할 곳에 내다 버릴 것이오."

네 남자 중 절대자에게 손을 대지 않은 두 남자 중 한 명이 흐릿한 미소를 머금으면서 말했다.

"서두릅시다. 오늘 밤에는 할 일이 많소."

절대자의 힘줄을 잘랐던 남자가 약간 언성을 높여 말하면서 먼저 석실의 입구 쪽으로 걸어갔다.

난초녀는 잠시 절대자의 얼굴에 시선을 주었다가 두 눈에 눈물이 맺히자 얼른 몸을 돌려 석실을 나갔다.

모두가 석실을 나갔지만, 절대자에게 손을 대지 않았던 두 남자 중 한 명이 절대자의 머리맡에 서서 물끄러미 그를 굽어보며 나가지 않고 있었다.

그의 어깨에서는 한 자루 보검이 은은한 푸른빛을 흩뿌렸다.

쿵!

잠시 후 그 남자마저 몸을 돌려 나가 버리고 실내에는 절대자 혼자만 남았다.

그리고 절대자의 머리맡 바닥에는 한 자루 검의 검파 부분이 떨어져 있는데, 푸른빛이 감도는 검파에는 검신이 반 뼘 정도만 남긴 채 부러져 나간 상태였다.

그러나 잘려 나간 푸른빛의 검신(劍身)은 실내의 어디에도 보이지 않았다.

뒤늦게 석실에서 나온 남자는 곧게 뻗은 지하 통로를 앞서 가고 있는 일행을 빠른 걸음으로 뒤따랐다.

일행의 끄트머리에서 가고 있던 한 남자가 뒤따라오고 있는 남자를 무심결에 돌아보다가 가볍게 눈을 빛냈다.

뒤따라오고 있는 남자의 오른쪽 어깨에는 조금 전까지 있던 푸른빛의 보검이 보이지 않았다.

청천검(青天劍)이라는 이름을 갖고 있는 그 검을 남자가 목숨처럼 소중하게 여긴다는 사실을 그의 주위 사람 중에서 모르는 이가 없었다.

그러나 뒤돌아보던 남자는 검의 행방을 묻는 대신 입가에 흡족한 미소를 떠올렸다.

자신들이 생각해 내지 못한 또 다른 금제를 청천검의 주인이 절대자에게 가했을 것이라고 짐작했기 때문이다.

청천검의 주인은 일행의 선두에서 쓰러질 듯이 비틀비틀 걸어가고 있는 난초녀의 구름처럼 틀어 올린 만수운환(漫垂雲鬟)의 궁장 머리를 바라보았다.

그의 두 눈에 이내 뜨거운 열망이 일렁였다.

청천검의 주인은 절대자의 가장 친한 벗을 자처하던 사람이었다.

또한 그는 절대자가 나타나기 전까지만 해도 난초녀의 정혼자이기도 한 남자였다.

그가 이 음모에 가담한 이유는 간단명료했다. 빼앗긴 여자를 되찾기 위해서였다.

그는 어느 누구보다도 절대자와 절친했으며 그를 진심으로 존경하고 있는 동시에, 절대자가 영원히 사라져 주기를 간절하게 원했다.

난초녀와 네 남자가 지하 통로를 벗어나 어느 야산의 중턱으로 나왔을 때, 음예(陰翳)한 밤하늘에는 구름 사이로 살짝 모습을 드러낸 그믐달이 흐린 달빛을 뿌리고 있었다.

그때 그믐달을 우러러보던 네 남자 중에서 누군가가 한숨처럼 중얼거렸다.

"중천의 별이 졌구나."

모두 침묵으로 그 말에 공감했다.

*   *   *

현조운(玄朝雲)은 진천방(震天幫)의 말직인 일개 향주(香主)의 신분이다.

진천방은 중천무림에서 다섯 손가락 안에 꼽히는, 즉 중천오세(中天五勢)라고 불리는 최강 세력 중에 하나다.

오늘이 보름마다 한 번씩 돌아오는 당직(當直)인 현조운은 자정이 거의 다 되어갈 무렵에 순찰을 돌려고 나가려다가 직속상관인 비응당주(飛鷹堂主)의 급한 전갈을 받았다.

즉시 수하 세 명과 함께 모두 평복으로 갈아입고 당주의 집무실로 오라는 것이었다.

현조운이 수하들을 데리고 당도했을 때 비응당주는 이미 자신의 집무실 앞마당에 나와 있었으며, 넓은 마당에는 한 대의 이두마차와 두 필의 말이 대기하고 있었다.

"이곳을 백 리 이상 벗어난 후 외진 장소를 찾아 마차 안에 실려 있는 목관을 통째로 태워서 흔적을 없애 버려라. 그러나 절대 목관을 열어봐서는 안 된다."

비응당주의 명령에 현조운은 의아한 표정을 지었다.

그는 진천방에 입문한 지 올해로 사 년째이지만 이런 식의 명령을 받은 적은 한 번도 없었다.

"목관 안에 무엇이 들었습니까?"

현조운이 온통 검은색의 마차를 힐끗 쳐다보면서 지나가는 말처럼 물었다.

"나도 모른다. 너희는 지니고 있는 무기를 내려놓고 대신 저것을 사용하도록 해라."

비응당주는 졸린 듯 입이 찢어지게 하품을 하고 나서 돌계단 아래의 몇 자루 무기를 가리키더니 당청(堂廳) 안으로 들어가 버렸다.

현조운은 비척거리면서 들어가는 비응당주의 뒷모습을 향해 공손히 허리를 굽혔다가 펴는 중에 이미 마차에 실려 있는 목관에 대한 호기심을 말끔히 지워 버렸다.

쓸데없는 호기심은 자칫 화를 불러일으킬 수도 있다는 사실을 지난 사 년여 동안의 진천방 생활에서 경험으로 터득한 그였다.

삼류 무술조차 지니고 있지 않은 일개 떠돌이 장사꾼이었던 그가 입문 사 년여 만에 대방파인 진천방에서 일약 향주(香主)로 빠른 승급을 할 수 있었던 밑바탕에는 그의 성실함과 무던한 노력도 있었지만, 나름대로의 처세술도 한몫했음을 부인할 수 없었다.

"모두 들었지? 무기를 바꿔라."

현조운은 어깨에 메고 있던 도를 풀어놓고 대신 돌계단 아래에 나란히 놓여 있는 무기 중에서 도 한 자루를 골라 들며 수하들에게 명령했다.

그는 말에 오른 후 무심코 마차를 쳐다보았다.

원래 진천방의 모든 것에는 웅혼한 필체로 ‘진천(震天)’이라는 글자가 적혀 있다.

전문에도, 전각의 벽에도, 망루에서 펄럭이는 깃발, 전 방도의 옷은 물론 말의 안장이나 방도들의 무기에도 ‘진천’이라는 글이 새겨져 있다.

그런데 지금 그가 보고 있는 마차는 그저 전체가 먹물에 담갔다가 꺼낸 것처럼 검기만 할 뿐 아무런 표시가 없었다.

또한 그가 타고 있는 말을 비롯하여 네 필의 말 안장에도 진천방의 표시가 없었다.

문득 그는 평복으로 갈아입은 자신의 모습을 내려다보았다.

이상한 기분이 스멀거렸다. 마치 자신이 진천방에서 쫓겨나고 있는 듯한 느낌이었다.

그는 방금 어깨에 멘 도를 뽑아 들었다. 도파 역시 ‘진천’이라는 글이 새겨져 있지 않았다.

활시위를 힘껏 당긴 것처럼 팽팽한 긴장감이 그의 등줄기에서 시작되어 삽시간에 온몸을 휘감았다.

‘진천’의 표시를 하지 않았다는 것은 진천방의 수하가 아닌 신분으로 이 일을 처리해야 한다는 뜻이었다.

우두두!

세 명의 수하 중 두 명이 이두마차의 어자석에 앉아 마차를 몰았고, 현조운과 또 한 명의 수하는 말을 타고 마차의 옆과 뒤를 호위하면서 진천방의 뒷문을 빠져나갔다.

비응당주는 백 리 밖이라고만 했지 방향이나 장소를 지정하지는 않았기 때문에 어디로 가야 할지를 정하는 것은 순전히 현조운의 몫이었다.

진천방의 뒷문 밖에는 전면과 좌우로 세 갈래 길이 어둠 속으로 길게 뻗어 있었다.

“향주님, 방향을 정해주십시오!”

어자석의 수하 하나가 현조운을 쳐다보며 외쳐 물었다.

그러는 중에도 마차는 전면의 길을 향해 달려가고 있었다.

“곧장 가자!”

마차가 이미 전면의 길로 들어섰거늘, 굳이 방향을 틀어 좌측 길이나 우측 길로 가야 할 마땅한 이유도 없었기에 현조운은 내처 말을 달리면서 명령했다.

전면의 길은 북쪽으로 뻗어 있었다.

그러나 마차는 북로(北路)를 잡고 달린 지 채 십여 리도 가지 못하고 멈춰야만 했다.

“멈춰요!”

마차의 앞쪽에서 영롱한 여자의 외침이 들려온 것이다.

"비키지 않으면 짓밟고 가겠다!"

그러자 대진천방의 수하라는 평소의 자부심이 몸에 밴 어자석의 수하 하나가 눈을 부라리며 호통을 쳤다.

줄곧 마차 뒤를 따르고 있던 현조운은 무슨 일인가 싶어서 말을 몰아 빠르게 앞으로 달려가다가 마차 앞쪽의 관도 한복판을 가로막고 서 있는 한 여자를 발견하는 순간 온몸이 얼어붙고 말았다.

'설란후(雪蘭后)!'

순간 현조운은 말에서 몸을 날려 여자의 면전에 내려서자마자 땅바닥에 납작하게 부복했다.

"설란후를 뵈옵니다!"

히히힝!

부복한 그의 뒤 채 반 장도 못 되는 거리에서 두 필의 말이 앞발을 쳐들며 급히 멈추었다.

현조운의 웅혼한 외침을 들은 세 명의 수하는 대경실색하여 분분히 말에서 내려 그의 뒤에 나란히 부복했다.

현조운을 비롯한 네 명의 사내가 부복한 앞에는 얼마 전에 지하 석실에 있었던 난초녀가 고혹적인 자태로 서 있었다.

난초녀, 아니, 중천오세 중 하나인 설란궁(雪蘭宮)의 궁주 설란후는 슬픈 얼굴로 낮게 입을 열었다.

"마차에는 무엇이 실렸나요?"

중천오세는 중천의 절대자를 수호하는 다섯 개의 방파이다.

"저희는 모릅니다."

현조운은 조심스럽게 고개를 들고 공손히 대답했다.

"당신은?"

설란후는 현조운의 얼굴을 굽어보다가 뜻밖이라는 표정으로 말끝을 흐렸다.

순간 현조운의 심장이 크게 고동쳤다.

믿을 수 없는 일이지만, 혹시 설란후가 자신을 기억하고 있을지도 모른다는 생각이 들었다.

"소… 인을 기억하십니까?"

"당신은 혹시 사 년 전에 궁하산(弓河山)에서 산적에게 봉변을 당했던 현조운이라는 사람이 아닌가요?"

이 마을 저 마을을 떠돌면서 봇짐 장사를 하는 것이 생업이던 현조운은 사 년 전 어느 날, 하남 북부 지역의 궁하산을 넘다가 산적을 만나 나귀에 실린 물건을 모두 약탈당하고 목숨마저 잃어야 하는 절박한 상황에 처한 적이 있었다.

그때 유람을 하고 있던 설란후와 그의 정인(情人)이 우연히 그곳을 지나다가 그 광경을 목격하고 현조운을 구해준 적이 있었다.

"그, 그렇습니다! 아아! 소인 같은 것을 아직도 기억하시다니요!"

현조운은 감격했다.

아니, 설란후 같은 대단한 인물이 하찮은 자신을 아직까지 기억하고 있다는 사실에 감격을 넘어서 감읍했다. 그래서 온몸이 떨렸으며 눈에는 물기가 차 올랐다.

그러나 그 일은 설란후가 애써 기억하려고 해서 기억하고 있는 것이 아니었다.

그녀는 천성적으로 기억력이 워낙 뛰어나서 한 번 본 것은 아무리 사소하며 오래된 것이라도 결코 잊지 않는다는 사실을 현조운이 알고 있을 리가 없었다.

설란후의 놀라운 기억력은 비단 현조운의 이름뿐만이 아니라 그를 어떻게 해서 만났는지까지도 잊지 않고 있었다.

세 명의 수하는 어찌 된 영문인지 몰라서 어리둥절해했지만 감히 설란후의 면전에서 고개를 들 수가 없어서 땅바닥에 고개만 처박고 있었다.

중천무림의 모든 방, 문파와 무림인들은 중천의 절대자를 하늘로, 중천오세의 다섯 지존을 그 하늘을 떠받들고 있는 다섯 개의 기둥으로 똑같이 숭상하고 있었다.

"마차 안에 무엇이 있는지 알고 싶군요."

이곳에 오래 머물 여유가 없는 설란후가 초조함을 감추면서 마차를 바라보았다.

중천의 절대자에게 금제를 가한 네 남자를 따라서 지하 석실에서 나온 그녀는 즉시 설란궁의 수하들에게 진천방을 철저히 감시하라고 명령했다.

그리고 명령이 하달된 지 얼마 지나지 않아서 한 대의 검은 마차가 진천방의 뒷문을 빠져나갔다는 보고를 접하자마자 곧장 마차를 추격하여 달려온 설란후였다.

그녀는 절대자가 금제를 당한 장소를 제공한 진천방의 방주가 절대자를 먼 곳에 유기(遺棄)하겠다는 원래의 약속을 깨고 다른 짓을 벌일지도 모른다고 추측했기 때문에 감시를 하고 있었던 것이다.

만약 진천방 내에서 누군가가 쥐도 새도 모르게 절대자를 죽이는 일이 벌어진다고 해도 결코 설란후의 이목을 벗어날 수는 없다.

설란궁의 촉수는 진천방은 물론 중천오세와 중천무림 전역을 빈틈없이 장악하고 있기 때문이다.

믿기 어려운 일이지만 그것은 분명한 사실이었다.

원래 설란궁은 중천의 절대자를 위한 눈과 귀 역할을 담당하면서 절대자의 전폭적인 지원을 받으며 급성장했다.

설란궁은 감시와 정보 수집을 위해서 자파를 제외한 중천사세와 중천무림의 거의 모든 수백 개 방, 문파들의 하급에서부터 중, 상급의 간부까지를 골고루 포섭해 두었다.

그렇게 설란궁의 이목은 중천무림 전역을 거미줄처럼 치밀하게 감시했지만, 결국 설란후의 배신으로 중천의 절대자는 정점에서 추락해 버린 것이다.

설란후는 절대자를 죽이지 않겠다는 네 남자의 약속을 믿지 않았다.

특히 진천방주, 즉 절대자의 오른손 힘줄을 자른 남자는 더욱 믿을 수 없는 존재였다.

현조운은 설란후의 말이 떨어지기가 무섭게 일말의 망설임도 없이 마차로 달려가 문을 열었다.

비응당주가 절대 목관을 열지 말라고 명령했지만, 설란후 앞에서의 현조운은 그 말을 기억조차 하고 있지 않았다.

마차 안에 무엇이 있는지 알고 싶어 하는 사람은 설란궁의 궁주 설란후가 아니라 지금의 현조운을 있게 해준 분의 여자인 것이다.

우두둑!

대못이 촘촘하게 박혀 있는 목관의 뚜껑을 현조운이 한 손으로 잡고 힘껏 당기자 못이 쑥쑥 뽑히면서 활짝 열렸다.

그는 뒤에 서 있는 설란후에게 목관 속을 확인시켜 주려고 비켜서려다가 무심코 스쳐 지나는 시선으로 안에 있는 물체를 발견하고는 소스라치게 놀라 짧은 비명을 터뜨렸다.

"앗!"

그는 한껏 부릅뜬 눈으로 목관 안을 뚫어지게 쏘아보면서 떨리는 음성으로 물었다.

"설마… 지금 소인이 보고 있는 분이 진정 그분입니까?"

설란후는 현조운의 옆에 서서 슬픈 얼굴로 목관을 주시하면서 더 슬픈 어조로 대답했다.

"그래요. 바로 그분이에요."

목관 안에 잠을 자듯이 누워 있는 절대자의 얼굴은 혼절하기 직전의 평화로운 표정을 그대로 유지하고 있어서 설란후의 마음을 더 아리게 만들었다.

"이봐, 약(若) 매. 우리 올해 안으로 혼인식을 올리는 것이 어떻겠어? 응?"

그것이 혼절하기 전에 절대자가 마지막으로 한 말이었다.

마차의 문을 설란후와 현조운이 의도적으로 나란히 막은 채 서 있었기 때문에 뒤쪽에 서 있는 세 명의 수하는 목관 안을 볼 수가 없었다.

"아아… 어떻게 이런 일이……."

현조운은 두 다리에 힘이 풀려서 주저앉으려는 것을 마차의 문설주를 움켜잡은 채 간신히 버텼다.

사 년 전에 현조운이 궁하산에서 산적을 만났을 때 바로 이분, 중천의 절대자가 가볍게 손 한 번 떨치는 동작만으로 산적들을 모두 쫓아버리고 그를 구해주었던 것이다.

그뿐이 아니라 진천방주에게 손수 소개장을 써주어 무술이라고는 전혀 모르는 그를 진천방에 입문시켜 주기도 했다.

무술의 문외한이 중천오세에 입문하는 것은 하늘에 오르

는 것만큼이나 불가능한 일이지만, 절대자의 소개장 한 장은 그것을 가능하게 만들었다.

이후 현조운은 절대자의 이름에 누가 되지 않도록 전력을 다해 무공을 익혔으며, 맡은 일에 혼신을 쏟은 결과 오늘날 향주의 지위까지 오를 수 있었다.

중천오세의 최말단인 향주라는 지위는 여러 가지 면에서 웬만한 소방파의 우두머리보다 나은 지위였다.

그사이에 그는 혼인도 하여 자식들까지 셋이나 낳아 정말 남부럽지 않은 생활을 누리고 있었다.

그는 한시도 중천의 절대자를 잊은 적이 없었다. 그의 새로운 생명은 절대자가 준 것이며, 지금의 행복 역시 절대자가 준 것이었다.

"당신은 이분을 어떻게 하라는 명령을 받았나요?"

그때 설란후의 조용한 물음에 현조운은 한 가지 사실을 깨닫고 격렬하게 온몸을 부르르 떨었다.

비응당주는 목관을 열지도 말고 그대로 태워 버리라고 했다.

물론 비응당주 역시 목관 안에 무엇이 들었는지 모를 것이다. 그도 상관의 명령을 받았을 테니까.

그러나 그런 것은 알 바가 아니다. 저 높은 상부에서 무슨 일이 벌어지든지 알고 싶지도 않은 현조운이었다.

그러나 머리털을 모두 뽑아 짚신을 삼아도 갚지 못할 은인의 옥체를 태워 버릴 수는 없다는 사실만은 분명히 알고 있었다.

"태우라는… 명령이었습니다."

현조운이 쥐어짜 내듯 겨우 대답하자 설란후의 두 눈에서 새파란 안광이 흘러나왔다.

"역시 담제웅(覃帝雄), 그자가……."

어쩌면 그런 일이 벌어질지도 모른다고 예상을 하여 감시하고 있었지만, 그것이 현실로 드러나자 설란후는 참기 어려운 살의를 느꼈다.

그러나 그녀는 곧 쓰디쓴 미소를 지었다.

대체 누가 누구에게 살의를 느낀다는 말인가?

그녀 역시 중천의 절대자를 배신한 다섯 명의 측근 중 하나가 아니던가?

아니, 그녀를 다른 네 명과 비교할 수는 없었다. 그녀는 절대자의 여자, 그의 분신과도 같은 사람이었다.

또한 그녀의 결정적인 역할이 없었더라면 절대자가 이처럼 목관 안에 시체나 다름이 없는 상태로 누워 있는 일은 결코 일어나지 않았을 것이다.

만약 지금 절대자가 정신을 차려 말을 할 수 있다면 누굴 가장 원망하겠는가?

"정… 말 돌아가셨습니까?"

현조운은 사 년 전에 자신에게 온화한 미소를 지어주던 절대자의 얼굴에 시선을 못 박은 채 그의 죽음이 믿어지지 않는 듯 떨리는 목소리로 물었다.

"살아 계세요. 살아도 산 것 같은 목숨은 아니지만……."

설란후의 착잡한 대답에 현조운의 표정이 환하게 밝아졌다. 죽은 사람만 관 속에 넣는 법이니 그 역시 당연히 절대자가 죽었을 것이라 여기고 무심코 물었던 것이다.

"아아… 하늘님, 감사합니다……!"

현조운은 자신이 무슨 소리를 하는지도 모르는 채 눈물을 흘리며 중얼거렸다.

"현 무사의 도움이 필요해요."

설란후는 목관이 열린 이후 절대자의 얼굴에서 잠시도 시선을 떼지 않은 채 조용히 말했다.

"무엇이든, 소인의 목숨을 내놓으라고 하셔도 설란후의 명령을 받들겠습니다!"

현조운은 즉시 허리를 굽히며 나직이 외쳤다. 그는 그녀가 절대자에게 무슨 짓을 했으리라고는 상상조차 하지 않았다.

"이분을… 되도록 멀리 데려가세요. 그 누구의 손길도 미치지 않는 곳으로."

"명령대로 하겠습니다! 그곳에 도착하는 즉시 설란후께 연락드리겠습니다!"

현조운은 추호도 망설이지 않았다. 집에서 기다리고 있을 아내와 세 자식은 아예 생각조차 나지 않았다.

“아니, 그러지 말아요. 내가 알게 되면 이분이 또다시 위험에 빠질지도 몰라요.”

“그게 무슨…….”

“서둘러 주세요.”

문득 현조운은 동행한 세 명의 수하에게 생각이 미쳤다. 비응당주의 명령을 불복하고 떠나는 마당에 그들을 살려둬서는 안 된다는 판단이 섰다.

스릉!

그는 즉시 어깨의 도를 뽑으며 돌아섰다.

“……!”

그러나 그는 자신의 눈앞에 펼쳐져 있는 광경에 크게 놀라고 말았다.

자신이 죽이려고 한 세 명의 수하가 땅바닥에 어지럽게 쓰러져 있었던 것이다.

현조운은 그들의 몸에서 상처를 발견하지는 못했지만 모두 숨이 끊어졌다는 것을 한눈에 알 수 있었다.

그리고 조금 전까지만 해도 없던 한 사람이 그곳에 우뚝 서 있는 모습을 발견했다.

여자였는데, 한눈에도 범상한 모습이 아니었다. 일신에는 피처럼 붉은 적색의 옷과 긴 치마를 입었으며, 검은색의 무릎까지 닿은 긴 견폐(肩蔽:망토)를 두른 모습이었고, 허리에는 한 자루 붉은 검을 차고 있었다.

외모는 중년 여인인 듯하지만 얼굴이 얼음처럼 창백한 데다 일말의 표정조차 짓고 있지 않아서 나이를 가늠하기가 어려웠다.

현조운은 중년 여인이 세 명의 수하를 죽였을 것이라고 짐작했다.

그런데도 비명 소리는커녕 아무런 소리도 듣지 못했다.

"어서 떠나세요."

중년 여인을 쳐다보며 놀라고 있는 그를 설란후의 나직한 말이 일깨워 주었다.

"혹시 추격이 있을지도 모르니 제일 먼저 당도하는 마을에서 마차를 바꾸어 타도록 하세요. 될 수 있는 대로 사람들의 눈에 띄지 않는 것이 좋겠군요."

설란후가 작은 비단 주머니 하나를 내밀었다.

현조운은 그 안에 돈이 들었을 것이라고 짐작했다. 마침 지니고 있는 돈이 없어서 미안한 마음으로 공손히 비단 주머니를 받았다.

"궁주."

현조운이 어자석에 오르는 것을 지켜보고 있는 설란후 곁으로 중년 여인이 다가와 나직이 속삭였다.

"그분을 죽여야만 합니다."

설란후는 살짝 아미를 찌푸렸다.

"너는 대가를 좋아하지 않았느냐?"

"누구보다 그분을 존경하고 좋아했습니다."

"그런데?"

중년 여인이 똑바로 설란후를 주시하며 물었다.

"궁주께선 아직도 그분을 사랑하십니까?"

"……."

대답 대신 설란후의 표정이 크게 흐려졌다.

"그분은 더 이상 중천의 절대자가 아닙니다. 그것은 또한 그분이 더 이상 궁주의 정인이 아니라는 뜻이기도 합니다."

"하지만……."

"지금 죽이면 궁주께선 언젠가는 그분을 잊고 새 삶을 찾으실 수 있을 것입니다. 그러나 그분이 살아 있는 것을 알고 계시는 한 영원히 그분을 잊지 못한 채 새 삶을 받아들이지 못하실 것입니다."

중년 여인의 말이 옳다는 것을 설란후도 잘 알고 있다.

"너는 참으로 독하구나."

"궁주."

설란후는 중년 여인의 눈에 이슬이 맺히는 것을 발견했다.

설란후는 자신의 오른팔인 그녀가 눈물을 보이는 것을 한 번도 본 적이 없었다.

"속하는 중천의 절대자이셨던 그분이 공력을 잃고 오른손마저 쓰지 못하면서 평생을 벌레처럼 살아가야 한다는 것을 상상조차 할 수 없습니다.”

중년 여인의 밀랍처럼 창백한 뺨에는 눈물이 흘렀고, 설란 후의 찢어지는 가슴속에서는 피눈물이 흘렀다.

“차라리 지금 궁주의 손으로 직접 그분을 편하게 해드리십 시오. 그분께서도 그것을 원하고 계실 것입니다.”

중년 여인의 목소리는 간곡했으며 진심이 넘쳤다.

“너는 틀렸다.”

설란후는 눈물을 삼키며 조용히 입을 열었다.

“세상에는 절대자가 아니고서도 평범하게 살아가는 방법 이 얼마든지 있다. 그리고 나는 평범한 사내를 마음에 담아두 지 않는다.”

두 사람의 대화를 듣지 못한 현조운은 어자석에 앉아 설란 후를 바라보고 있었다.

설란후는 굳은 얼굴로 현조운을 보면서 가볍게 고개를 끄 떡여 출발하라는 신호를 했다.

“하앗!”

우두두둑!

현조운이 채찍을 휘두르자 마차는 질풍처럼 달려나갔다.

설란후는 뿌연 흙먼지를 일으키며 멀어지는 마차에 시선 을 고정시킨 채 움직이지 않았다.

“서두르셔야 합니다, 궁주.”

중년 여인이 조심스럽게 입을 열었다.

"그들은 지금쯤 이미 중천군림성(中天君臨城)에 당도했을 것입니다. 그들을 기다리게 하는 것은 좋지 않습니다."

"하아… 나는 가고 싶지 않아."

"가시지 않으면, 태상궁주께서 원하시는 것을 그들이 차지하고 말 것입니다."

바로 그것 때문에 사랑을 배신한 설란후였다.

중년 여인의 목소리가 조금 더 팽팽해졌다.

"게다가 지금은 기호지세(騎虎之勢)입니다."

"기호지세?"

"이제 중천에는 절대자가 없습니다. 설마 궁주께선 그들 네 마리의 이리[狼] 중에 하나가 절대자가 되는 꼴을 지켜보고만 계실 생각이십니까?"

"네 마리의 이리……."

설란후가 씁쓸한 얼굴로 나직이 중얼거리자 중년 여인은 깊숙이 허리를 접었다.

"하오나 궁주께선 설란후이십니다."

第二章
죽지 마. 절대로

꽈르릉!

갑자기 퍼붓기 시작한 장대비 사이로 갈지자의 새파란 뇌전 하나가 암천을 가르면서 태산이 무너지는 듯한 벽력음이 천지를 진동시켰다.

"아앗!"

십이 세 어린 소녀, 단소예(單昭霓)는 천둥소리에 놀라 날카로운 비명을 지르면서 잠에서 깨어 벌떡 일어났다.

얼굴은 온통 땀투성이였고, 흐트러진 머리카락이 뺨과 목에 달라붙은 채 휘감겨 있었다.

"하아아! 하아……!"

너무나도 소름 끼치는 악몽이었다.

꿈속에서 그녀는 자신의 소중한 친구 설영(薛英)이 생각만 해도 끔찍하게 생긴 거대한 구렁이에게 통째로 잡아먹히는 광경을 생시처럼 생생하게 보았다.

구렁이의 날카로운 이빨에 피투성이가 된 설영이 단소예를 향해 몸부림치면서 살려달라고 울부짖었다.

하지만 단소예는 안타까운 눈물만 흘릴 뿐, 그냥 서서 바라볼 수밖에 없었다.

아무리 달려가려고 애를 써도 두 발이 바닥에서 떨어지지 않았기 때문이다.

한낱 꿈이라고 하기에는 너무도 생생했고 또 불길했다.

"아가씨!"

그때 비명 소리에 놀란 유모와 하녀가 급히 방 안으로 달려들어왔다.

단소예는 서둘러 일어나 옷을 갈아입으며 밖을 향해 나직이 외쳤다.

"철(鐵) 호위! 밖에 있나요?"

문밖에서 낮고 묵직한 음성이 공손하게 들려왔다.

"하명하십시오, 아가씨."

단소예는 바람처럼 방 밖으로 달려나가며 외쳤다.

"중천군림성(中天君臨城)으로 가겠어요! 채비하세요!"

콰아아!

쏟아지는 장대비 속에서 거대한 불길이 수십 장 높이까지 치솟으며 주위를 대낮처럼 밝히고 있었다.

"아아……!"

단소예는 불길을 바라보며 안색이 새하얗게 질린 채 온몸을 사시나무 떨 듯이 떨어댔다.

백여 채가 넘는 크고 작은 전각군으로 이루어진 중천군림성 전체가 그녀의 눈앞에서 가공할 기세로 송두리째 불타고 있는 중이었다.

중천군림성은 낙양성의 가장 번화한 대로변에 위치해 있기 때문에 이미 수많은 성민들이 몰려나와 구경하고 있었지만 속수무책, 아무도 나설 엄두를 내지 못했다.

거센 열기로 인해서 삼십여 장 이내로 접근조차 할 수 없는 상황이었다.

"영아……."

꿈이 너무도 불길해서 억수같이 쏟아지는 빗속을 미친 듯이 말을 몰아 달려왔는데, 결국 믿을 수 없게도 악몽은 현실로 드러나고 말았다.

꿈틀거리는 거대한 구렁이 같은 불길이 중천군림성을 통째로 집어삼키는 중이었다.

설영은 저 불길 속에서 목이 터져라 단소예를 불렀던 것이다.

그리고 그 절규는 꿈을 빌어 그녀를 깨웠다.

"영아—!"

순간 단소예는 말에서 뛰어내려 불길을 향해 죽을힘을 다해서 달려가며 울부짖었다.

몇 걸음 채 달리기도 전에 온몸이 익어버릴 듯한 거센 열기가 파도처럼 엄습했지만 달리는 것을 멈추지 않았다.

그녀의 눈에는 저 불길 속에서 살려달라고 울부짖는 설영의 모습이 너무도 선명하게 보였다.

"아가씨! 안 됩니다!"

마상에서 신형을 날린 철 호위, 철염(鐵廉)이 단소예의 앞으로 뚝 떨어지며 가로막는가 싶더니 어느새 그녀를 자신의 품속에 끌어안고 어깨를 오므려 화기로부터 보호했다.

"놔—! 제발 나를 놔줘—!"

단소예는 미친 듯이 몸부림쳤다. 너무도 강한 열기에 머리카락과 옷에 불이 붙었는 데도 악을 쓰며 울부짖었다.

철염은 급히 단소예에게 붙은 불을 끄고는 두 팔로 안고 몸을 날려 말에 올라탔다.

"흑흑흑! 저기에 영아가 있단 말이야! 날 부르는 소리가 안 들려? 영아를 구해줘!"

단소예는 철염의 품속에서 흐느끼며 몸부림쳤지만 그의 억센 팔에서 벗어날 수는 없었다.

철염은 단소예 한 사람만을 그림자처럼 따르며 호위하는

호위무사의 신분이다.

그러므로 그는 단소예를 누구보다 잘 알고 있었다. 그가 아는 한 단소예의 친구는 오직 한 명, 설영뿐이었다.

단소예와 설영은 언제나 함께 있었다. 단소예가 있는 곳에는 반드시 설영이 있었으며, 설영이 가는 곳에는 단소예도 늘 함께 갔다.

두 사람의 몸은 둘이었으나 하나처럼 행동했으며, 단소예는 여자고 설영은 남자지만, 마치 친남매인 양 서로의 성별을 추호도 의식하지 않았다.

"철 호위, 저기 불타고 있는 게 중천군림성이 맞는 거야?"

단소예는 열기 때문에 땀을 비 오듯 흘리면서도 가녀린 몸을 오들오들 떨며 물었다.

"맞습니다."

"어… 떻게 이런 일이 벌어질 수가 있는 거지? 중천군림성이… 중천의 하늘이 불타다니… 믿을 수가 없어……."

믿을 수 없기는 철염도 마찬가지였다. 단소예의 말처럼 중천군림성은 하늘이었다.

바로 중천의 절대자가 성주이기 때문이다.

철염은 중천군림성주이며 설영의 하나뿐인 혈육인 친형에게 무슨 변고가 생겼으리라고 직감했다.

"대가에게 무슨 일이 생기지 않고는 이럴 수가 없어."

어린 단소예이지만 그녀도 그 정도는 짐작할 수 있었다.

그날 밤, 그렇게 단소예는 소중한 친구를 잃고 날이 밝을 때까지 빗속에서 오열해야만 했다.

*   *   *

이십 일 후.

절강성(浙江省) 항주(杭州).

중원 육대명도(六大名都)의 하나이며, 춘추시대에는 오(吳)와 월(越)이, 전국시대에는 초(楚), 그리고 남송(南宋)이 각각 도읍으로 삼았을 정도로 번성한 역조의 대도이기도 하다.

저녁 무렵.

사통팔달의 크고 작은 길이 거미줄처럼 얽혀 있는 성내를 수많은 행인과 수레, 마차들이 오가면서 더할 나위 없이 붐비고 있었다.

크고 작은 고루거각들이 처마를 맞댄 채 빽빽하게 들어차서 복잡하기 이를 데 없는 서호(西湖) 변의 어느 평범한 이층 주루의 입구로 한 명의 여자가 들어서고 있었다.

거리에서 흔하게 볼 수 있는 평범한 무명옷과 연두색 치마를 입었으며, 얼굴은 매미 날개처럼 얇은 비단 면사로 가린 모습이었다.

천하에서 미인이 많기로 유명하고, 기루와 기녀가 넘쳐 나온갖 애정 행각과 도피의 천태만상이 벌어지는 항주에서 여자가 면사로 얼굴을 가리고 다니는 것쯤은 그리 이상한 모습이 아니었다.

여자는 손님이 절반가량 들어차 있는 주루의 일층을 초조한 신색으로 한차례 둘러보고 나서 찾는 사람이 없는지 점소이에게 무언가를 물었다.

점소이는 고개를 끄덕이고는 즉시 그녀를 안내했다.

점소이를 따라 이층으로 뻗은 계단을 오르는 여자의 풍만한 둔부와 가느다란 허리가 묘하게 조화를 이루며 좌우로 육감적으로 물결을 치자 주루의 몇몇 음탕한 사내들의 시선이 그곳으로 쏠렸다.

그러나 여자는 사내들의 그러한 시선을 별로 개의치 않는 듯했다. 즐기는 것은 아니지만 그런 시선에는 만성이 된 듯한 태도였다.

여자는 어느 방문 앞에 멈춰서 아부 섞인 웃음을 지으며 자신을 쳐다보고 있는 점소이의 손에 동전 한 냥을 쥐어준 다음, 그가 물러가고 나서도 잠시 심호흡으로 마음을 가다듬은 후에야 비로소 조심스럽게 방문을 열었다.

그녀는 방문을 열고 나서도 금세 방 안으로 들어가지 않고 주저했다.

그러나 그녀의 얼굴에는 두려움보다는 기대감과 설렘이 떠올라 있었다.

여자는 조심스레 방 안을 들여다보았다. 반쯤 열린 방문을 통해서 그녀의 시야에 가장 먼저 들어온 것은 그녀가 만나러 온 사람이 아니라 방 한복판에 놓인 탁자 옆의 의자에 다소곳이 앉아 있는 한 명의 어린 소녀였다.

이제 곧 만나게 될 사람 때문에 마음의 갈피를 잡지 못한 채 주저하고 있던 그녀는 어린 소녀를 보는 순간 웬일인지 마음속에 큰 동요를 일으키며 그 자리에 얼어붙어 버리고 말았다.

어린 소녀는 방문 밖의 여자를 빤히 바라볼 뿐 아무 말도, 행동도 취하지 않았다. 또한 얼굴에는 그 어떤 표정도 떠올라 있지 않았다.

아니, 어쩌면 표정이 떠올라 있었는데 발견하지 못했는지도 몰랐다. 더 놀라운 그 무엇 때문에.

어린 소녀는 새카맣고 긴 머리카락을 길게 늘어뜨렸으며, 어쩐 일인지 남자 옷을 입고 있었다.

본래는 고급스러운 비단옷이었겠으나 오랫동안 빨지 않은 데다 험한 고초를 겪었는지 몹시 더럽고 여기저기가 찢어진 상태였다.

하지만 그런 것이 소녀가 지니고 있는 본래의 것들을 가리지는 못했다.

그것은 마치 활활 타오르는 거센 불길을 몇 올의 지푸라기로는 가리지 못하는 이치와도 같았다.

풀잎처럼 가녀린 듯 호리호리한 몸매에 키가 커서 얼핏 보면 다 큰 처녀 같았지만, 아직 앳된 얼굴을 보면 잘돼야 십이 삼 세 정도로밖에는 여겨지지 않았다.

여자는 소녀의 얼굴에서 시선을 뗄 수가 없었다.

또한 머릿속이 텅 빈 것처럼 아무 생각도 떠오르지 않았다. 심지어는 자신이 무엇 때문에 이곳에 왔는지조차도 잠시 잊어버렸다.

항주는 원래 절세가인이 많기로 유명하다. 더구나 이곳은 색향(色鄉)이기 때문에 한 지방에서 미녀라는 소리를 귀가 따갑게 듣던 절색의 기녀들이 천하 곳곳에서 모여들어 그 수를 헤아리기 어려울 정도다.

그리고 지금 소녀를 보고 있는 여자 또한 자신이 몸담고 있는 기루에서는 백여 명의 기녀 중에서 열 손가락 안에 꼽힐 정도의 미명을 날리고 있는 몸이었다.

그러므로 절세가인이니 천향국색이니 하는 미인들을 눈에서 진물이 날 만큼 많이 보아온 그녀였다.

그런 그녀가 어린 소녀를 보는 순간 온몸이 얼어붙은 채 넋을 잃고 만 것이다.

소녀는 무어라고 설명할 수도, 표현할 수도 없을 만큼 아름다웠다.

소녀의 아름다움을 뭐라고 설명하는 것 자체가 불경을 저지르는 것 같았다.

여자는 소녀를 보고 있다가 자신이 소녀의 크고 맑은 눈 속으로 첨벙 빠져들 것만 같은 착각마저 일으켰다.

소녀는 아름답다는 것보다 더 빼어난 그 무엇인가를 지니고 있었다.

단지 아름답기만 했다면 여자는 소녀를 보는 순간 이처럼 단번에 넋을 뺏기지는 않았을 것이다.

하지만 여자는 그것이 무엇인지는 알아낼 수가 없었다.

"선랑(鮮琅)이냐?"

그때 소녀와 여자 사이를 커다란 체구에 한 자루 검을 어깨에 멘 장한이 성큼 가로막으면서 낮고 불안한 듯한 목소리로 급히 물었다. 그는 여자가 만나러 온 사람이었다.

"네? 네……."

여자, 선랑은 여전히 정신을 차리지 못한 채 무의식적으로 대답했다.

확!

"어서 들어오너라."

"앗!"

장한이 방문을 닫자마자 선랑의 손목을 잡고 서둘러 거칠게 안으로 잡아끄는 바람에 그녀는 객방 안 바닥에 볼썽사납게 나뒹굴었다.

"아아……."

무릎이 깨진 그녀가 엎드린 채 얼굴을 찡그리며 고개를 들자 바로 앞에 앉아 있는 소녀는 빤히 바라보고 있을 뿐 어떤 말이나 행동도 취하지 않았다.

보통 사람 같으면 놀란다거나, 아니면 많이 다치지 않았느냐면서 부축이라도 하련만은 소녀는 그저 말끄러미 선랑을 바라보기만 할 뿐이었다.

"……."

문득, 선랑은 그제야 소녀의 커다란 두 눈에 담겨 있는 어떤 표정을 읽어냈다.

그것은 '공포' 였다.

선랑이 깨진 무릎의 아픔도 잊은 채 가까이에서 새삼스러운 시선으로 바라보자 소녀의 얼굴은 창백하면서도 초췌했고, 잘 먹지 못했는지 살결이 까칠했으며 피로에 절어 있었다.

그리고 그러한 모든 것들이 조합되어 소녀의 얼굴 가득 슬픔, 아니, 지독한 비애를 여린 바람에 흔들리는 갈대처럼 물결치게 만들어놓았다.

어째서 이렇게 어린 소녀가 이런 비애 어린 표정을 짓고 있는 것인지 선랑은 가슴이 찡하게 저려왔다.

그래서 그녀는 엉거주춤 이끌리듯이 일어나면서 두 팔을 뻗어 이름도 모르는 생면부지의 소녀를 말없이 품속에 깊이 안아주었다.

그러면서도 선랑은 자신의 그런 의외의 행동이 소녀가 지니고 있는 여러 가지 마력(魔力) 중에 하나 때문에 취해졌다는 사실을 추호도 깨닫지 못했다.

탁!

"무슨 짓이야?"

"앗!"

그때 소녀가 선랑의 가슴을 떠밀며 뾰족하게 소리쳤다. 그 바람에 선랑은 또다시 엉덩방아를 찧고 말았다.

"왜……?"

선랑은 아픔을 느끼지 않았다. 그보다는 소녀가 무엇 때문에 자신을 떠밀었는지가 더 궁금했다.

"천한 것이 감히……."

방금 전까지 비애가 가득 담겨 있던 소녀의 두 눈에 날 선 위엄이 서렸다.

선랑은 예상하지 못한 소녀의 반응에 바닥에 주저앉은 채 눈을 커다랗게 뜨고 그녀를 바라보았다.

그리고 소녀의 위엄이 어설픈 것이 아니라 오랜 세월 몸에 밴 귀족의 그것이라는 사실을 깨달았다.

더구나 소녀의 부릅뜬 눈을 보는 순간 선랑은 하마터면 자신도 모르게 무릎을 꿇고 용서를 빌 뻔했다.

선랑은 뭐가 어떻게 돌아가는 것인지 머리가 어지러웠다.

그래서 자신이 무엇 때문에 이곳에 왔는지조차도 생각해 내지 못하고 있었다.

"일어나라."

그때, 장한이 부드럽게 선랑을 부축해서 일으켰다.

"오라버니……."

그제야 선랑은 십여 년 만에 만나는 친오빠 곽정(郭正)을 눈물이 차오른 뿌연 시선으로 바라보았다.

십여 년 전까지만 해도 곽정과 곽선랑 남매는 화전민인 부모와 함께 항주에서 남쪽으로 이백여 리 떨어진 회계산(會稽山)의 인적이 거의 닿지 않는 깊은 산골에서 화전을 일구며, 네 식구가 가난하지만 오순도순 살았다.

만약 십 년 전 남매가 살던 화전민촌이 회계산의 악명 높은 화적 떼에게 몰살당하지만 않았더라도 지금쯤 이들 남매는 부모와 함께 화전을 일구며 단란하게 살고 있을 것이다.

졸지에 부모를 잃고 구사일생 살아남은 남매는 산중에서는 아무것도 할 것이 없어서 손을 꼭 잡은 채 산을 내려와 이리저리 떠돌다가 항주로 흘러들어 왔다.

세상의 인심은 예나 지금이나 각박했다. 더구나 천애고아가 된 남매에게 세상은 더욱 매몰차기만 했다. 남매는 그때까지 닷새를 쫄쫄 굶은 상태였다.

열일곱 살 오빠 곽정은 터울이 많은 아홉 살 어린 누이동생 곽선랑을 어쩔 수 없이 항주의 어느 기루에 맡기고 눈물을 삼키며 길을 떠나야만 했다.

오빠로서 누이동생을 고이 키워 좋은 사내에게 시집보내고 싶은 마음이야 굴뚝같았지만, 당장 길거리에서 굶어 죽는 것보다는 그것이 낫다고 판단했던 것이다.

기녀가 되면 당연히 뭇 사내들의 노리개야 되겠지만 굶는 일은 없을 터이다.

또한 그 당시 선뜻 누이동생을 받아들인 기녀의 말에 의하면, 여아의 본색이 제법 고와서 잘만 다듬고 가르치면 이름있는 기녀가 될 수도 있을 것이라고 해서, 그 말이 그나마 큰 위안이 되어 울며 매달리는 누이동생을 어렵사리 떼어놓고 떠날 수 있었다.

이후 곽정은 정처없이 천하를 떠돌다가 우연한 기회에 하남성 개봉에 있는 표국에서 허드렛일을 하다 우연찮게 무술이라는 것을 처음 배우게 되었다.

생전 처음 무술을 배우게 된 그는 밤낮없이 수련을 거듭했다. 일단은 표사가 되는 것이 목표였다. 그러기 위해서는 표국이 원하는 수준의 무공을 익혀야만 했다.

무술을 배우면서 그는 자신이 무인(武人)이 될 운명이라는 사실을 깨달았다.

무인의 길, 즉 무도는 그의 성격이나 체격, 그 어떤 조건에도 딱 들어맞았다.

더구나 그는 무술이 너무나 좋았다. 그래서 밥은 굶을 수 있고 잠은 자지 않을 수 있었지만, 하루라도 무술을 수련하지 않으면 미쳐 버리고 말 정도로 무술에 심취했다.

천신만고의 노력 끝에 결국 그는 불과 일 년 만에 당당하게 표사가 될 수 있었다.

하지만 그는 만족을 느끼지 못했다. 그 일 년 사이에 그의 야망은 더 커져 있었다.

다시 삼 년이 지났을 때 그는 자신이 몸담고 있는 표국의 백오십여 명 표사 중에서 최강자가 되어 있었다.

그가 총표두가 된 것은 두말할 필요도 없었다. 그러나 그는 여전히 갈증을 느꼈다.

때마침 그 당시 낙양에 군림보(君臨堡)라는 방파가 새롭게 개파를 하여 대대적으로 무인을 모집한다는 소문이 돌았다.

곽정은 지체없이 총표두 자리를 버리고 낙양으로 달려갔다.

군림보에는 천하에서 몰려든 무사들이 구름처럼 많았다.

표국에서 최강자였던 곽정은 백 명의 정예 무사를 선발하는 비무에서 아슬아슬하게 턱걸이로 백 위를 하여 겨우 입문이 허락됐다.

이후 그때의 일 때문에 그는 '근근검(僅僅劍)'이라는 별명을 얻게 되었다. 근근검이란 가까스로 군림보에 합격했다는 뜻이다.

그로부터 삼 년 후, 그가 몸담고 있는 군림보의 보주가 중천무림의 절대자로 등극했다. 그리고 군림보는 중천군림성으로 개명을 했다.

그가 표사가 된 이후로는 밥 걱정, 돈 걱정은 하지 않게 되었지만 언제나 바빴다.

누이동생을 만나러 갈 시간을 내자면 억지로라도 낼 수 있었겠지만, 굳이 그러지는 않았다. 먼 길을 떠나면 무술 수련을 할 수 없기 때문이었다.

더구나 군림보의 수하가 된 이후의 그는 정말 눈코 뜰 새 없이 지독하게 바빴다.

그가 하는 일은 두 가지였다.

하루의 반은 잠을 자는 것과 무공 연마로 보냈고, 나머지 반은 중천군림성의 소성주를 호위했다.

그는 중천군림성의 구각(九閣) 중에서 일월각(日月閣) 휘하 은월단(銀月壇) 소속 령주(領主)의 신분이었는데, 은월단 오십 명은 오직 소성주의 거처인 잠룡원(潛龍院)을 호위하는 것이 임무였다.

곽정은 그렇게 오 년의 세월을 보내고 지금 이 자리에 서 있는 것이다.

"선랑아……."

곽정은 다 커버린 누이동생에게 손을 뻗어 얼굴에 쓰고 있는 면구를 걷어 올렸다.

살구꽃처럼 뽀얗고 흰 얼굴이 반가움과 원망이 섞인 눈물을 흘리고 있었다.

"오라버니, 왜 이제야 왔어요……?"

아홉 살 어린 나이에 닷새를 굶고서도 부리지 않았던 투정이 그녀 자신도 모르게 쏟아져 나왔다.

그녀는 자꾸만 곽정의 품에 깊이 안겨들었다.

뭇 사내들에게 웃음과 몸을 팔며 수없이 절망하고 괴로워
했던 마음을 오라비에게 위로받고 싶었다. 이대로 시간이 멈
춰 버렸으면 좋겠다는 생각마저 들었다.

"미안하다……."

곽정은 곽선랑을 품에 잠시 동안 안고 있다가 이윽고 가볍
게 떼어놓았다.

더 오랜 포옹과 위로를 기대했던 곽선랑은 가볍게 놀라면
서 오라비를 바라보았다.

그러나 곽정에겐 그럴 만한 여유가 없었다.

"선랑아."

"네?"

곽정은 소녀를 굽어보았다.

"이분을 부탁한다."

"이분이라뇨……?"

"오라비의 하늘이시다. 더 이상 알려고 하지 마라."

"……."

곽선랑의 두 눈이 동그랗게 커지더니 놀라움이 얼굴 전체
로 퍼지면서 시선이 소녀에게 향했다.

소녀는 슬픔에 잠겼으면서도 소라 껍질처럼 단단한 완고
함으로 자신을 감싸고 있었다.

한 시진 전, 곽선랑은 어느 낯선 거지 소년으로부터 하나의
구겨진 종이쪽지를 전해 받았다.

쪽지에는 급하게 휘갈겨 쓴 몇 글자가 적혀 있었다. 곽선랑은 그 글에서 세 가지 사실을 깨달을 수 있었다.

무지렁이 오라비가 글을 배웠다는 것,

그 오라비가 십여 년 만에 누이동생을 만나러 왔다는 것,

그리고 오라비가 무언가에 쫓기고 있는 것 같다는 느낌이었다. 마지막의 것은 그저 본능적인 느낌이었다.

그래서 고동치는 가슴을 억누르며 한달음에 이곳으로 달려오면서 오라비를 만나면 제일 먼저 무슨 말을 할까, 오라비는 어떻게 변했을까, 이제 우리 남매는 함께 살 수 있는 것일까 등등 수많은 상상을 했는데 뜻밖에도 오라비는 그녀의 기대를 여지없이 깨뜨리면서 전혀 예상치도 않은 말을 꺼내는 것이었다.

더구나 오라비는 곽선랑에게 생각할 여유조차 주지 않았다.

곽정은 소녀의 앞에 두 손을 모으고 서서 최대한 공손한 어조로 입을 열었다.

"소주(小主), 속하가 드린 말씀 잘 기억하고 계십니까?"

절대 그 누구에게도 신분을 밝히지 말라는 것.

가능한 외부에 모습을 드러내지 말라는 것.

어떤 어려움도 이겨내라는 것.

"응."

소녀는 가볍게 고개를 끄덕였다.

"속하는 절대 소주의 곁을 떠나지 않을 것입니다. 태풍이

가라앉으면 그때 찾아뵙겠습니다."

이십일 전, 중천의 하늘이 무너졌다.

절대자의 충신들인 중천오세의 지존들이 일으킨 반란에 중천군림성은 여지없이 괴멸했다.

중천, 아니, 삼천무림 최강을 자랑하던 중천군림성은 중천 오세의 연합 공격에 사력을 다해서 방어했다.

그러나 중천군림성 내부에도 배신자가 있었다. 구각 중에 무려 육각이 중천오세의 반란에 가담했다.

삼각 육백여 명의 고수들은 무려 삼천여 명에 달하는 반란 세력에 맞서 죽을힘을 다했으나 역부족이었다.

그렇게 버티고 있으면 절대자가 돌아와 그들을 구해줄 것 이라고 믿었다.

그러나 육백여 명의 핏물이 중천군림성에 냇물이 되어 흐 르도록 절대자는 나타나지 않았다.

중천군림성의 운명이 마지막 희미한 빛을 꺼뜨리기 직전, 은월단의 단주 이하 다섯 명의 령주와 오십 명의 고수들이 소 성주를 호위하여 중천군림성을 탈출했다.

그리고 이십 일이 지난 지금 은월단은 전멸했다.

다만, 단 한 명의 생존자인 곽정이 절대자의 유일한 혈육인 소성주를 모시고 항주에 나타난 것이다.

이십칠 세의 건장한 곽정은 안쓰러운 표정으로 물끄러미 소녀를 굽어보다가 그 자리에 무릎을 꿇고 큰절을 올렸다.

그 광경을 보면서 곽선랑은 크게 놀랐다. 오라비는 소녀를
마치 일국의 공주처럼 대하고 있었다.

"부디 강녕하십시오, 소주."

소녀는 입술을 꼭 깨문 채 곽정을 응시하다가 약간 갈라진
음성으로 입을 열었다.

"곽정."

곽정은 고개를 들고 약간 놀란 얼굴로 소녀를 바라보았다.
소녀가 그의 이름을 부른 것은 지금이 처음이다.

소녀는 언제나 '근근검' 이라는 우스꽝스러운 그의 별명을
부르며 놀려댔다.

"말씀하십시오."

슥.

소녀가 투명하리만치 흰 섬섬옥수를 뻗어 손바닥으로 곽
정의 수염이 덥수룩한 거친 뺨을 부드럽게 감쌌다.

"죽지 마. 절대로."

"소… 주……."

우직한 사내 곽정은 후드득 한차례 몸을 떨더니 곧 눈에서
닭똥 같은 눈물을 뚝뚝 떨구었다.

그 눈물이 소녀의 흰 손을 적셨다.

무언가에 압도된 듯한 곽선랑은 오라비의 눈물을 보면서
도 아무 말도 할 수가 없었다.

소녀는 곽정의 뺨에서 손을 뗀 후 천천히 일어나 곽선랑을

바라보았다.

"가자."

곽선랑은 아직도 무릎을 꿇고 있는 오라비를 복잡한 표정으로 쳐다보았다.

"오라버님, 이분이 저와 함께 가면… 기녀로 키울 수밖에 없어요."

그때 곽선랑은 곽정의 입속에서 뿌드득! 하고 이빨 갈리는 소리를 들었다.

"안다."

"오라버니, 대체 이분이 누구시기에……."

곽선랑은 말하다가 깜짝 놀랐다. 소녀가 방문을 열고 밖으로 나가고 있었기 때문이다.

그녀는 금방이라도 폭발할 것처럼 일그러진 곽정의 얼굴과 열린 방문을 번갈아 쳐다보다가 서둘러 방 밖으로 달려가며 외쳤다.

"오라버니! 항주를 떠나지 말아요!"

입을 굳게 다문 곽정은 그 후로도 오랫동안 그 자리에 무릎을 꿇은 채 앉아 있었다.

그는 입속으로만 '소주', '소주'를 연이어 중얼거리면서 이마를 쿵쿵! 바닥에 부딪쳤다.

第三章
추적

열흘 후, 대륙의 동북단에 위치한 열하성(熱河省).

오른쪽으로는 끝없는 초원 지대인 요동(遼東)을, 왼쪽으로는 황량한 산악과 사막 지대인 찰합이(察哈爾)를 두고 있는 옛 흉노(匈奴)와 선비(鮮卑)의 땅.

열하의 남쪽에는 동북과 남서로 장장 육백여 리에 걸쳐 길게 누워서 마치 동남쪽의 기름진 곡창 지대와 서북쪽의 척박한 산악, 사막 지대를 갈라놓는 높은 담 역할을 하고 있는 대산맥 노노아호산(努魯兒虎山)이 있다.

그 산의 남쪽 끝자락에 위치한 평천현(平泉縣).

다각다각.

현 내 한복판을 관통하는 길고 넓은 대로 입구에 한 대의 마차가 천천히 들어서고 있었다.

한 필의 말이 끌고 있는 회갈색의 낡고 평범한, 어디에서나 흔하게 볼 수 있는 마차였다.

어자석에는 방갓을 깊숙이 눌러쓴 황의를 입은 장한이 말고삐를 쥔 채 꼿꼿한 자세로 앉아 있었다.

오른쪽 어깨에 한 자루 구겸도(鉤鎌刀)를 메고 있는 그는 현조운이었다.

오늘 하루 종일 한 번도 쉬지 않고 달려온 그의 방갓과 옷에는 뿌연 흙먼지가 두텁게 덮여 있었고, 얼굴에는 그보다 짙은 피로가 내려앉아 있었다.

낙양을 떠난 그는 처음에는 북로를 택했으나 도중에 여러 차례 방향을 바꾸다가 결국 한 달여가 지난 현재는 낙양에서 동북쪽으로 사천여 리나 떨어진 이곳 평천현에 들어서고 있는 중이었다.

처음부터 딱히 목적지를 정해둔 것은 아니었지만, 북로를 택했던 그가 전혀 다른 방향인 이곳으로 오게 된 이유는 추적 때문이었다.

그가 지난 한 달여 동안 추적대를 직접 목격한 것만 다섯 번이었으며, 추적대일 것이라고 낌새를 알아차린 것까지 합치면 이십여 차례가 넘었다.

눈으로 직접 목격했든 그렇지 않든 그들은 절대자를 쫓는 추적대가 분명했다.

출발하기 전에 설란후도 추격이 있을지 모른다고 말했는데, 그것은 정확하게 적중했다.

더구나 현조운이 목격한 고수들은 하나같이 진천방이나 사해부(四海府), 낙성검가(落星劍家), 혼천도문(混天刀門)의 복장을 하고 있었다.

즉, 중천오세에서 설란궁을 제외한 네 방파가 모두 추적에 가담한 것이었다.

현조운이 마지막으로 추적대를 직접 목격한 시각은 어제 이맘때 즈음이었으며, 이곳에서 서남쪽으로 이백여 리 거리에 있는 산서(山西) 북단의 오대산(五臺山) 근처였다.

나름대로 흔적을 없애면서 최대한 조심을 기했는 데도 그곳까지 추적해 온 추적대를 발견한 순간, 현조운은 모골이 송연해져서 즉시 방향을 바꿔 뒤도 돌아보지 않고 이곳까지 달려와 버렸다.

설란후와 헤어진 후 이곳까지 오는 동안 단 한 차례도 추적대와 마주치지 않고 그가 먼저 추적대를 발견한 것은 천행 중에 천행이었다.

만약 맞부딪쳤더라면 일개 향주인 그의 실력으로는 추적대를 절대 당해내지 못했을 것이다.

다각다각.

현조운은 지나칠 정도로 천천히 마차를 몰면서 평천현 안으로 진입했다.

그의 얼굴은 전면의 대로를 향하고 있었지만 눈동자는 쉴 새 없이 좌우로 구르면서 뭔가 이상한 낌새라도 있는지 감지하느라 부산했다.

하루 종일 쉬지 않고 달려서 최소한 이백여 리를 왔으며, 북상하던 추적대와는 전혀 다른 방향을 택했기 때문에 추적 범위에서 크게 벗어났을 것이라고 추측은 하지만 그래도 긴장을 늦출 수가 없었다.

그렇지만 무엇보다도 신경이 쓰이는 것은 목관 안에 누워 있는 절대자의 안위였다.

현조운은 지난 한 달여 동안 하루에도 몇 차례씩 마차를 멈춘 채 은밀한 장소에서 절대자에게 자신의 진기를 주입시키고 미음을 입 안으로 흘려 넣어주는가 하면, 오른쪽 손목과 오른쪽 어깨의 상처를 치료하고, 또 추궁과혈의 수법으로 온몸을 주무르는 일을 정성껏 반복해 왔다.

절대자의 오른 손목은 힘줄이 끊어졌으며, 왼쪽 어깨에는 날카로운 것에 찔린 듯한 상처가 있었다.

겉으로 드러난 상처는 그것뿐이었는데, 절대자가 무엇 때문에 혼절에서 깨어나지 못하는지 갈피조차 잡을 수 없는 그로서는 그것이 해줄 수 있는 전부였다.

그런데 오늘은 추적대를 따돌리기 위해서 한 번도 쉬지 않고 달려오느라 절대자를 돌볼 겨를이 없었기 때문에 혹시 그가 잘못되지는 않았을까 초조하기 짝이 없었다.

현조운은 이곳에도 추적대가 없는지 경각심을 늦추지 않는 한편 절대자를 돌볼 만한 적당한 장소를 물색했다.

평천현은 인근 수백 리 이내에서는 가장 큰 현이라서 변방답지 않게 번화하고 또 복잡했다.

또한 중원에서 멀리 떨어진 변방 지역이 언제나 그렇듯이 현 내 건물의 건축 양식이나 행인들의 옷차림도 중원과는 사뭇 달랐다.

그런가 하면 사람들의 모습도 달랐다. 한인(漢人)들보다는 이족(異族)이나 유목민, 색목인(色目人)이 더 많이 눈에 띄어서 마치 이곳이 중원이 아니라 다른 나라인 듯한 착각을 불러일으키게 했다.

그때 전면을 보던 현조운의 눈이 잔뜩 커지면서 몸이 돌덩이처럼 굳어버렸다.

그는 지상에서 여섯 자 높이의 어자석에 앉아 있었기 때문에 행인들 머리 너머로 시야가 멀리까지 트여 있었는데, 오십여 장쯤 전면에 있는 진천방 수하들의 복장을 한 것 같은 자들의 모습을 발견한 것이었다.

호흡을 멈추고 눈도 깜빡이지 않은 채 쏘아보니 틀림없는 진천방 고수들, 즉 추적대였다.

'맙소사!'

그들이 어떻게 이곳에 나타난 것인지 이해할 수가 없었다.

하루 종일 한시도 쉬지 않고 달려왔는데 어떻게 해서 추적대가 현조운보다 더 먼저 이곳에 당도해 있다는 말인가?

그러나 그런 것을 생각할 겨를도, 놀라고 있을 여유도 없었다. 당장 무슨 조치를 취해야만 했다.

그러고 있는 사이에도 마차와 추적대의 거리는 점점 더 가까워지고 있었다.

마주 다가오고 있는 진천방 고수는 모두 열 명인데 하나같이 낯익은 얼굴들이었다.

그중에서도 앞장선 자의 모습이 현조운의 눈 속으로 파고들어 심장을 떨리게 만들었다.

'색혼당주(索魂堂主)!'

진천방에는 내전인 청룡전(天龍殿)과 외전인 비호전(飛虎殿) 쌍전이 있으며, 그 아래로 십당(十堂), 오십향(五十香)이 있다.

청룡전은 진천방 내부의 업무와 규율, 경호, 감찰, 징벌 등을 담당하고, 비호전은 대외적인 일을 전담한다.

청룡전 휘하에는 세 개의 당이 있으며, 그중에서도 색혼당은 팔백여 명에 달하는 진천방 방도들의 감찰과 계도, 징벌을 맡고 있다.

다른 방, 문파와의 싸움이나 방의 세력 유지, 외부의 견제 따위에 투입되는 외전 휘하 일곱 개 당과는 달리, 내전은 수적으로는 외전의 절반에도 못 미치지만 실력 면으로는 오히려 외전을 압도한다.

그중에서도 색혼당의 당주인 색혼도(索魂刀)는 진천방 내에서 열 손가락 안에 꼽히는 고수이며, '저승사자' 라고 불릴 정도로 잔인한 인물이었다.

색혼도를 발견한 현조운은 등줄기에서 식은땀이 주르르 흐르며 한기를 느꼈다.

절대자를 위해서라면 자신의 한목숨 따윈 추호도 아깝지 않다고 여기는 그였지만, 그런 각오와는 상관없이 본능적으로 엄습하는 공포심은 어쩔 수가 없었다.

더구나 지금 색혼도의 좌우에서 예리하게 주변을 살피고 있는 자들의 면면 역시 색혼도의 수족 같은 최측근들로서 진천방 방도들 사이에서는 '색혼야차(索魂夜次)' 라고 불리는 잔인무도한 자들이었다.

색혼당에 적을 두고 있는 고수들 중에는 없는 것이 두 가지 있는데, 바로 '자비' 와 '용서' 였다.

'내전의 색혼당주가 직접 나서다니 대체……'

현조운은 마른침을 꿀꺽 삼켰다. 침은 넘어가지 않고 침 넘기는 시늉만 했더니 목이 칼칼해져서 금방이라도 기침이 터져 나올 것만 같았다.

그도 머리가 있는 터라 시체나 다름이 없는 절대자를 목관 안에 태운 채 한 달여 동안 도주를 하면서 생각이라는 것을 하지 않을 리가 없다.

　우선 '누가' 중천의 절대자를 저 지경으로 만들었는가 하는 의문이 가장 먼저 들었다.

　그런데 그 의문은 북상을 하는 도중에 진천방을 비롯한 중천사세가 악착같이 추격을 하는 것을 알게 되면서 어느 정도 자연스레 풀렸다.

　중천사세의 지존들이 절대자를 음모에 빠뜨려 암산했을지도 모른다는 가능성이었다.

　그게 사실이라면 실로 경천동지할 대사건이었고, 믿어지지 않는 일이지만 절대자의 모습을 하루에도 몇 번씩이나 보는 현조운으로서는 믿지 않을 방도가 없었다.

　두 번째 의문은 '무엇' 때문에 절대자의 최측근들이 반란을 일으켰는가 하는 것이었고, 세 번째 의문은 현재 얼마나 많은 추적대가 절대자를 쫓고 있는 것인가였지만, 그것에 대해서는 어렴풋하게나마 짐작조차 할 수가 없었다.

　또한 그런 것들은 현조운이 알 바가 아니었고, 설혹 안다고 해도 지금의 절대자에게는 아무런 도움이 되지 못했다.

　색혼도 일행은 어느새 삼십여 장까지 거리를 좁힌 상태였다. 아홉 명의 수하는 행인들과 대로 좌우를 샅샅이 살피는가 하면 몇 명은 건물 안까지 들어가 뒤지고 다녔다.

　이대로 가다가는 현조운과 마차가 그들에게 발각되는 것은 시간문제였다. 아무리 평범한 모습이라고 해도 마차는 눈에 띄기 십상이었다.

수많은 행인들 때문에 마차를 돌리는 것도 쉽지 않을 테지만, 설혹 그렇게 해서 왔던 길로 되돌아간다고 해도 색혼도 일행에게 발각되지 않을 리가 없었다. 복잡한 대로에서 마차를 돌리면 오히려 더 잘 눈에 띌 것이다.

현조운은 심장이 쿵쾅거리는 소리가 자신의 귀에까지 들릴 정도로 당황했고 초조했다.

그는 일단 마차를 멈추고 재빨리 주위를 둘러보았다. 극도로 긴장해서인지 뻔히 보고 있으면서도 사물들이 제대로 시야에 들어오지 않고 그저 마음만 급했다.

그의 눈앞에는 절대자가 색혼도의 칼에 처참하게 죽는 광경이 자꾸만 어른거렸다.

현조운의 직속상관인 비응당주는 절대자를 진천방 백 리 밖 외진 곳에서 태워 버리라고 명령했다. 그러니 추적대의 목적은 절대자를 죽이는 것이 분명했다.

'정신 차려라, 현조운! 제발 침착하자!'

현조운은 속으로 악을 쓰듯이 외쳐 자신을 일깨우면서 눈을 부릅뜨고 허리를 곧게 편 다음, 두세 차례 깊고 긴 호흡을 하자 긴장과 당황이 어느 정도 가라앉았다.

그사이 색혼도 일행은 이십여 장까지 접근했다. 이 정도 거리라면 얼굴까지도 자세히 보인다.

문득 현조운은 이삼 장 전면의 오른쪽 대로변에서 안으로 약간 들어간 어떤 주루 앞마당에 한 무리의 상인들이 모여 있는 것을 발견했다.

정신을 차리지 않았더라면 발견하지 못할 광경이었다.

여러 대의 수레와 마차, 십여 마리의 말에 각종 물건들이 잔뜩 쌓여 있었다.

그리고 그 주위에서 이십여 명의 상인들이 부산하게 떠날 차비를 하는 중이었다. 그런 그들의 규모는 장사꾼이라기보다는 상단(商團)에 가까웠다.

현조운은 두 번 생각할 것도 없이 마차를 몰아 빠르게 그들에게 다가가 일꾼들을 지휘하고 있는 중키에 중후한 용모를 지닌 초로인의 곁에 마차를 바짝 붙여댔다.

낯선 마차의 등장에 초로인과 상인들의 시선이 일제히 현조운에게 집중됐다.

현조운은 마차의 어자석에 앉은 채 반 장 거리에 서 있는 초로인을 보며 빠르게 물었다.

"어디까지 가시오?"

"왜 물으시오?"

오랜 장사로 잔뼈가 굵은 초로인은 느긋한 표정으로 현조운과 마차를 이리저리 살핀 후에 되물었다.

말이 길어지면 곤란해진다. 이럴 때는 상대를 고분고분하게 만드는 것이 최선이고, 그런 데에는 돈이 최고다. 더구나 돈을 마다하는 장사꾼은 없는 법이다.

현조운은 즉시 품속을 뒤져 하나의 비단 주머니를 꺼냈다.

설란후가 여비로 쓰라고 주었던 것인데, 원래는 자그마치 금화 오십여 개가 들어 있었다.

그는 이곳까지 오는 데 돈을 거의 쓰지 않았다. 금화 한 냥을 헐어서 은자 쉰 냥으로 바꾸어 지금 몰고 있는 마차를 구입하느라 은자 다섯 냥을 쓰고 마흔다섯 냥이 남아 있는데, 그것은 따로 보관을 한 상태였다.

휙!

현조운이 품속에서 비단 주머니를 꺼내 초로인에게 슬쩍 던져 주었다.

비단 주머니 안을 확인한 초로인의 눈이 크게 떠지는가 싶더니 곧 태도가 달라지며 진지하게 물었다.

"우리는 지금부터 이곳을 출발, 북상하여 적봉현(赤峯縣)을 거쳐 임서현(林西縣)을 지나 달이호(達爾湖)까지 가오. 당신은 무엇을 원하시오?"

비단 주머니에는 스무 냥의 금화가 들어 있었다. 나머지 스물아홉 냥은 목관 안 절대자의 품속에 감추었으며, 은자 마흔다섯 냥은 현조운의 품속에 있었다.

과거에 발품을 팔며 천하를 주유하던 장사꾼이었던 현조운은 지리에 대해서는 대체로 잘 아는 편이었다.

적봉현은 이곳에서 북쪽으로 이백여 리, 임서현은 거기서 또 삼백여 리의 거리이다. 하지만 그 정도 거리로는 안심이 되지 않았다.

달이호는 임서현에서 다시 서쪽으로 사막을 건너 오백여 리 떨어진 몽고고원(蒙古高原)에 있으므로 그 정도면 괜찮을 것 같았다.

"한 사람을 달이호까지 데리고 가주시오."

"그것뿐이오?"

"얼마나 걸리겠소?"

"넉넉잡아 보름이오."

"그분은 위중한 환자요. 달이호까지 가는 동안 정성껏 돌봐주고, 만약 내가 그곳에 늦게 도착하면 달이호의 의원에 맡겨두시오."

초로인은 비단 주머니를 만지작거리더니 고개를 가로저었다.

"그것뿐이라면 이 금화는 액수가 지나치게 많소. 더 부탁할 일은 없소?"

그의 말은 그를 조금쯤은 정직한 장사꾼처럼 보이게 했다. 사실 환자 한 사람을 달이호까지 데려다 주는 일 정도는 금화한 냥만으로도 넘치도록 많았다.

현조운은 색혼도 일행이 있는 쪽을 힐끗 쳐다보았다. 이곳은 대로에서 주루 쪽으로 일 장 반가량 움푹 들어온 앞뜰이라서 서로 보이지 않는 사각지대였다.

하지만 그의 모습이 보이기 전에 장사꾼과의 거래를 끝내야만 할 것이다.

“그렇다면 그곳 의원에 돈을 좀 넉넉하게 주어서 그분을 투숙시키고, 할 수만 있다면 하녀 하나를 고용하여 그분을 돌보도록 해주시오.”

“알겠소.”

“지금 즉시 출발하시오.”

초로인은 현조운이 자꾸 대로 쪽을 힐끗거리는 것을 보고 그가 쫓기고 있음을 간파하고 고개를 끄덕였다.

“이것을 받으시오.”

초로인은 급히 품속에서 손바닥 절반 크기의 둥근 패(牌) 하나를 꺼내 내밀었다.

현조운이 급히 받아 대충 살펴보니 녹색의 바탕에 날개를 접은 금색 까마귀 한 마리와 그 아래에 ‘오(五)’라는 숫자가 정교하게 양각(陽刻)되어 있었다.

“나는 고구려(高句麗) 유민인 우평(宇平)이라고 하며, ‘다물’이라는 상단의 행수(行首)외다. 그것은 내 신분을 가리키는 금오령패(金烏令牌)인데, 지니고 있다가 목적지인 달이호에서 다시 만나거든 내게 주시오.”

“알겠소.”

그가 자신의 신패까지 선뜻 건네주자 왠지 더 믿음이 가는 현조운이었다.

하지만 워낙 경황 중이라 그가 고구려 유민인지 이름이 뭔지는 귀에 제대로 들어오지도 않았다.

"그는 마차에 있소?"

행수 우평이 마차의 문으로 걸어가며 묻자 현조운은 즉시 어자석에서 뛰어내려 마차의 문을 열었다.

그는 먼저 마차 안에 올라 목관을 열고 잠시 절대자의 상태를 살펴보고는 곧 안도의 표정을 지었다.

절대자는 상태가 호전되지도, 그렇다고 나빠지지도 않은 그만그만한 상태였다.

현조운은 절대자의 품속에 우평에게서 받은 금오령패라는 신패를 깊숙이 찔러 넣어주었다.

그렇게 하는 것은 딱히 무슨 이유가 있어서가 아니라 자신이 반드시 살아서 절대자를 다시 뵙고야 말겠다는 간절한 마음의 발로에서였다.

"부탁하오."

현조운이 마차에서 내리자 우평의 빠른 지시에 따라서 몇 명의 수하들이 능숙하게 마차에서 목관을 내리는 한편, 다른 일꾼들은 이미 짐이 가득 실려 있는 세 대의 수레 중 한 대에서 빠르게 짐을 내리기 시작했다.

"하창(下艙)을 열어라."

우평의 명령에 일꾼들이 아무것도 없는 수레의 바닥 틈새에 얇은 비수를 쑤셔 넣고 가볍게 비틀면서 들어 올리자 바닥의 판자가 어렵지 않게 위로 열렸다.

판자 몇 개를 뜯어내니 그곳에는 목관 두 개가 나란히 들어

가고도 남을 만한 너른 공간이 나타났다.

절대자가 들어 있는 목관은 그 공간의 하창에 실렸고, 즉시 판자가 닫혔으며 수레에는 짐이 가득 실렸다.

수레의 짐이 모두 내려졌다가 다시 실리기까지는 겨우 호흡을 열 차례 정도 하는 시각밖에 걸리지 않았다.

더구나 수레에 가득 실린 짐들은 더 이상 꼼꼼할 수 없을 정도로 야무지게 차곡차곡 층을 쌓아 밧줄로 친친 동여맨 상태였다.

우평은 현조운에게 가벼운 눈인사를 건넨 후 일행을 향해 외쳤다.

"출발!"

촌각이 급한 현조운은 마차를 몰아 상단보다 더 먼저 주루의 앞마당을 빠져나갔다.

아니, 그가 막 대로로 나서려고 할 때 그를 가로막는 일단의 무리가 있었다.

"멈춰라!"

그들을 발견한 현조운은 숨이 덜컥 멎는 것 같은 충격을 받았다.

색혼도와 그의 수하인 색혼야차 십여 명이 일렬로 죽 늘어서서 앞마당에서 대로로 나가는 통로를 완전히 봉쇄하고 있었다.

일껏 서두른다고 서둘렀는 데도 늦고 말았다. 현조운은 초조함이 극에 달해 입 안이 바짝 말랐고, 온몸에서 버적버적 땀이 솟았다.

필경 이들은 상단의 짐을 샅샅이 수색할 것이다.

목관이 수레의 밑바닥 하창에 실려 있어서 조금 안심이 된다고는 하지만, 조금이라도 눈썰미가 있는 자라면 그 정도는 눈치를 챌 것이다. 절대자의 안위를 운 따위에 맡길 수는 없는 일이었다.

극히 짧은 순간, 현조운은 그들에게 수레를 수색할 기회를 주지 말아야겠다고 판단했다.

"이럇!"

짜악!

현조운은 색혼당 고수들의 외침을 듣지 못한 듯 말 잔등에 채찍을 휘갈기며 마차를 대로의 왼쪽으로 몰았다.

마당과 대로를 색혼야차들이 가로막고 있으니 그들에게 곧장 부딪쳐 가는 격이었다.

그곳은 조금 전에 현조운이 온 방향이었다. 우평의 상단이 향하는 첫 번째 목적지인 적봉현은 대로의 우측으로 꺾어져야 하기 때문에 색혼도 일행을 왼쪽으로 유인하려는 의도인 것이다.

일단 이곳을 빠져나가기만 하면 대로를 질주할 것이다.

그럼 당연히 색혼도 일행이 의심을 하여 추격할 것이고, 그 사이에 상단은 무사히 출발할 수 있을 것이라는 게 현조운의 즉흥적인 계획이었다.

"멈추라고 하지 않았느냐?!"

색혼야차 중 한 명이 쩌렁하게 외치는 것과 동시에 자신을 향해 거세게 부딪쳐 오는 말을 슬쩍 피하면서 손을 뻗어 고삐를 힘껏 움켜잡았다.

그것으로써 마차는 꿈쩍도 하지 못하고 멈추고 말았다. 현조운의 계획은 한순간에 물거품이 돼버렸다.

"방갓을 벗고 마차의 문을 열어라!"

말의 고삐를 쥔 색혼야차가 현조운을 가리키며 냉랭하게 명령했다.

현조운은 머뭇거렸다. 자신은 색혼당주와 그의 수하들 얼굴을 잘 알고 있지만 그들은 일개 하급 향주인 자신을 못 알아볼 것이다.

그러나 장담할 수는 없었다. 만에 하나 알아보는 자가 있다면 그것으로 끝장이었다.

사실 현조운의 직속상관인 비웅당주는 현조운이 낙양을 떠난 다음날 곧바로 진천방 뇌옥에 감금되어 그때부터 지독한 고문을 당하기 시작했다.

배후와 현조운이 어디로 갔는지를 캐기 위함이었지만, 아무것도 아는 바가 없는 비웅당주는 진천방의 수뇌부가 원하는 대답을 한마디도 하지 못한 채 결국 고문을 이기지 못하고 감금 닷새 만에 죽고 말았다.

진천방 수뇌부는 절대자를 싣고 떠난 마차나 그 일을 담당한 향주와 세 명의 수하에 대해서 이 잡듯이 수색했으나 어디에서도 발견하지 못했다.

그러므로 그들이 임무를 완수한 후 증발한 것인지, 아니면 그전에 누군가에게 죽임을 당했는지, 그것도 아니면 그들이 절대자를 빼돌린 것인지 종잡을 수가 없었다.

현조운의 세 명의 수하를 죽인 설란후의 측근인 중년 여인은 현조운이 떠난 직후 그곳에 있던 세 구의 시체를 아무도 모르는 곳으로 가져가 태워 버렸으니 그들이 발견되지 않는 것은 당연했다.

그러다가 진천방의 감찰을 맡고 있는 색혼당 고수들이 현조운의 집에 들이닥쳐서야 비로소 그가 자의에 의해서 모습을 감췄다는 사실을 알게 되었다.

그의 가족들, 아내와 세 명의 자식이 향주 현조운이 임무를 받아 진천방을 나선 날 밤에 사라져 버린 사실을 확인한 것이다.

사실 그 가족들은 설란후가 미리 손을 써서 현재 설란궁 안 깊은 곳에서 넉넉한 생활을 하며 현조운을 기다리고 있는 중이었다.

진천방 수뇌부는 현조운이 중천의 절대자를 빼돌렸다고 판단했다. 물론 왜 그랬는지 이유를 알지는 못했다.

그런 사실은 반란에 가담했던 중천오세에 즉시 알려졌으

며, 끝내 추적대 결성에 반대한 설란궁을 제외한 중천사세의 고수들이 추적대를 이루어 낙양을 중심으로 천하를 뒤지기 시작했던 것이다.

물론 절대자와 현조운을 찾고 있는 추적대가 현조운의 초상화를 지니고 있는 것은 너무도 당연한 일이었다.

그러므로 현조운이 방갓을 벗는 순간이 바로 그의 신분이 발각되어 제압되는 순간이 되고 말 것이다.

현조운이 방갓 아래로 힐끗 돌아보자 다른 색혼야차들은 상단의 수레를 향해 다가가고 있었다.

'아아… 결국 이렇게 끝나는 것인가……?

자신의 하잘것없는 목숨 따윈 조금도 아깝지 않았다. 그러나 반란의 무리에게 절대자를 넘겨줘야 한다는 사실 때문에 가슴이 갈가리 찢어지는 것만 같은 현조운이었다.

사 년여 전, 그의 목숨을 구해준 후 부드럽게 미소 짓던 절대자의 모습이 자꾸만 눈앞에 아른거렸다.

우평을 힐끗 쳐다보니 그는 착잡한 표정만 짓고 있을 뿐 아무런 대책도 없는 것 같았다.

현조운은 천천히 오른손을 어깨의 구겸도로 가져갔다. 자신의 실력으로는 색혼야차 중 한 명조차 당해내지 못한다는 사실을 알고 있지만, 그렇다고 두 눈 뻔히 뜨고 절대자를 뺏길 수는 없는 일이었다.

그의 오른손에 도파의 차가운 감촉이 전해졌다.

"무슨 일인가?"

바로 그때 뒤쪽에서 쩌렁한 호통성이 터졌다.

현조운이 돌아보니 주루에서 다섯 명의 장한이 몰려 나오고 있었다. 그들 중 누군가가 호통을 친 듯했다.

그들은 황의 경장 차림에 허리에는 도를 찼으며, 머리에는 전쟁에 임하는 장수들처럼 철투구를 썼는데, 미간에서 콧등까지 한 치의 폭으로 길게 덮고 있는 모습이 특이했다.

그리고 검은 투구 복판 이마의 동그란 원 안에 '북(北)'이라는 한 글자가 흰색으로 새겨져 있어서 유독 눈에 띄었다.

'북천벽력궁(北天霹靂宮)!'

현조운은 내심 부르짖었다.

북천벽력궁은 천하무림을 삼분(三分)하고 있는 삼천 중에서 북천의 지배자였다. 현조운은 북천벽력궁 고수들을 본 적은 없지만 그들이 '북' 자가 새겨진 투구를 쓰고 있다는 말은 많이 들었다.

"지부주(支部主)님 아니십니까? 또 뵙는군요!"

그때 상단의 행수인 우평이 북천벽력궁 고수들 중 앞서서 걸어오고 있는 인물을 알아보고 다가가면서 반갑게 아는 체를 했다.

"오~! 우 대인이 아니시오? 아직도 출발하지 않으셨소?"

다섯 명 중에 혼자만 황의 장포 차림인 건장한 체구의 중년인이 우평에게 반색을 했다.

그는 북천벽력궁의 이곳 평천 지부 지부주의 신분이었다.
즉, 평천 일대에서는 왕이라는 뜻이다.

"출발하려는데 저분들이……."

우평은 말끝을 흐리면서 색혼도 일행을 쳐다보았다.

지부주의 시선이 색혼도가 입고 있는 회색 장삼의 상의 왼
쪽 가슴 부위에 머무르더니 눈이 세모꼴로 좁혀졌다.

그곳에는 '진천'이라는 두 글자가 뚜렷하게 수놓아져 있
었다.

"중천의 진천방이 무엇 때문에 북천의 영역 내에서 소란을
부리는 것이오?"

무림인이라면 북천이든 남천이든 어디든 갈 수 있다. 하지
만 중천의 측근인 중천오세라면 얘기가 달라진다.

"우리는 사람을 찾고 있소."

색혼도가 나직이 중얼거렸다. 언제 들어도 귀를 뜯어내고
싶을 정도로 으스스한 목소리였다.

"그 사람이 설마 여기 있는 상인들 중에 있소?"

"아닌 것 같소."

색혼도는 날카로운 눈빛으로 상인들과 현조운을 한차례
쓸어본 후 대답했다.

"후후! 설혹 그렇다고 해도 내 앞에서 당신들 멋대로 데려
갈 수는 없겠지."

지부주의 입 끝이 비틀어지듯이 말려 올라가며 흐릿하지

만 조소가 명백한 미소가 매달렸다. 또한 그것은 상대의 감정을 들쑤시기에 부족함이 없었다.

색혼도의 미간이 가볍게 찌푸려지면서 두 눈에 살심이 은근히 일렁였다. 하지만 그는 여간해서는 감정을 드러내지 않는 인물이었다.

그때 적당한 기회를 노리고 있던 우평이 지부주에게 두 손을 모으고 가볍게 허리를 굽혔다.

“지부주님, 저희는 이제 출발해도 되겠습니까?”

평천현은 북방을 오가는 수많은 상단들이 반드시 거쳐 가는 곳이며, 우평의 상단도 그중 하나다.

상단들이 각 지역을 지날 때마다 반드시 찾아가서 인사를 올려야 하는 사람이 두 명 있다.

바로 그 지역을 관장하는 관리와 무림의 실세에서 파견한 인물이다.

사흘 전, 우평은 평천현에 도착하자마자 늘 하던 대로 북천벽력궁 평천 지부주부터 찾아갔다.

그가 관리보다 앞서 평천 지부주를 찾아간 이유는, 이곳에서는 관보다는 북천벽력궁의 위세가 더 막강하기 때문이었다.

그래서 일단 두둑한 은자로 평천 지부주에게 재회의 인사를 올린 후, 그다음은 현 내에서 제일 최고급의 기루로 데리고 가서 근사한 요리와 술, 그리고 기녀를 안겨주었다.

그러고 나면 상단이 최소한 평천현 관내에서만큼은 무엇을 하건 만사형통이다.

바로 지금처럼.

"핫핫핫! 내가 있는데 무엇을 망설이시오, 우 대인? 어서, 어서 출발하시오!"

지부주는 고개를 젖히고 호탕한 웃음을 터뜨리면서 사흘 전 밤에 우평이 술자리에서 안겨준 기녀의 흐벅진 몸뚱이를 떠올렸다.

진천방은 중천의 절대자, 즉 중천군림성주의 오른팔이다. 그런 진천방에서 온 자들을 말로나마 짓밟으니 지부주는 너무나 통쾌해서 웃음을 멈출 수가 없었다.

우평은 현조운에게 슬쩍 의미있는 눈짓을 보낸 후 수하들에게 명령했다.

"출발한다!"

결국 색혼도는 상단과 한 대의 평범한 마차를 수색하지 못했다. 그러나 조금 전에 빠르게 훑어본 결과 별 이상한 점을 발견하지 못했기 때문에 잠자코 있는 것일 뿐이다.

그러나 만약 조금이라도 의심이 갔다면, 설혹 북천벽력궁 평천 지부와 한바탕 드잡이를 벌이는 한이 있더라도 순순히 물러서지는 않았을 것이다.

그런 것이 바로 색혼도의 성격이었다.

현조운은 등줄기에서 식은땀이 흐르는 것을 느끼며 서둘

러 대로의 왼쪽으로 마차를 몰아갔다.

그 뒤를 따라서 상단이 큰 덩치와는 달리 신속한 움직임으로 대로의 오른쪽 길로 접어들었다.

현조운은 되도록 천천히 마차를 몰았다.

당장이라도 색혼도 일행이 뒤쫓아와서 뒷덜미를 움켜잡을 것 같아서 빠르게 마차를 몰고 싶었지만 꾹꾹 참으면서 최대한 천천히 여유를 가장하면서 움직였다.

대로를 완전히 벗어나 한적한 관도에 들어서서도 약간만 속도를 높여서 가다가 산굽이를 돌자마자 그제야 질풍처럼 달려나갔다.

우두두두!

그렇게 그는 말이 거품을 물고 쓰러질 때까지 달렸다.

*   *   *

우평의 상단이 임서현을 출발한 지 하루 반나절이 지났다.

지난밤에 그들은 숲에서 하루 노숙을 한 후 동이 트기 전에 출발하여 한 번도 쉬지 않은 채 서쪽을 향해 묵묵히 이동하고 있는 중이었다.

상단이 조심해야 할 것은 매우 많지만 그중에서도 특히 산적 무리를 가장 경계해야 한다.

그들은 물건과 돈을 약탈할 뿐만 아니라 상인이든 양민이든 무차별 학살을 하기 때문이다.

현이 가까운 지역에는 당연히 산적들이 출몰하지 않는다.

현에는 관군이 있는가 하면, 산적만을 전문적으로 소탕하는 토벌대가 상시 주둔하고 있으며, 더러는 무림방파들도 있기 때문이다.

상인이나 나그네들에게 산적이 저승사자라면, 산적들에겐 토벌대와 무림방파가 염라대왕이었다.

그러나 지금 우평의 상단이 지나고 있는 이 지역에서 제일 가까운 현이 얼마 전에 떠나온 임서현인데 거리가 삼백여 리에 달했다.

그러므로 이곳은 토벌대나 무림방파의 손길이 거의 미치지 않는 무법지대라고 할 수 있었다.

그러나 우평은 그리 걱정하지 않았다. 그는 수십 년 동안 평천현과 달이호의 길을 수백 차례나 지나다녔지만 한 번도 산적과 마주친 적이 없었다.

오랜 경험을 통해서 산적들이 자주 출몰하는 지역과 그렇지 않은 지역을 환하게 꿰고 있기 때문이었다.

우평은 그가 속한 '다물' 이라는 상단 내에서도 경험이 풍부한 몇 안 되는 행수 중에 한 명이다.

덜컹! 덜커덩!

이 길은 산적들이 출몰하지 않는 대신 길이 몹시 험해서 편한 길로 갈 때보다 시간이 반 이상 오래 걸렸다.

그래도 산적을 만나 약탈당하고 목숨을 잃는 것보다는 백 배 나았다. 수하들도 그것을 잘 알고 있는 터라 군말없이 잘 따라주었다.

우평이 이끌고 있는 상단은 중간급의 규모, 즉 중상단(中商團)이었다.

한 명의 행수와 부행수, 그리고 이십 명의 수하, 총 이십이 명의 식구였다.

세 대의 수레와 두 대의 마차, 십여 필의 말에 짐이 가득 실렸고, 어자석과 말 위에는 수하들이 탔으며, 행수와 부행수는 선두에서 약간 뒤처져 있었다. 상단들이 다 그렇듯이 우두머리를 보호하기 위한 편제였다.

우평은 좌우로 흔들리는 말 등에 몸을 맡긴 채 앞쪽의 골짜기 입구를 쳐다보았다.

골짜기가 끝나면 황무지가 나타날 것이고, 그 길을 한 시진쯤 가면 그리 넓지는 않지만 몇 그루의 나무와 초지가 형성된 곳이 나오는데, 그곳에 샘물이 있다.

임서현에서 달이호까지 가는 길에 하나밖에 없는 그 샘물에 당도하면 잠시 휴식을 취하기로 마음먹고 우평은 스르르 눈을 감았다.

보이는 모든 것이 누런 구릉과 골짜기, 황무지뿐인 몽고고원을 지나는 것은 누구에게나 고행이 아닐 수 없다.

눈부신 뙤약볕 아래에서 황무지를 보느니 차라리 눈을 감

고 커다란 양산 아래에서 잠깐씩이나마 오수를 즐기는 편이
나았다.

우평은 문득 어젯밤 노숙할 때 미음을 먹이기 위해서 봤던
목관 안의 사내를 떠올렸다.

그는 그처럼 다부진 체격과 완고한 용모의 남자를 오십오
년 동안 살아오면서 한 번도 본 적이 없었다.

모르긴 해도 아마 굉장한 삶을 살아왔을 것이라는 추측이
그 사내를 본 우평의 첫 느낌이었다.

그 사내에 대해서 호기심이 뭉게구름처럼 생긴 우평이었
지만 그 정도에서 그만두었다.

그가 이날까지 별일 없이 상단을 이끌어오고 있는 여러 이
유 중의 하나가 절제라는 것이었다.

나아갈 때와 물러설 때를 제대로 알고 있으면 번거로운 일
에 휘말리는 일을 줄일 수 있기 때문이다.

휘이…….

그때 어디에선가 휘파람 소리 같은 산새의 울음소리가 아
련하게 들려왔다.

'허허, 몽고고원에 산새 울음소리라니…….'

우평은 속으로 웃다가 화들짝 놀라면서 번쩍 눈을 떴다.

몽고고원에는 산새가 없다.

픽!

"흐악!"

상단의 선두가 골짜기 입구를 막 벗어나고 있었는데, 가장 앞선 마상의 수하 한 명이 전면에서 쏘아온 화살에 가슴팍이 꿰뚫리면서 비명을 터뜨렸다.

우평의 잠이 찬물을 끼얹은 듯이 확 달아났다. 그는 벼락같이 외치면서 말머리를 돌렸다.

"산적이다! 왔던 길로 전속력으로 도주하라!"

하루 온종일 가도 사람 한 명 만날 수 없는 황무지에서 화살이 쏘아져와 사람을 상하게 했다면 두 번 생각할 것도 없이 산적의 출현이었다.

뒤쪽으로 방향을 바꾼 상단의 후미가 선두가 되어 전속력으로 달려나갔다.

두두두둑!

그러나 상단은 곧 멈춰야만 했다.

전면에서 수십 필의 말이 뿌연 먼지를 일으키면서 질풍처럼 달려오고 있었기 때문이다.

수십 필의 마상에는 각양각색의 옷차림에 손에는 검이나 도, 각종 무기를 되는 대로 움켜쥔 험상궂은 용모의 사내들이 앉아 있었다.

다급한 표정으로 골짜기 입구 쪽을 뒤돌아보던 우평의 얼굴에 절망이 떠올랐다. 그곳에서도 수십 기의 인마가 노도처럼 질주해 오고 있었다.

산적들의 이마에 질끈 동여맨 검은 머리띠가 보였다.

굳이 거기에 적혀 있는 '풍(風)'이라는 글자를 보지 않더라도 그들이 몽고고원 일대에서 잔인무도하기로 소문난 흑풍채(黑風寨)의 산적이라는 사실을 알 수 있었다.

우평은 흑풍채의 세력권이 이곳에서 백오십여 리나 떨어진 곳이라는 사실을 알고 있었다.

그들이 말을 달려서도 하룻길인 이곳까지 진출하다니 믿을 수가 없었다.

우평은 눈앞이 캄캄해졌다. 조심, 또 조심을 신앙처럼 여기던 그였지만 마침내 벼랑 끝에 내몰리고 만 것이다.

안전하게 수십 차례나 지나다녔던 이곳에 산적이 출현하다니, 그는 자신들에게 일어나고 있는 일이 현실처럼 여겨지지가 않았다.

"행수님! 어떻게 합니까?!"

누군가의 절규 같은 외침에 우평은 정신이 번쩍 들었다.

'물건을 뺏기더라도 사람 목숨은 구해야겠다!'

우평은 산적 떼를 향해 말을 몰아 달려나갔다.

물건을 모두 약탈당하는 것보다 한 사람의 생명이 더 소중하다고 여기는 그였다.

그는 달리면서 목이 터져라 외쳤다.

"멈추시오! 돈과 물건은 모두 고이 바칠 테니 목숨만은 살려주시오!"

그렇게 외치며 달려가던 우평은 전면에서 무언가 반짝이

는 물체를 발견했다. 마치 풍뎅이 한 마리가 날개를 반짝이면서 자신을 향해 날아오는 것 같았다.

그러나 그것은 햇살에 빛나는 화살촉이었다.

퍽!

"허억!"

우평은 가슴 한복판이 인두로 지진 것처럼 화끈한 것을 느끼며 숨이 콱 막혔다.

그러더니 거짓말처럼 순식간에 온몸에서 힘이 쭉 빠져나가면서 정신이 아득해졌다.

"모조리 죽여라!"

누군가 쩌렁쩌렁하게 외치는 소리를 들으면서 우평은 말에서 굴러 떨어졌다. 등을 땅에 모질게 부딪쳤지만 고통은 조금도 느껴지지 않았다.

산적들에게, 그것도 흑풍채처럼 잔인한 놈들에게 살려달라고 한 자체가 잘못이었다.

이틀 전, 임서현에서 날아오른 비둘기 한 마리가 흑풍채로 날아들었다.

비둘기, 즉 비합전서의 발목에 묶여 있는 한 통의 서찰에는 제법 굵직한 상단 하나가 임서현을 출발하여 달이호로 향했다고 정확하게 적혀 있었다.

비합전서를 날려 보낸 곳은 임서현 내에 있는 어떤 주루였으며, 우평의 상단은 사흘 전에 그곳에서 하룻밤을 묵었다.

갈수록 영리해지는 상단을 잡기 위해서 흑풍채는 임서현
은 물론 주변의 몇 개 현의 주루들을 포섭해 두었다. 그 덕분
에 흑풍채는 요즘 짭짤한 호황을 누리고 있었다.

흐릿해져 가는 정신 속에서 우평은 마지막으로 목관 속에
누워 있던 강팍한 사내의 얼굴을 떠올렸다.

그렇게 목관은 달이호에 전해지지 못했다.

第四章
흑풍채(黑風寨)

아담한 호수 둘레에 백여 채의 고만고만한 통나무집이 서너 개의 군락을 이룬 채 모여 있었다.

통나무집들 뒤쪽은 너른 초지이고, 그 뒤편은 숲이었다.

숲에는 제법 나무들이 빽빽했지만 이곳의 나무들은 잎이 뾰족한 삼나무나 잣나무 따위가 대부분이라서 울창하다는 느낌은 들지 않았다.

그리고 전체적으로는 높은 절벽이 흡사 병풍처럼 둘러쳐져 있어서 이곳을 천험의 요새로 만들어주었다.

바로 이곳이 몽고 동북부 지역을 주름잡고 있는 악명 높은 흑풍채의 산채였다.

오랜만에 산채가 떠들썩해졌다. 상단 하나를 몰살시키고 수레 세 대와 마차 두 대, 십여 필의 말에 가득 실린 물건을 노획해 왔기 때문이다.

그것은 근래에 보기 드물게 두둑한 수입이었다.

밖에 내다 놓은 호피의에 떡하니 앉아 있는 흑풍채의 채주는 더없이 흡족한 표정이었다.

그가 지켜보고 있는 가운데 일사불란하게 모든 짐이 내려지고 또 분류되고 있는 중이었다.

원래 상단은 값싼 물건들을 갖고 다니지 않는다. 먼 길을 왕래하는 상단일수록 더욱 그렇다.

가깝다고 해야 천여 리, 멀게는 수천 리 길을 짧게는 한두 달, 길게는 일 년여씩이나 걸려서 모진 고생을 하며 다니는데, 싸구려로는 타산이 맞지 않기 때문이다.

어제 노획한 상단도 마찬가지였다. 그들의 물건 중에서 가장 싸구려가 호피나 수달피 같은 것이고, 대부분 보석이나 비단, 세공품 따위의 값진 물건들이었다.

이 정도면 어림짐작으로 얼추 계산해 봐도 은자 이천 냥 정도는 족히 받을 수 있을 것이다.

하면, 삼분의 일은 채주 몫으로 떼고 나머지를 수하들에게 나누어 줘도 몇 달 동안은 풍족할 터이다.

그러나 채주가 기분이 좋은 이유는 따로 있었다. 상단의 행수로 보이는 자의 품속에서 금화가 이십 냥씩이나 든 비단 주머니 하나를 발견했기 때문이다.

금화 이십 냥이면 은자 천 냥이다. 오늘 약탈한 물건을 모두 합친 것의 절반에 해당하는 엄청난 액수였다.

산적 두령이라고 해서 약탈한 물건을 죄다 차지하는 욕심을 부릴 수는 없는 일이었다.

돈 때문에, 가족들을 굶겨 죽이지 않으려고 어쩔 수 없이 산적이 된 사람들이 대부분인 터에, 두령이 약탈한 물건을 독식한다면 어느 누가 그런 욕심 많은 두령 밑에 붙어 있으려 하겠는가?

그런데 어제 상단을 전멸시킨 후에 죽은 상단 놈들의 몸을 뒤지던 부채주가 채주에게 다가와 슬며시 비단 주머니 하나를 건네주는 것이 아닌가?

그 비단 주머니에 금화 이십 냥이 들어 있었고, 그것은 고스란히 채주의 몫이 되었다.

그는 부채주가 비단 주머니의 금화를 빼돌렸을 것이라고는 의심하지 않았다.

부채주의 충성심과 용맹함은 채주 자신도 인정하고 있는 터였다.

하루 종일 쉬지 않고 전력을 다해서 달려야 하는 거리까지 출동하여 왕복 이틀을 허비했지만, 이토록 근사한 노획품은 채주와 흑풍채 산적들의 피로를 말끔히 씻어주고도 남음이 있었다.

"채주."

그때 충성스러운 부채주가 다가와 조심스러운 목소리로 허리를 굽혔다.

"뭐냐?"

채주는 백여 명의 수하들 중에서 자신이 가장 신임하는 부채주를 흐뭇한 미소를 지으며 쳐다보았다.

"보여 드릴 것이 있습니다."

부채주 옆에 수하 두 명이 목관 하나를 들고 서 있는 것이 보였다.

"관 아니냐? 그 안에 시체가 있는 것이냐?"

채주는 가볍게 눈살을 찌푸렸다.

"그렇습니다. 수레의 하창에서 발견했습니다."

"나더러 시체를 보라는 것이냐?"

"그렇습니다."

"그럼 보자."

부채주는 신중하고 꼼꼼한 성격이었다. 그래서 그는 쓸데없는 일로 채주를 귀찮게 한 적이 없었다. 그것은 이번도 마찬가지일 것이라는 믿음으로 작용했다.

"잠깐 들어가서 보시지요."

채주가 그렇게 말하는 부채주의 얼굴을 보자 그는 몹시 긴장하고 상기된 표정이었다.

그리고 그 표정은 그가 채주에게 비단 주머니를 건네줄 때와 매우 비슷했다.

"따라와라."

채주는 잠시 마뜩찮은 표정을 지었다가 결국 벌떡 일어나 앞장서서 자신의 거처로 걸어갔다.

목관 안에는 채주의 예상처럼 한 구의 시체가 들어 있었다.

채주는 대수롭지 않게 시체를 굽어보다가 갑자기 표정이 확 변하면서 몸이 석상처럼 굳어버렸다.

그의 시선은 시체 안에 누워 있는 사내의 얼굴에 못 박히듯이 고정된 채 눈도 깜빡이지 않았다.

부채주는 아무 말 없이 사내를 굽어보았다. 그 역시 조금 전에 목관을 열고 사내를 처음 발견했을 때 지금 채주가 보이고 있는 반응과 똑같은 반응을 보였다.

한참 만에야 채주는 여전히 사내의 얼굴에서 시선을 떼지 못한 채 신음처럼 중얼거렸다.

"음! 이자, 굉장하군."

부채주 역시 같은 느낌이었다. 그런 점에서 그는 채주와 비슷한 안목을 지녔다고 할 수 있었다.

대체 목관 안에 누워 있는 사내의 어떤 점이 굉장한 느낌을 주는 것인지는 구체적으로 설명하기 어려웠지만, 사내는 세상의 모든 남자들이 동경하고 또 지향하고자 하는 완벽한 모습을 지니고 있었다.

그렇다고 사내가 준수하다는 뜻이 아니다. 오히려 외모는 준수하다는 것과는 거리가 멀었다.

하지만 누구든 사내를 보고 있노라면 저절로 압도당하는 느낌이 들고 말 것이다.

사내의 모습은 수백 번의 전쟁에서 살아남은 백전노장이나, 높은 산정에서 홀로 포효하는 고독한 야수의 모습과도 많이 닮아 있었다.

채주는 오랫동안 사내에게서 눈을 떼지 못했다. 호흡도 멈춘 듯했고, 눈도 깜빡이지 않았다.

"아직 살아 있습니다."

채주가 겨우 충격에서 벗어나서 '그래봐야 죽은 시체가 아닌가?' 라고 말하면서 돌아서려고 하는데 부채주가 나직한 어조로 불쑥 입을 열었다.

"살… 았다고?"

순간 처음에 느꼈던 충격이 배가되어 또다시 채주의 머리를 강타했다.

"그리고 품속에 이것이 들어 있었습니다."

부채주는 하나의 작은 가죽 주머니를 내밀었다. 설란후가 현조운에게 주었고, 현조운이 사내의 품속에 찔러 넣어준 가죽 주머니였다.

가죽 주머니 안에 금화가 무려 스물아홉 냥씩이나 들어 있는 것을 확인한 채주의 눈이 휘둥그레졌으며, 자신도 모르게 입이 쩍 벌어졌다.

부채주는 사내의 품속에 또 하나의 물건, 금오령패가 있는 것에 대해서는 함구했다.

그가 보기에 그 물건은 값어치가 나가지는 않을 것 같았지만, 목관 안의 사내에게는 중요한 물건일지도 모른다는 생각이 들었기에 그냥 사내의 품속에 두었다.

"이자는 중상을 입은 것이냐?"

"모르겠습니다."

"너는 이자를 어떻게 했으면 좋겠느냐?"

여태껏 이런 경우는 한 번도 없었지만, 설혹 있었다고 해도 채주의 끊고 맺음이 분명한 성격으로 미루어 후환을 남겨두지 않기 위해서 죽여 버리려고 할 것이다.

그런데 이처럼 묻는 것은 첫째, 사내에게 받은 느낌이 지나치게 강렬했으며, 둘째, 엄청난 금화를 지니고 있기 때문일 것이다.

"스스로의 목숨 값을 지니고 있던 자입니다. 아무래도 살려주심이 좋을 듯합니다."

부채주는 일부러 자신이 느낀 사내의 극강함에 대해서는 일언반구 입도 뻥끗하지 않았다.

그것이 오히려 채주의 반발적인 심기를 건드려 일을 그르칠 수도 있다고 판단했다.

잠시 굳은 얼굴로 생각에 잠기던 채주는 가죽 주머니에서 이십 냥을 꺼낸 후 아홉 냥이 든 가죽 주머니를 부채주에게 던져 주었다.

"채주……."

"운이 좋아서 이 사내가 살아난다면 너의 공이 크니 그 정도는 가져도 된다."

채주는 그 말을 남기고 횡하니 밖으로 나가 버렸다.

"고맙습니다."

부채주는 채주의 등에 대고 허리를 굽혔다. 그러면서도 그는 자신이 왜 고마워하는지 이유를 알지 못했다.

"그는 어떠냐?"

다음날, 부채주 양궁표(梁穹飄)는 산채 내에 있는 의방에 찾아가 목관 안에 들어 있던 사내를 굽어보면서 물었다.

이곳 흑풍채 내에서 다친 사람이나 환자가 발생하면 도맡아서 치료하는 산채에 한 명밖에 없는 의원 유승(柳承)이 암울한 표정을 지었다.

휙!

"부채주께서 한번 직접 보십시오."

유승이 말하면서 이불을 걷어버리자 나무 침상 위에 눕혀져 있는 벌거벗은 사내의 알몸이 고스란히 드러났다.

순간 양궁표는 사내의 얼굴을 처음 봤을 때와는 조금 다른 팽팽한 긴장감 때문에 움찔 몸을 떨었다.

처음에 옷을 입고 있던 모습을 보고 대충 짐작했던 것보다는 훨씬 더 크고 건장한 체격의 사내가 그곳에 누워 있었다.

양궁표도 산채 내에서는 꽤 큰 키에 속하는데, 사내는 양궁표보다 반 뼘 이상은 더 큰 것 같았다.

단단하게 딱 벌어진 어깨에 약간 마른 듯하면서도 어깨와 가슴, 목, 복부, 다리에 꼭 필요한 근육만 골고루 잘 발달된 모습이라서 마치 심혈을 기울여서 다듬어놓은 하나의 조각을 보는 것 같았다.

또한 사내의 온몸에는 크고 작은 흉터가 셀 수 없이 많았다. 그것들이 사내를 더욱 강렬하게 보이게 했다.

양궁표는 그 흉터들이 도검에 의한 것이라는 사실을 한눈에 간파했다.

양궁표가 사내의 몸을 보고 긴장한 이유는 사내의 몸이 마치 잘 벼려진 한 자루 검 같다는 느낌을 강렬하게 받은 때문이었다.

그것도 피가 흠뻑 묻어 있는 검.

그가 사내를 처음 봤을 때의 직감이 틀림없는 것 같았다. 사내는 무림인이 아니면 장수일 것이다.

양궁표와는, 아니, 산적 따위하고는 전혀 다른 세계의 인물인 것이다.

"어떻게 보이십니까?"

이번에는 유승이 양궁표를 보며 물었다.

"이 사내는 무인(武人)이었군."

유승이 물은 것은 그게 아닌데 양궁표는 사내를 본 자신의 소감을 말했다.

"그런 것 같습니다."

유승이 사내가 누워 있는 나무 침상 옆의 의자를 바짝 끌어당겨 앉으면서 사내의 한쪽 팔을 들어 올렸다.

"여길 보십시오."

양궁표는 사내의 오른손 손목을 보며 눈살을 찌푸렸다.

"힘줄을 잘랐군."

그는 과거에 손목의 힘줄이 잘린 것을 몇 번 본 적이 있었기에 쉽사리 알아보았다.

"이 사람이 무인이었다면 다시는 무기를 잡지 못하게 된 것이지요."

양궁표는 더욱 눈살을 찌푸렸다.

이 사내의 오른 손목 힘줄을 자른 자는 이 사내가 오른손잡이이기 때문에 그런 짓을 했을 것이다.

검이든 칼이든 무인이 더 이상 무기를 잡지 못한다면 생명을 잃은 것이나 다름이 없다. 아니, 더 비참하다.

"어떻게 할까요?"

유승이 난감한 표정으로 양궁표를 쳐다보았다.

오른손을 영원히 쓰지 못하게 된 오른손잡이 무인을 살려서 무엇에 쓰겠느냐는 무언의 뜻이 함축된 물음이었다.

양궁표는 의자에 앉아서 자신의 까칠한 턱을 쓰다듬으며 이미 여러 차례 자세히 살펴보았던 사내의 얼굴을 또다시 굽어보았다.

사내는 갸름한 얼굴이었다.

그러나 결코 잘생긴 미남은 아니었다.

송충이처럼 굵고 짙은 눈썹은 끝이 조금 올라갔으며, 약간 튀어나온 광대뼈에 움푹 꺼진 뺨, 큼직하면서도 날카롭게 솟은 코와 두툼한 입술.

나이는 이십칠팔 세 정도.

양궁표보다 대여섯 살 아래 연배인 듯했다.

문득 사내의 왼쪽 뺨에 두 치가량의 비스듬히 새겨진 흉터가 양궁표의 눈에 띄었다.

보통 사람의 얼굴에 그런 흉터가 새겨져 있다면 험악하게 보이기 십상인데, 이 사내는 오히려 그것이 인상을 더욱 강렬하게 만들어주고 있었다.

'음! 보면 볼수록 정말 사내다운 사내로군!'

양궁표는 사내의 얼굴에 시선을 고정시킨 채 부지중 속으로 묵직한 신음을 흘렸다.

그는 아무에게나 사내라고 하지 않는다. 진정한 사내에게만 '사내' 라는 표현을 쓴다.

그가 철이 들고 나서 이날까지 살아오면서 만났던 진정한 사내는 삼 년 전 다른 산채에 볼일을 보러 갔다가 그곳 산채를 토벌하러 들이닥친 기마토벌대의 젊은 무장(武將) 한 명뿐이었다.

그 당시의 젊은 무장은 불과 이십여 명의 기마병만으로 백오십여 명의 그곳 산적 중 절반을 죽이고 절반은 포로로 묶어서 끌고 갔다.

젊은 무장은 마상에서 쩌렁쩌렁하게 포효하면서 한 손으로는 창을, 다른 손으로는 도를 신들린 듯이 휘둘렀는데, 산적들은 그야말로 추풍낙엽이었다.

그 당시에 양궁표는 은밀한 곳에 숨어서 그 광경을 보며 도망칠 생각도 하지 못한 채 젊은 무장의 용맹함과 무위에 넋을 빼앗겼다.

그런데 지금 양궁표는 이 사내에게서 삼 년 전 그 무장의 모습을 발견한 것이다.

양궁표는 가슴이 답답해졌다.

예전에는 꽤나 쟁쟁했을 이런 사내가 앞으로 평생 검을 잡지 못한다는 사실 때문이었다.

그러나 방법이 없었다. 힘줄이 끊어진 것은 어떻게 해볼 도리가 없었다.

"살겠느냐?"

"잘 모르겠습니다."

양궁표는 가볍게 눈살을 찌푸렸다.

"무슨 소린가?"

"너무 오랫동안 제대로 먹지도 못한 채 혼절해 있었던 것 같습니다. 보십시오. 뱃가죽이 등에 달라붙었습니다."

"얼마나 오랫동안이지?"

"제가 보기엔 아마도 한 달 이상인 것 같습니다."

"한 달이나?"

양궁표는 놀라다 못해서 어이가 없었다. 그는 다시 사내를 쳐다보았다. 경이로울 정도로 끈질긴 생명력이었다.

그러나 그는 곧 고개를 절레절레 저으며 일어섰다.

그럼 무엇 하겠는가. 무인에게 생명보다 더 중요한 오른손을 못 쓰는 병신인데…….

"손목의 힘줄이 끊어진 것 외에는 특별한 상처가 없는 것 같은데, 대체 이 사내는 무엇 때문에 혼절에서 깨어나지 못하는 것이냐?"

유승은 고개를 갸웃거리면서 자신없게 대답했다.

"독(毒)이 아닌 것만은 분명한데, 저도 무엇 때문인지 도통 모르겠습니다. 꼭 술에 만취한 사람 같기도 하고……."

결국 그는 비슷하게 맞췄다.

사내, 중천의 절대자는 한 모금만 마셔도 백 일 동안 취해서 깨어나지 못한다는 백일취수를 열다섯 병씩이나 마시지 않았는가.

그 후 사흘 내내 양궁표는 다람쥐 제 집 드나들 듯이 의방에 드나들었다.

특별히 출동할 일도, 별달리 할 일도 없었던 탓도 있지만, 자신의 손으로 구한 사내에 대한 호기심을 억누를 수가 없었다는 이유가 더 크게 작용했다.

아니, 사실 양궁표가 사내에게 품고 있는 것은 호기심 이상의 것이었다.

사내는 은밀하게 목관 안에 실린 채 상단에 의해서 어디론가 옮겨지다가 흑풍채 산적이 약탈한 물건에 묻혀서 이곳 산채까지 왔다.

만약 양궁표가 목관을 열고 사내를 처음 본 순간 말로는 설명하기 힘든 어떤 기이한 느낌을 받지 않았더라면, 그래서 채주에게 살려주자고 제안하지 않았더라면 사내는 그대로 죽고 말았을 것이다.

어쩌면 양궁표는 사내에게 일말의 기회를 주고 싶었는지도 모른다.

사내는 얼마 전까지만 해도 쟁쟁한 명성을 날리면서 번듯한 기반을 이루고 가족과 함께 살았을 것이다.

그랬던 사내가 어떻게 저런 처참한 상태로 이곳까지 흘러왔는지는 모를 일이지만, 한 가지만은 분명했다.

자신의 위치에서 몰락한 것이다.

알 수 없는 누군가에 의해서.

양궁표는 다 죽어가는 사내를 자신의 손으로 일으켜 세워 그를 이 지경으로 만든 그 누군가에게 복수할 수 있는 기회를 주고 싶었는지도 모른다.

아울러 양궁표 자신에 의해서 운명이 바뀐 사내의 눈부신 재기를 보고 싶은 마음을 갖고 있기도 했다.

다시 사흘이 지났을 때에도 사내는 여전히 깨어나지 못한 상태에서 처음 모습 그대로 누워 있었다.

의방 책임자 유승이 사내에게 해줄 수 있는 것이라고는 하루에 세 차례 입속으로 약간의 미음을 흘려 넣어주는 것과 젖은 수건으로 몸을 닦아주는 것 정도가 고작이었다.

양궁표는 사내가 대단한 인물이었을 것이라는 자신의 안목을 여전히 굳게 믿고 있었다.

그는 물끄러미 사내를 굽어보다가 내심 중얼거렸다.

'만약 저 사내가 깨어난다면……'

거기에 생각이 미치자 또다시 가슴이 답답해졌다. 팔병신이 된 자신의 모습을 보고 절망에 빠질 사내의 모습이 눈에 선했다.

"힘줄을 이을 수 있겠나?"

사내가 흑풍채에 온 지 열흘째 되는 날에도 양궁표는 의방에서 죽치고 있었다.

한동안 사내를 물끄러미 응시하며 생각에 잠겨 있던 양궁표는 불쑥 뜬금없는 말을 내뱉었다.

유승은 양궁표의 얼굴을 멀뚱히 쳐다볼 뿐 가타부타 아무 말도 하지 않았다.

유승의 얼굴에는 어이가 없다는 표정이 가득했으므로 굳이 대답을 하지 않아도 좋을 듯했다.

양궁표는 최소한 사내가 팔병신이 되는 것만은 막아보자는 판단을 내린 것이다.

"불가능한가?"

"가능, 불가능이 아니라, 끊어진 힘줄을 잇는다는 말은 생전 들어본 적이 없어놔서……."

"이봐! 끊어진 빨랫줄은 이으면 되고, 옷이 찢어지면 꿰매면 되는 것 아닌가?"

양궁표가 아무것도 아니라는 듯 언성을 높이자 유승은 얼떨떨한 표정을 지었다.

"그렇긴 하지만 힘줄은 빨랫줄이나 옷하고는 전혀 다릅니다."

"물론 다르겠지. 하지만 크게 다르지는 않을 것이다. 끊어진 빨랫줄을 이으면 다시 쓸 수 있는 것처럼, 몸에 난 상처도 세월이 흐르면 저절로 아물고, 부러진 팔다리가 붙으면 오히려 예전보다 더 강해지지 않더냐?"

옛말에도 무식하면 용감하다고 그랬다. 그리고 사실 양궁표는 정말 무식했다.

유승은 불길한 생각이 들어 조심스럽게 물었다.

"그러니까 부채주께선 정확히 말해 무엇을 원하시는 겁니까?"

양궁표는 잠시 사내를 굽어보다가 힘주어 말했다.

"우리가 이 사내의 끊어진 힘줄을 한번 이어보자."

"……."

설마했는데 막상 그 말을 듣게 되자 유승은 아연실색하고 말았다.

그래서 그가 막 뭐라고 항의하려는데 양궁표의 다음 말이 그의 입을 틀어막았다.

"무조건 해라! 뒷책임은 모두 내가 지겠다!"

그렇게 해서 정말 말도 안 되는, 짐승도 아닌 인간의 끊어진 힘줄을 잇는 시술, 아니, 작업이 시작됐다.

일단 사내의 오른팔 안쪽을 위로 향하게 해서 팔 전체를 바닥에 단단하게 고정시켰다.

"시작해라."

유승은 극도로 긴장된 표정으로 눈도 깜빡이지 않은 채 사내의 오른팔을 쏘아보았다.

그의 오른손에는 길이 일곱 치가량의 얇은 면도(面刀)가 쥐어져 있었다.

그는 마른침을 꿀꺽 삼키고 나서 긴장한 표정이 역력한 얼굴로 힐끗 양궁표를 쳐다보았다. 지금 이 순간까지도 끊어진 힘줄을 이으라는 양궁표의 말이 농담처럼 여겨지고 있기 때문이었다.

"뭘 하느냐, 어서 시작하지 않고?!"

양궁표가 엄하게 꾸짖었다.

유승은 그의 얼굴에서 추호의 장난스러움도 발견하지 못했다. 이것은 현실이었다.

"제대로 해라."

양궁표는 흑풍채에 합류하기 전에 의방에서 보조로 일 년 남짓 일해본 경험이 전부인 돌팔이 의원 유승에게 너무 지나친 요구를 하고 있었다.

제대로 하라니…….

'조, 좋아! 까짓 거, 한다!'

유승은 배에 잔뜩 힘을 주며 어금니를 힘껏 악물었다.

"잘 잡으십쇼!"

단단하게 붙들어맨 팔이라 잡을 필요도 없지만 바짝 긴장한 유승은 그렇게 주문했고, 양궁표도 긴장하기는 마찬가지라 사내의 팔을 꼭 붙잡았다.

유승은 면도의 칼날을 팔의 손목 부위에 댔다. 힘줄을 자를 때 가로로 그었던 상처는 거의 아물어 있었다. 칼날은 그 흉터에 고무래 정(丁) 자 형태로 대어졌다.

그는 손목에서부터 팔꿈치 안쪽까지 자신이 절개해야 할 부위를 쭉 훑어보았다.

힘줄이 잘린 지 한 달 정도면 얼마나 말려 들어갔을까를 눈으로 가늠하는 것이었다.

그는 두 눈을 너무 부릅떠서 눈알이 튀어나올 것만 같았다.

스슥—

마침내 면도의 칼날이 움직이기 시작했다.

힘줄이 뼈와 근육 사이에 구불구불하게 붙어 있다는 것 정도는 알고 있는 유승이었기에 칼날 끝이 팔뚝 속의 뼈에 닿을 정도로만 적당하게 힘을 주었다.

하지만 한 번도 살을 갈라본 적이 없었으므로 어느 정도 깊이가 적당한지는 알지 못했다. 다만 칼날 끝에 뼈가 닿는 미세한 감촉에만 의존할 뿐이었다.

드디어 손목에서부터 한 치 반가량의 가느다란 금이 죽 그어졌다.

그러더니 칼날이 오른쪽으로 방향을 비스듬히 틀어 다시 그어졌다. 핏줄을 피하기 위함이다.

거기서부터는 핏줄이 없는 팔의 안쪽과 바깥쪽의 경계 부위인 능선을 따라 그어지다가 팔꿈치 근처에 이르러 다시 안쪽으로 비스듬히 그어졌다.

유승은 거기에서 멈추고 칼을 뺀 후 긴장된 표정으로 자신이 가른 선(線)을 찬찬히 살펴보았다.

핏줄을 잘랐다면 핏물이 분수처럼 뿜어질 텐데 그런 일은 벌어지지 않아서 천만다행이었다.

이제 말려 들어간 힘줄을 찾아야 할 순서다. 끊어진 힘줄을 잇는다고 할 때 펄쩍 뛰던 유승은 어느덧 자신도 모르게 이 일에 깊이 빠져들고 있었다.

유승은 양손 각각 세 개씩 여섯 손가락을 손등에 맞댄 채 팔뚝의 갈라진 부위로 쑤셔 넣은 후 지그시 힘을 주어 양쪽으로 벌렸다.

"보고만 계실 겁니까?!"

그는 힘이 드는지 그 상태로 멈추고는 양궁표를 향해 버럭 고함을 질렀다. 이런 상황에서는 부채주고 나발이고 눈에 보이지 않았다.

"어떻게 하면 되느냐?"

"힘줄을 찾든가, 아니면 나처럼 이렇게 잡고 계십시오! 내가 찾아보겠습니다!"

"알았다. 잡고 있으마."

"더 힘껏 벌리십시오!"

"힘을 더 주면 근육이 찢어진다."

"그럼 찢으십시오!"

팔꿈치 안쪽 어깨 쪽을 향해 손가락 두 개를 쑤셔 넣어 허우적거렸으나 힘줄을 찾지 못한 유승이 열이 뻗쳐 되는 대로

소리를 질렀다.

한동안 씨근거리면서 실랑이를 벌이던 유승은 시뻘겋게 피범벅이 된 손을 쑥 뽑고는 다시 면도를 잡았다.

"힘껏 벌리고 계십시오! 더 갈라야겠습니다!"

그는 팔꿈치 안쪽 갈라진 선의 마지막 부위에 칼끝을 대더니 다시 어깨 쪽으로 가르기 시작했다.

그의 모습은 못하겠다고 쩔쩔매던 아까의 유승이 더 이상 아니었다.

핏발이 곤두선 눈으로 칼을 쏘아보면서 어금니에서 뿌드득뿌드득 이빨 가는 소리를 내며 일에 몰두하고 있는 그에게 만약 양궁표가 이 정도에서 그만두라고 한다면 오히려 펄펄 뛰며 화를 낼 것 같은 집념 어린 모습이었다.

"차, 찾았다!"

결국 사내의 팔을 겨드랑이에서 두어 치 남겨둔 곳까지 찢고서야 마침내 유승은 희색만면하여 탄성을 터뜨렸다.

잔뜩 틀어쥔 손가락 사이로 피범벅된 희끄무레한 힘줄의 끄트머리가 보였다.

그것은 마치 꿈틀거리는 가느다란 미꾸라지나 굵은 지렁이 같았다.

"당겨!"

양궁표가 놓칠까 봐 유승이 잡고 있는 힘줄의 아래쪽을 잡고서 힘을 주며 외쳤다.

"너무 세게 당기면 끊어집니다!"

양궁표가 지나치게 힘껏 당기는 것을 보고 유승이 급히 비명을 질렀다.

두 사람은 천신만고 끝에 엎치락뒤치락하며 힘줄을 손목 부위까지 끌어당기는 데 성공했다.

"이제 어떻게 하죠?"

"묶어야지!"

"어디에 묶어야 합니까?"

"……."

양궁표는 거기서 말문이 막혔다.

그리고 깨달았다. 손바닥 속으로 말려 들어간 반대쪽 힘줄을 끄집어내야 한다는 사실을.

"잘 잡고 있어! 내가 손바닥을 가르고 힘줄을 꺼낼 테니까!"

양궁표가 핏발 선 눈으로 면도를 집어 들었다.

"서두르십시오!"

힘줄을 붙잡고 있는 유승은 힘이 드는 것보다도 아무리 손가락에 힘을 줘도 힘줄이 손가락 사이로 자꾸 빠져나가려고 해서 더 애를 먹고 있었다.

양궁표는 직접 면도를 쥐고 손목에서부터 손바닥을 조심스럽게 베어 나갔다.

손바닥 한복판쯤을 벤 후에 속으로 손가락 두 개를 넣어 이리저리 헤집어보더니 곧 끊어진 힘줄을 찾아 끄집어내며 낮은 탄성을 터뜨렸다.

"찾았다!"

그는 힘줄을 한 손으로 단단히 틀어쥐고 미리 준비한 머리카락처럼 가는 명주실을 집어 들었다.

"자! 이리 바짝 갖다 대!"

두 사람은 피범벅이 된 두 개의 힘줄을 당겨서 맞추느라 진땀을 뺐다.

"뭘 하는 것이냐?"

그때 갑자기 어디선가 조용한 목소리가 들려왔다. 두 사람으로서는 한 번도 들어본 적이 없는, 나지막하고도 굵직하며 차분한 음성이었다.

두 사람은 동작을 뚝 멈추고 동시에 의방의 입구 쪽을 쳐다보았다.

그러나 의방 문은 굳게 닫혀 있었고, 아무도 보이지 않았다.

"부채주님……."

머리카락이 쭈뼛 곤두선 유승이 두리번거리면서 목소리의 주인을 찾았다.

양궁표는 의방 안쪽을 쳐다보다가 방금 그 목소리가 지척에서 들려왔다는 사실을 그제야 깨달았다.

그의 시선이 자신도 모르게 이끌리듯이 누워 있는 사내의 얼굴로 향했다. 유승도 그를 따라 사내를 쳐다봤다.

"……."

"……."

그 순간 두 사람은 온몸이 굳어버렸다.

얼굴 가득 떠오른 것은 극도의 경악지색. 눈과 입을 크게 벌렸지만 아무 소리도 흘러나오지 않았다.

두 사람의 시선이 고정된 곳은 사내의 얼굴이었다.

놀랍게도 사내는 언제 깨어났는지 눈을 뜨고 두 사람을 묵묵히 쳐다보고 있었다.

북해의 깊은 호수처럼 깊숙이 가라앉은, 그러나 뜻밖에도 맑은 눈빛이었다.

"무얼 하느냐고 묻지 않았느냐?"

방금 전에 들었던 그 목소리가 두 사람이 지켜보고 있는 가운데 다시 사내의 입에서 흘러나왔다.

"끄악!"

"으헛!"

그제야 두 사람은 냅다 비명을 내질렀다.

유승은 목젖이 입 밖으로 튀어나올 정도로, 평소 간담이 세다고 자부하던 양궁표도 이 순간만큼은 다급히 헛바람을 토해냈다.

유승은 이미 저만치 도망쳤고, 양궁표는 그 자리에 얼어붙은 채 눈을 끔뻑이며 사내를 쳐다보았다.

그리 크지 않은 눈이었으며 심연처럼 가라앉았지만, 양궁표는 그 눈에서 감히 함부로 범접할 수 없는 위엄과 패도적인 기운이 뿜어지는 것을 느꼈다.

그 눈을 쳐다보고 있자니 문득 양궁표는 자신이 맹수 앞에 놓인 한 마리 토끼 같다는 생각이 들었다.

양궁표는 자신의 짐작이 틀렸음을 깨달았다. 단지 눈빛만 보았을 뿐이지만 사내는 양궁표가 상상하고 있던 것보다 더 굉장한 인물이 분명했다.

어쩌면 그의 상상이 미치지 못하는 곳에 있던 인물인지도 모른다.

문득 양궁표는 사내가 대답을 기다리고 있다는 사실을 깨달았다.

"우… 린 당신의 끊어진 오른손 힘줄을 잇고 있는 중이오."

양궁표는 자신의 목소리가 심하게 떨리고 있다는 사실을 깨닫지 못했다. 하지만 그렇게 말하면서도 사내의 눈을 계속 주시하고 있었다.

사내는 누군가에게 암산을 당한 후 힘줄이 끊어졌을 것이다. 그러므로 자신의 처지를 모르고 있을 테니 필경 놀랄 것이다.

그러나 양궁표의 예상은 너무도 쉽게 빗나갔다.

사람이란 입으로는 거짓을 말하더라도 눈빛은 거짓말을

하지 못하는 법이다.

사내는 비단 얼굴 표정이 조금도 변하지 않았을뿐더러 눈빛조차 흔들리지 않았다.

마치 다른 사람의 일에 대해서 듣는 듯했다.

"내 아우 영아를 보지 못했느냐?"

"못 보았소."

"약 매, 설란후는 어디에 있지?"

"그가 누구요?"

사내는 양궁표가 한 번도 들어본 적이 없는 두 사람의 행방을 물었다.

문득 자세히 보지 않으면 알아차리지 못할 만큼 가볍게 사내의 눈살이 찌푸려졌다.

"여긴 어디냐?"

"몽고고원에 있는 흑풍채라는 산적들의 산채외다."

산적들은 자신들을 일컬어 산적이라고 하지 않지만 양궁표는 그리 말했다.

또한 흑풍채라는 것과 그것이 몽고고원에 있다는 사실도 솔직하게 말했다.

그것이 사내의 기억을 이끌어내는 데에 도움이 된다고 여겼기 때문이다.

그러나 사내는 아무런 말이 없었다.

양궁표는 사내의 피투성이가 된 팔을 보다가 조금 미안한 생각이 들었다.

끊어진 힘줄을 잇는답시고 남의 팔을 아예 누더기로 만들어 놓은 것이다.

"아프지 않으시오?"

"괜찮다."

혼절해 있을 때는 그렇다고 쳐도 깨었으니 당연히 통증을 느낄 것이다.

어쩌면 사내는 팔뚝을 온통 가르고 힘줄을 뽑는 그 고통 때문에 깨어났는지도 모르는 일이다.

멀쩡한 사람도 혼절시킬 만큼 지독한 고통이련만 그는 괜찮다고 무표정하게 중얼거렸다.

그때 문득, 양궁표는 사내의 입가에 떠오른 흐릿한 미소를 발견했다.

조소였다.

아마도 스스로에게 던지는 조소인 듯했다.

그것을 끝으로 사내는 스르르 눈을 감았다.

양궁표는 그가 다시 눈을 뜨기를 기다렸지만 일각이 지나도록 뜨지 않았다.

"다… 시 혼절한 것 같습니다."

도망쳤던 유승이 언제 다가왔는지 양궁표의 뒤에 숨어서 사내를 살피며 속삭였다.

"혼절해?"

"사람이 잠을 자다가 가끔 깰 때가 있는 것처럼 혼절한 사람도 그런 경우가 왕왕 있습니다."

"그런가?"

"에휴, 어찌나 놀랐는지 저는 심장이 그냥 덜컥 멎어버리는 줄 알았습니다요!"

유승이 가슴을 쓸어내리면서 한숨을 토해냈다.

그 정도는 아니지만 양궁표도 꽤나 놀랐다. 아마 태어나서 그렇게 놀라기는 처음인 듯했다.

시체나 다름없는 자의 기도가 버젓이 살아 있는 장정 두 명을 혼비백산하게 만들었다는 사실을 믿을 사람은 그리 많지 않을 것 같았다.

양궁표가 보기에도 사내는 혼절한 것 같았다.

"자! 다시 하자."

"앗! 히, 힘줄!"

놀라는 바람에 힘줄을 놓고 냅다 도망쳤던 유승은 그 사실을 깨닫고 비명을 질렀다.

어쨌든 두 사람은 또다시 한바탕 난리법석을 피운 끝에 두 가닥의 힘줄을 비단실로 묶는 데 성공했다.

이어서 손목에서 겨드랑이까지 구불구불 가른 상처에는 유승이 만들어두었던 금창약을 바르고, 상처가 벌어지지 않도록 손목에서 어깨까지 천으로 힘껏 친친 감았다.

힘줄을 이었다고는 하지만 한 달여 동안이나 수축되어 있던 것을 강제로 잡아당겨 묶어놨으니 그냥 놔두면 팔 전체가 오그라들고 말 것이다.

그래서 오른팔에 직선으로 곧은 부목을 대고 묶었다. 그것으로써 말도 안 되는 파란만장한 대수술이 끝났다.

양궁표와 유승은 그 자리에 쓰러지듯이 주저앉아 그때부터 오랫동안 꼼짝도 하지 않았다.

우두두—

양궁표가 이끄는 다섯 명의 순찰조가 탄 말이 폭 삼 장가량의 곡구 안으로 질풍처럼 들이닥쳤다.

반나절에 걸친 경계 순찰이었다.

토벌대도 경계 대상이지만, 천험의 요새인 이곳 산채를 뺏으려고 다른 산적 패들도 혈안이 돼 있다는 정보가 입수된 상태여서 순찰을 소홀히 했다가는 한순간에 큰 타격을 입거나 산채를 송두리째 뺏길 수도 있다.

양궁표가 말에서 내리고 있을 때 유승이 그를 향해 자빠질 듯이 달려오면서 소리쳤다.

"부채주님! 깨어났습니다!"

의방에 들어서면서 사내가 있던 자리를 쳐다보던 양궁표는 그 자리에 뚝 멈추었다.

'운공조식!'

언제나 침상에 누워 있던 사내는 산채에 온 지 엿새 만에
자리를 털고 일어나 앉아 가부좌의 자세로 운공조식을 하고
있었다.

산적이 되기 전에 어느 시골 소문파에서 반년 정도 기초 무
술을 닦은 적이 있는 양궁표가 운공조식을 한눈에 알아보는
것은 그리 어렵지 않았다.

그는 반년 동안 기초적인 도법밖에 배우지 못했기에 심법
에 대해서는 알지도, 할 줄도 모른다.

하지만 문파의 선배들이 내공을 쌓는다면서 하루에도 몇
차례나 운공조식에 몰두하는 광경을 봐왔고, 자신도 언젠가
는 심법을 배워 공력을 키울 수 있을 것이라고 기대했던 시절
이 있었다.

하지만 그 당시 그는 좋지 못한 일에 휩쓸려 파문을 당해야
만 했고, 어찌어찌하여 이곳까지 흘러오게 됐다.

반년 동안 배운 도법이라지만 정식 문파의 이름있는 도법
이고, 나름대로 열심히 수련했기에 어중이떠중이 산적들은
애당초 그의 상대가 되지 못했다.

그는 약탈을 나가거나 다른 산적 무리와 싸움을 벌일 때마
다 어김없이 공을 세웠으며, 칠 년이 지난 지금은 부채주라는
제이인자의 지위에 올라 있었다.

양궁표는 운공조식을 하는 사내를 보면서 누워 있을 때와
는 또 다른 느낌을 받았다.

유승이 입혀준 허름한 옷에 오른팔에 부목을 댄 모습이긴
하지만 허리를 꼿꼿하게, 어깨를 활짝 편 모습은 하나의 거대
한 산악이 그곳에 있는 듯한 느낌을 주었다.

양궁표가 반 시진이나 기다렸지만 사내의 운공은 끝나지
않고 있었다.

기다리기에 지친 그는 자신의 거처로 가서 저녁을 먹고 다
시 왔지만 사내는 그때까지도 운공에 빠져 있었다.

그 후에도 양궁표는 두 번이나 더 의방에 왔다가 헛걸음을
하고 나서야 거처로 돌아가 잠을 청했다.

그는 그날 밤에 생전 꾸지 않던 악몽을 꾸는 바람에 잠을
설쳤다.

그래서 평소보다 한 시진이나 일찍 자리에서 일어나 한동
안 멍하니 앉아 있다가 침상에서 내려와 주섬주섬 옷을 입었
다.

"아침을 지을까요?"

옆에서 자고 있던 아내가 그가 일어나는 기척에 깨어 따라
일어나며 물었다.

"아니, 좀 더 자라."

그렇게 타일렀지만 그와 나이 차이가 일곱 살이나 나는 아
내는 기어이 침상에서 내려와 조심스럽게 옷을 입고 부엌으
로 향했다.

언제나 묵묵히 순종하는 아내였다. 또한 그럴 만한 자격도 없는 산적 남편 양궁표를 하늘인 양 여기고 사는 착한 여자였다.

삼 년 전, 어느 마을에 약탈을 나갔다가 토호의 장원에서 몇 명의 하녀를 납치해 온 적이 있었는데, 양궁표는 그녀들 중에서 몇 달간 눈여겨봐 두었던 열아홉 살짜리 하녀를 골라 혼례를 올린 후 지금껏 그냥저냥 살아오고 있었다.

산적 생활은 잠시 동안일 뿐이고, 때가 되면 다시 세상으로 나가 자신의 꿈을 이루고야 말리라 다짐하며 살았는데, 그렇게 칠 년이라는 세월이 흘러 버렸으며 그의 나이 벌써 삼십삼 세가 되었다.

그의 꿈이라고 해봐야 그저 번듯한 일가(一家)를 이루어 의식주 걱정 없이 사는 것이었다.

그러나 학식도, 무술 실력도, 그렇다고 달리 뛰어난 재주도 없는 그로서는 그런 평범한 꿈마저도 요원할 뿐이었다.

집을 나선 양궁표는 자신도 모르게 의방 쪽을 쳐다보았다. 사내를 목관 안에서 발견한 이후 양궁표의 관심사는 오직 사내에게만 집중되어 있었다.

사내가 아직도 운공조식을 하고 있을지, 아니면 무얼 하고 있는지 궁금했지만 동이 트지도 않은 시각이라 의방 문을 두드리기에는 이른 것 같았다.

산채의 한복판에는 세로 폭이 이백여 장에 이르고 가로가 이백오십여 장쯤 되는 타원형의 제법 큰 호수가 자리를 잡고 있었다.

산채 전체를 감싸고 있는 높은 절벽의 한쪽 귀퉁이의 동굴 안에서부터 흘러나온 차가운 계류가 숲을 관통하면서 오십여 장가량을 흐르다가 호수를 만들었으며, 반대편 갈대가 우거진 곳으로 또 하나의 계류가 생겨나 백오십여 장쯤 흘러 곡구를 빠져나갔다.

호숫가 두 동의 길쭉한 건물이 채주의 집을 호위하듯 양쪽에 있었다.

그 두 동의 건물에는 홀몸인 수하들이 거주하는데, 그 수는 칠십여 명가량 됐다.

그리고 채주의 집을 중심으로 호수의 좌우와 맞은편에 이삼십여 호의 집이 군락을 이루고 있으며, 그곳에는 아내나 가족을 이루고 있는 수하들이 기거하고 있었다.

양궁표의 집은 채주의 집에서 볼 때 호수 오른편 군락에 속해 있으며, 의방은 그 중간쯤에 위치해 있었다.

문득 양궁표는 닷새 전에 호수에 던져 넣은 낚시 미끼가 어찌 되었을지 궁금해서 호수 쪽으로 걸음을 옮겼다.

그의 집에서 호수까지의 거리는 칠팔 장 정도로 아주 가까웠고, 호수 변에는 몇 그루의 나무와 그리 크지 않은 납작한 바위들이 드문드문 박혀 있었다.

그는 못을 가늘고 예리하게 갈아서 구부린 후 굴곡의 안쪽에 미늘까지 만든 자신만의 낚싯바늘 다섯 개에 반쯤 익힌 감자를 꿰어 호수에 던져 넣은 후 낚싯줄 끝을 호숫가의 나무에 묶어두었다.

그런데 호숫가로 걸어가던 그는 낚싯줄이 묶여 있는 나무 옆 바위에 한 사람이 앉아 있는 것을 발견했다.

주위가 아직 어두워서 사람의 형체만 어렴풋이 식별할 수 있었지만 양궁표는 한눈에 그가 의방에 있던 사내라는 것을 알아보았다.

산채에 그 사내처럼 키가 크고 후리후리한 체격을 지닌 사람은 아무도 없었다.

양궁표는 자신도 모르게 그 자리에 멈춰서 바짝 긴장한 표정으로 사내를 응시했다.

신비한 사내가 운공조식에서 깨어났다.

힘줄을 잇는 도중에 잠깐 깨긴 했지만, 그것은 정신을 완전히 차린 것이라고는 할 수 없었다.

어쩌면 저 사내는 지금 양궁표가 뒤쪽에 서 있다는 사실을 알고 있을지도 모른다.

아마 그럴 것이다. 양궁표가 받은 느낌으로는 사내에겐 그런 능력이 있고도 남았다.

양궁표는 한차례 길게 호흡하여 긴장을 푼 후 용기를 내어 조심스럽게 사내에게 다가갔다.

그러나 뜻밖에도 사내는 양궁표가 바로 옆에까지 이르도

록 돌아보지 않았다. 그래서 양궁표는 사내가 알고도 모른 체하는 것이라고 여겼다.

양궁표는 긴장된 표정으로 사내의 옆얼굴을 쳐다보았다.

더 이상 완고하며 강파를 수 없는 모습이 바로 거기에 있었다.

시체처럼 누워 있을 때보다 더 강인하며, 결코 함부로 할 수 없을 듯한 인상을 풍기고 있었다.

양궁표는 무슨 말부터 할까 말을 고르다가 불쑥 물었다.

"이름이 무엇이오?"

말하고 나서 그는 자신이 전혀 의도하지 않은 말이 튀어나갔다는 사실에 가볍게 놀랐다.

"설무검(薛武劍)."

사내는 양궁표를 쳐다보지도 않은 채 짧게 대답했다.

그것이 목관 속에 누워 있던 사내의 이름이었다.

또한 중천의 절대자의 이름이기도 했다.

사내의 이름을 알고 난 양궁표는 할 말을 잃었다.

궁금한 것은 수두룩한데 어떻게 된 일인지 아무것도 생각나지 않았다. 아니, 무엇부터 어떻게 물어야 할는지를 몰라서일 것이다.

사내 설무검은 침묵을 지키며 묵묵히 호수 건너편의 하늘을 응시하고 있었다. 마침 그곳 절벽 너머에서 뿌옇게 여명이 터오고 있는 중이었다.

영원히 이어질 것 같은 그의 침묵에 양궁표까지도 동화되어 한동안 잠자코 있었다.

양궁표는 그가 생각을 정리하고 있을 것이라 추측했다. 자신에게 일어난 일로 인해서 무척 충격을 받았을 텐데도 그의 얼굴에는 추호도 그런 기색이 떠올라 있지 않았다.

"오늘이 며칠인가?"

한참 만에야 설무검이 나직이 물었다. 예의 조용하면서도 항거할 수 없는 무게가 실린 목소리였다.

더구나 그는 당연하다는 듯 하대를 했고, 양궁표 역시 조금도 거부감을 느끼지 못하면서 말을 높였다.

"사흘 전이 단오절(端午節)이었소."

양궁표는 그렇게 대답하면서 설무검의 얼굴을 살폈으나 그의 표정에는 변함이 없었다. 대저 그 무엇이 그의 표정을 변하게 할 수 있을지 궁금했다.

"오십여 일이 지났군."

설무검이 나직이 중얼거렸다.

양궁표는 그 말을 듣고 그가 누군가에게 암습을 당해 힘줄이 끊어진 지 오십여 일이 지났다는 뜻으로 받아들였다.

그것을 끝으로 설무검은 입을 굳게 다물고 또다시 아무 말도 하지 않았다.

그에게서 무슨 말이든 듣고 궁금증을 풀려고 했던 양궁표는 뜻을 이루지 못했다.

그때 맞은편 절벽 위로 이글거리는 태양이 솟구치고 있었다.

산채는 사방이 높은 절벽에 둘러싸여 있어서 바깥 세상보다 해가 늦게 뜨고 또 일찍 지는 편이었다.

"나는 양궁표라고 하오."

양궁표는 이 지루한 침묵을 깨야겠다고 생각해서 먼저 입을 열어 자신의 이름을 밝혔다.

들었는지 못 들었는지 설무검은 대꾸도 하지 않은 채 절벽 위로 둥실 떠오른 태양에 시선을 고정시키고 있었다.

양궁표는 아까 자신이 이름을 물었을 때 설무검이 순순히 대답했던 것을 기억해 냈다.

어쩌면 이 사내는 묻는 말에만 대답을 하려는 것인지도 모르겠다는 생각이 문득 들었다.

"당신은 누구이며, 어디에서 왔소?"

태양을 응시하고 있는 설무검의 앞모습이 태양 빛에 물들어 그가 지니고 있는 기도보다 더 강렬한 모습으로 양궁표에게 비쳐졌다.

그리고 그 태양이 나직이 입을 열었다.

"아무것도 묻지 마라."

그 말에 양궁표는 꼼짝도 할 수가 없었다. 어찌 됐든 그는 설무검의 목숨을 살려준 은인이다.

그런데 은인에게 이처럼 함부로 대하고 있는 데에도 양궁표는 조금도 기분이 나빠지지 않았을뿐더러 오히려 그것이 당연하다는 생각마저 들었다.

아니, 사실 양궁표는 사내 설무검이 목관 속에 누워 있는 것을 처음 발견했을 때부터 그가 마음에 들었다.

설무검은 양궁표가 갖고 있지 않은 것들을 지니고 있을 듯했으며, 양궁표가 끝없이 동경하고 있는 그 어떤 지고한 세계의 존재일 것 같았다.

"갈 곳이 없다면 이곳에 있어도 좋소."

양궁표는 그렇게 말하면서 설무검의 오른팔에 대어져 있는 부목을 살펴보았다.

팔은 어떠냐고 묻고 싶었지만 대답을 들을 수 있을 것 같지 않아서 그만두었다.

"그리고 이것은 당신 품속에 있던 물건들이오."

그 대신 그는 비단 주머니와 금오령패, 그리고 옥색 비단 손수건을 내밀었다.

설무검은 고개를 돌려 쳐다보다가 양궁표의 두 손에 각각 들려진 세 가지 물건 중 왼손의 옥색 비단 손수건과 비단 주머니를 보는 순간 눈빛이 가볍게 흔들렸다.

양궁표는 그에게 다가온 이후 줄곧 그가 일으키는 변화를 주의 깊게 지켜보고 있었으므로 그것을 놓치지 않았다.

설무검은 느릿하게 손을 뻗어 옥색 손수건을 잡았다.

"힘줄이 끊어진 당신의 오른 손목에 묶여 있었소."

양궁표는 목관 속에 누워 있는 설무검을 처음 보았을 때 그의 오른 손목에 묶여 있는 옥색 손수건을, 품속에서 비단 주머니와 금오령패를 발견했다.

그렇지만 그가 채주에게 보인 것은 비단 주머니뿐이었다.

설무검은 옥색 손수건을 묵묵히 굽어보고 있었다.

그것은 그가 가장 사랑했던 여인이 늘 지니고 다니던 것이다. 그 여인의 향기가 아직도 손수건에 여리게 배어 있는 듯했다.

힘줄이 끊어진 손목에 묶여 있었는 데도 손수건에는 피가 묻어 있지 않았다.

설무검을 열하의 평천현까지 데리고 왔던 현조운이 몇 번이나 깨끗이 빨았기 때문이다.

옥색 손수건이 그의 오른 손목에 묶여 있었다는 것은 손목의 힘줄이 끊어질 때 그녀도 그곳에 있었다는 뜻이다.

그의 힘줄이 끊어지는 것을 보며, 그의 운명이 다하는 것을 보면서 그녀는 과연 어떤 표정을 지었을까?

그의 손목에 손수건을 감아주면서 그녀는 또 무슨 생각을 했을까?

설무검의 기억은 설란궁 설란후의 거처에서 그녀가 대접한 술자리를 마지막으로 멈춰 있었다.

그날 그녀는 좋은 술을 구했다면서 설무검을 초대했다.

술은 과연 향기로웠고 맛있었다.

그러나 그 술은 설무검을 잠재웠고, 그가 잠든 사이에 중천의 역사와 주인이 바뀌었다.

그는 낙양에 있는 설란궁 궁주의 처소에서 잠들었다가 몽고고원의 산적 소굴에서 깨어났다.

설무검은 다시 천천히 손을 뻗어 비단 주머니를 받아 들고 잠시 이리저리 살펴보았다.

양궁표는 처음에 비단 주머니를 발견했을 때 그것에서 은은한 여인의 향기를, 즉 사향이나 난향 같은 것을 맡고 그것이 여자의 것이라고 추측했다.

문득 그는 비단 주머니가 얼마 전에 설무검이 잠깐 깨어나 물었던 자신의 아우 ‘영’ 이나 ‘설란후’ 라는 사람 중 한 사람의 물건일지도 모른다고 추측했다.

설무검은 비단 주머니 안은 열어보지도 않았다. 그로 미루어 그는 비단 주머니를 익히 알고 있으며, 지금 그것을 보면서 원래 주인에 대해서 생각하고 있는 것이 분명했다.

그는 금오령패에는 별다른 관심을 보이지 않더니 손수건을 비단 주머니와 함께 품속에 갈무리했다.

“의방이 답답하면 내 집에 머물러도 좋소.”

양궁표는 그렇게 말하면서 멀지 않은 곳의 자신의 집을 가리켰다.

“저기가 내 집이오.”

그러나 그는 곧 뜨악한 표정을 짓고 말았다.

설무검은 그가 가리키는 곳을 쳐다보지도 않고 호수 맞은 편만을 응시하고 있었다.

第五章
외로운 잠룡(潛龍)

색향 항주에는 줄잡아 삼백여 개의 크고 작은 기루들이 경치가 좋기로 이름난 서호 변이나 전당강(錢塘江) 강변에 마치 우거진 대나무 숲처럼 다닥다닥 모여 있었다.

그중에서도 열 개의 기루가 가장 크고 유명한데, 통칭해서 '항주십미향(杭州十美鄕)'이라 불리고 있으며, 이곳들은 항주뿐 아니라 천하에서도 유명했다.

한매루(寒梅樓)는 그중 하나로, 전당강 강변 가장 좋은 자리에 위치해 있었다.

곽선랑이 오라비 곽정을 만나고 온 지 보름이 지났다.

그녀가 오라비를 만나러 나갈 때는 혼자였지만 돌아올 때는 혼자가 아니었다.

또한 그녀는 입을 굳게 다물고 있었지만, 그녀가 데리고 온 소녀에 대한 소문은 채 반나절이 지나기도 전에 기루 전체에 파다하게 퍼졌다.

사실 기녀들이 어린 여자 아이나 동무를 데리고 오는 경우는 간혹 있는 일이라서 큰 화젯거리가 되지는 못한다.

그런데도 한매루 전체가 이번에 곽선랑이 데리고 온 소녀에 대해서 큰 관심을 보이면서 촉각을 곤두세우고 있는 까닭은, 그 소녀의 용모가 지나치게 아름답다는 소문이 삽시간에 퍼졌기 때문이다.

곽선랑은 데리고 온 소녀를 자신이 몸담고 있는 한매루의 기녀로 만들 생각이었다.

그런 방법이 아니라면 곽선랑이 소녀를 계속 데리고 있을 방법이 없었다.

그녀가 기루 밖에 집이나 방을 얻어서 기거한다면 모르지만, 한매루에서는 기녀 모두를 기루 뒤편에 있는 숙소에서 기거하게 하기 때문에 그렇게 하는 것은 불가능했다.

오라비 곽정은 소녀를 일컬어 '하늘' 이라고 했다. 물론 자세한 설명은 없었다.

그러나 곽선랑은 오라비 곽정의 일을 무시할 수만은 없었으므로 그를 만났던 날 자신이 겪고 보았던 몇 가지 장면들을 가지고 나름대로 하나의 가설을 세워보았다.

곽정은 어느 명문가의 무사이고, 소녀는 그 가문의 딸이다.

그런데 갑자기 뜻하지 않은 변고로 가문이 몰락해 버렸고, 소녀는 쫓기는 몸이 되어 호위무사인 곽정과 함께 이곳 항주까지 흘러왔다는 것이었다.

십여 년 만에 만난 오라비 곽정은 남매 간의 회포보다 자신이 모시던 하늘의 안위를 더 염려했고, 신경을 썼다.

그날 곽정이 보여준 행동으로 봐서는 소녀를 위해서라면 목숨마저 초개처럼 버릴 각오가 되어 있는 것 같았다.

곽선랑은 섭섭했지만, 오라비에게는 그만큼 소녀가 중요한 존재라서 그랬을 것이라고 스스로를 위로했다.

그러나 하늘이든 소주든 뭐든 간에 소녀는 곽정에게서 곽선랑의 손으로 넘어왔다.

그 순간부터 소녀에 대한 책임은 전적으로 곽선랑의 손에 달려 있게 된 것이다.

'오늘은 기필코……!'

곽선랑은 마음을 다잡으며 입술을 잘근 깨물었다.

한매루 뒤편에 있는 한 동(棟)의 숙소 건물은 일 자형의 크고 긴 건물인데 사층으로 이루어져 있다.

일층은 기루의 주방 일과 허드렛일을 하는 찬모(饌母)와 찬비(饌婢), 기녀의 뒷바라지를 하는 하녀 등속의 거처였고, 이

층에서 사층까지 삼 개 층에 한매루의 기녀 백여 명이 기거하
고 있다.

　이층과 삼층에 구십여 명의 기녀들이 있는 것에 반해서, 사
층에는 불과 열 명의 기녀만이 기거한다.

　이층과 삼층의 기녀들은 한 칸짜리 방에 살면서 각 층에 하
나뿐인 공동 목욕실을 사용하고 있었다.

　하지만 사층에 불과 열 명뿐인 기녀들 각자에게는 두 칸의
침실과 주방, 접객방, 목욕실이 딸린 넓고 화려한 거처에다가
시중드는 하녀까지 한 명씩을 주어 아래층의 기녀들과 극명
한 대조를 이루고 있었다.

　사층에 기거하는 열 명의 기녀들이야말로 한매루를 대표
하는 최고의 기녀들로서 따로 십한매(十寒梅)라고도 불린다.

　그녀들은 미모와 몸매가 아름답고 풍염할 뿐만이 아니라
가무(歌舞)와 연주 따위의 기예도 뛰어나서 손님들로부터 많
은 사랑을 받고 있었다.

　한매루에서 십한매 열 명이 벌어들이는 돈이 아래 두 개 층
의 구십여 명이 버는 돈의 두 배 이상이라면 십한매가 얼마나
대단한 존재인지 더 이상의 구구한 설명이 필요하지 않을 터
이다.

　다행히도 곽선랑은 십한매 중 한 명이었으며, 기명(妓名)은
청매(靑梅)였다.

　한매루 내에서 그녀의 본명을 알고 있는 사람은 절친하게

지내는 동무 몇 명에 불과하며, 기녀 생활을 하면서는 딱히 본명이 필요하지도 않았다.

지금은 정오가 가까운 늦은 아침이다.

기녀들, 특히 십한매는 손님들에게 인기가 좋기 때문에 거의 매일 새벽녘이 돼서야 술자리가 끝난다.

더구나 한 달의 절반가량은 손님의 잠자리 시중을 들기 때문에 날이 환하게 샌 후에야 자신의 거처로 돌아와 다시 쓰러져 모자란 잠을 청한다.

지금 곽선랑, 아니, 청매가 그랬다.

"소향아."

청매는 원앙금침을 걷어내고 침상에서 내려서며 몸종 소향을 불렀다.

한 방에서 함께 기거하면서 청매의 시중을 들고 있는 하녀 소향은 먼저 일어나서 아침 식사 준비를 하고 있다가 쪼르르 달려왔다.

"부르셨어요, 아가씨?"

"목욕 준비를 해라. 아껴두었던 향료도 듬뿍 넣고."

"네."

기녀들 대부분이 일어나서 가장 먼저 하는 일과가 목욕이다. 누가 시킨 일이 아닌 데도 불구하고 기녀들은 틈만 나면 목욕을 즐겨했다.

영업 시간은 일몰 후인 술시(戌時:밤 8시)부터라서 그전까지만 목욕을 하면 될 텐데도 기녀들의 기상 이후 첫 과제는 언제나 목욕이었다.

그 이유가 피로와 숙취를 풀기 위해서라고 말은 하지만, 사실은 자신들의 몸이 더럽다는 생각이 뿌리 깊이 박혀 있는 기녀들의 본능적인 행동이라고 봐야 옳았다.

청매는 잠옷을 훌훌 벗고 나서 알몸에 매미날개처럼 얇은 나삼만을 걸친 채 접객방을 지나 자신의 거처에 있는 또 하나의 방으로 걸어갔다.

그곳 침상에는 오라비 곽정으로부터 인계받아 데리고 온 소녀가 단정한 자세로 앉아서 언제나 그런 것처럼 책을 읽고 있었다.

그저 읽는 것이 아니라 마치 책 속으로 빠져 들어갈 것처럼 열심히 탐독을 하고 있었다.

소녀가 원래 입고 있던 옷은 최고급의 비단옷이었지만 너무 낡고 더러워서 버렸으며, 청매가 자신의 옷 중에서 아끼던 것을 하나 골라서 입혔다.

키가 청매보다 반 뼘밖에 작지 않은 소녀가 기녀들이 즐겨 입는 오색의 비단 채의(彩衣)를 입고 있는 모습은 너무나도 아름다워서 누구라도 한 번 눈길을 주면 시선을 떼지 못할 듯했다.

청매는 문 안에 서서 소녀를 물끄러미 응시했다. 소녀를 볼 때마다 느끼는 것이지만, 정말 같은 여자인 그녀마저도 가슴이 설렐 정도로 아름다운 모습이고 자태였다.

청매가 가장 많이 눈에 익은 소녀의 모습은 지금처럼 독서 삼매경에 빠져 있는 모습이었다.

소녀를 데리고 온 다음날 아침, 숙취 때문에 괴로워하고 있는 청매에게 소녀가 대뜸 요구했다.

"책을 구해줘."

청매는 하녀 소향을 시켜서 기녀들이 갖고 있는 책을 몇 권 빌려오게 했다.

기녀들이 골치 아프게 무슨 심오한 사상이나 전문적인 책을 읽을 리 만무했다.

그러므로 그녀들의 책이란 전부 당시 유행하는 연애소설이나 야화 일색이었다.

처음에 소녀는 책을 대충 훑어보더니 눈살을 찌푸리면서 무슨 더러운 것이나 되는 듯 방구석으로 집어 던졌다.

나중에 그것을 발견한 소향이 책을 주워 다시 기녀들에게 갖다주려고 하자 소녀는 그거라도 읽겠다면서 다시 책을 뺏었다. 그때 소녀의 얼굴에는 못마땅한 표정이 역력했다.

그런데 그나마 기녀들이 지니고 있는 책들마저도 소녀에게는 겨우 열흘치밖에 되지 않았다.

열흘이 지나 마지막 책을 던지고 나서 소녀는 몇 가지 책의 제목을 직접 써주며 구해 달라고 요구했다.

들어본 적도 없을뿐더러 발음하기조차 어려운 책의 제목이었다. 무슨 사상이니 전략, 천문지리 같은 책 일색이었다.

소녀는 지금 그렇게 해서 구해온 책을 읽고 있는 중이었다. 책을 읽을 때의 그녀는 주위에서 무슨 일이 벌어지고 있는지도 모를 정도로 열중했다.

지난 보름 동안 늘 느끼던 바지만, 지금 역시도 청매는 소녀를 보면서 기이한 경외감 같은 것을 느끼고 있었다.

소녀에겐 왠지 함부로 범접하기 어려운 어떤 기운 같은 것이 흐르고 있었으며, 다른 세계의 사람 같았다.

소녀를 보면서 청매는 잘근 입술을 깨물었다. 절대 오늘만은 그냥 넘어가지 않겠다는 각오를 새롭게 다졌다.

탁!

청매는 소녀에게 빠르게 다가가 그녀가 읽고 있는 책을 낚아채듯 뺏었다.

"무슨 짓이야?"

소녀가 날카롭게 외치며 청매를 쏘아보았다.

"고집 부리지 말고 제 말을 들어봐요."

청매는 단호한 표정과는 달리 나직하고 힘있는 목소리로 입을 열었다.

"이번은 처음이니까 용서하겠지만 다음부터는 절대로 어림없다. 책, 이리 줘."

소녀가 명령하듯이 손을 내밀었지만 청매는 오히려 책을 등 뒤로 감추었다.

"이제부터는 제 말에 따라야만 책을 읽을 수 있어요."

"네가 감히!"

"우선 목욕부터 하도록 해요."

"……."

소녀는 입을 고집스럽게 꼭 다물고 청매를 쏘아보았다.

하지만 오늘은 각오를 단단히 한 터라 청매도 쉽사리 물러서지 않았다.

"목욕을 하지 않으면 책도 밥도 없어요. 그리고 잠도 재우지 않을 생각이에요."

청매 자신이 들어도 쌀쌀맞고 단호한 목소리였다.

소녀는 잠시 청매를 쏘아보다가 고개를 돌리면서 시선을 거두더니 팔짱을 꼈다.

그러자 호리호리하고 가녀린 몸이 마치 하나의 작은 철옹성처럼 느껴졌다.

그 모습을 보면서 청매는 더 이상 말로 해서는 안 될 것이라고 판단했다.

어이없는 일이지만 소녀는 이곳에 온 지 보름이 된 오늘까지 한 번도 목욕을 하지 않았다.

단지 하루에 한 번 얼굴에 물만 묻히고 양수(養漱:양치질)를 겨우 할 뿐이었다.

모르긴 해도 아마 그녀는 곽선랑과 만났던 그날 이전에도 쫓기느라 오랫동안 목욕을 하지 못했을 것이다.

그래서 소녀 곁에 다가가면 퀴퀴한 냄새가 풍겼다. 그녀의 아름다운 모습과는 조금도 어울리지 않는 냄새였다.

청매는 소녀가 왜 목욕을 하지 않으려는 것인지 도무지 이유를 알 수가 없었다.

그녀는 지체 높은 명문가의 소주였으므로 평민들보다 목욕을 더 자주 했을 것이다.

그리고 그녀가 들어간 목욕통에는 온갖 좋은 물과 향료, 약재 따위가 들어 있었을 것이다.

그러나 그녀가 이곳의 목욕물이 마음에 들지 않아서 목욕을 거부하는 것이라는 생각은 들지 않았다.

"제 말을 잘 들어봐요."

청매는 마지막 수단을 발휘하기 전에 침상 가에 걸터앉아 부드러운 음성으로 말문을 열었다.

"저는 오라버님에게 분명히 말했어요. 소주를 이곳에 데리고 오면 기녀로 만들 수밖에 없다고 말이에요. 소주도 그 말을 들었겠지요?"

소녀는 보일 듯 말 듯 고개를 까딱거렸다.

"이곳에서는 석 달에 한 차례 정기적으로 장차 기녀가 될 어린 동기(童妓)를 뽑아요. 그날이 이제 이십여 일밖에 남지 않았어요."

소녀는 꼼짝도 하지 않았다.

"기녀가 갖춰야 할 여러 가지 기예는 동기로 뽑힌 후부터 배우게 되지만, 동기를 뽑는 조건은 생각하는 것보다 훨씬 까다로워요."

사실 청매는 소녀 정도의 미모와 체형이라면 일 년 열두 달 씻기지 않아도 제일착으로 동기에 뽑힐 것이라는 사실을 확신하고 있었다.

하지만 청매는 이십여 일 후에 있게 될 심사에서 소녀가 가장 높은 점수를 받게 되기를 은근히 원했다. 그것은 그녀의 개인적인 욕심이기도 했다.

한매루의 최고 기녀 열 명, 즉 십한매에는 등급이 있다.

십한매 중에서도 가장 아름답고 기예가 뛰어난 기녀를 일지춘(一枝春)이라고 한다.

그다음이 천(天), 지(地), 금(金), 옥(玉), 은(銀), 백(白), 흑(黑), 홍(紅), 청(靑)의 순서였다.

그러므로 청매는 십한매 중에서 마지막 열 번째로 가장 아래 등급인 셈이다.

아래층의 구십여 명 기녀들과 십한매의 대우가 다르듯이 십한매 열 명의 대우도 각기 달랐다.

물론 최상급인 일지춘이 가장 훌륭한 대우를, 청매가 가장 낮은 대우를 받고 있다는 것은 두말할 필요도 없다.

청매는 자신의 미모나 실력으로는 백 번 죽었다가 깨어난다고 해도 일지춘에 오를 수 없다는 사실을 너무나도 잘 알고 있었다.

오히려 자신이 십한매에 들게 된 것을 천행으로 여기고 있을 정도였다.

그러나 그녀가 보름 전에 오라비와 헤어져 한매루로 돌아오면서 제일 먼저 생각한 것이, 자신이 데려가고 있는 소녀 정도라면 장차 능히 일지춘이 되어 항주성을 떨어 울릴 수 있을 것이라는 확고한 자신감이었다.

"용모를 보는 것은 기본이고, 머리카락의 색깔과 윤기의 정도, 치아, 손톱, 음성, 발 등을 두루 봐요. 그런데 소주는 한사코 씻으려고 하지를 않으니……. 퀴퀴한 냄새가 나는 사람을 누가 좋아하겠어요? 심사에서 탈락할지도 몰라요."

청매는 목소리를 부드럽게 바꾸었다. 그러나 말의 내용은 결코 부드럽지 않았다.

"소주께서 동기로 뽑히지 못하면 이곳에서 쫓겨나야만 합니다. 저는 더 이상 소주를 데리고 있을 수 없어요. 그렇게 되고 싶은가요?"

청매는 소녀의 몸이 움찔 떨리는 것을 발견하고는 고삐를 늦추지 않았다.

"그런 상황이 되면 저는 이곳에 매여 있는 몸이라 더 이상 소주를 돕지 못할 거예요. 그렇게 되면 과연 소주는 혼자 몸으로 항주 거리에서 얼마나 견딜 수 있을까요? 오라버님에게

서는 아직 아무런 연락이 없는 것으로 봐서 이 근처에 없는 것이 분명해요.”

곽정에게는 기대할 수 없고, 이곳이 최후의 보루라는 사실을 다시 인식시켜 주었다.

청매는 더 말하려다가 소녀의 커다란 눈동자가 이리저리 흔들리면서 떨리는 것을 발견하고 입을 다물었다.

“이름이 뭔가요?”

이 질문을 청매는 평균 하루에 세 번 이상 소녀에게 했지만 한 번도 대답을 듣지 못했다.

“설영.”

소녀가 짧게 대답하자 청매는 놀라워하면서도 기쁜 표정을 지었다.

소녀가 드디어 대답을 했다는 것이 놀라웠고, 이름을 알게 돼서 기뻤다.

그리고 그녀는 그때 한 가지 사실을 깨달았다. 소녀 설영의 기를 꺾어놔야겠다는 것이었다. 그러나 그것은 순전히 설영을 위한 일이었다.

그리고 그녀가 청매의 바람대로 일지춘이 되어준다면 더할 나위 없이 기쁠 것이다. 일종의 대리 만족이었다.

“소주, 이제 목욕을 해요.”

청매가 조용히 달래자 설영의 입술이 다시 뾰족해지며 얼굴에 완고한 고집이 떠올랐다.

"싫어."

다시 원점으로 되돌아왔다. 그러자 청매의 얼굴에 냉엄한 기색이 가득 떠올랐다.

"소향아!"

하녀를 부르는 청매의 목소리가 날카로웠다. 설영은 움찔하며 그녀를 돌아보았다.

"네, 아가씨."

"나와 함께 이 아이를 목욕실로 데리고 가자."

설영이 '소주'에서 '이 아이'로 강등되는 순간이다.

오늘만큼은 기필코 설영을 씻기고야 말겠다고 다짐한 청매는 쉽사리 물러서지 않았다.

청매와 소향이 양팔을 꽉 붙잡자 설영은 어른 두 명의 힘에 꼼짝도 할 수 없었다.

"놔! 싫다는데 왜 이러는 거야?"

예상대로 설영은 필사적으로 버둥거리면서 몸부림쳤다. 그러나 청매와 소향의 힘을 이겨낼 수는 없었다.

"무엄하다! 썩 물러나지 못하겠느냐? 감히 천한 것들이 누굴 만지는 것이냐?"

설영이 서슬이 시퍼렇게 악을 썼지만 청매는 끄떡도 하지 않았고, 아무것도 모르는 소향은 그 모습이 웃기다면서 오히려 키득거렸다.

"너는 나가 있어라."

일단 설영을 목욕실까지 끌고 들어오는 데 성공한 청매는 소향을 내보냈다.

설영이 발악을 하는 이유가 부끄러움을 많이 타기 때문이라고 여긴 것이다.

"자! 스스로 벗을 테냐, 아니면 내가 강제로 벗길까?"

청매는 목욕실 문을 등진 채 선택권을 설영에게 일임했다.

그러나 그녀는 곧 자신이 완력을 사용해야 할 것이라는 사실을 짐작했고, 그것은 즉시 현실로 나타났다.

"네 오라비가 오면 네년을 죽이라고 할 테다!"

설영은 구석에 잔뜩 몸을 웅크린 채 상처 입은 새끼 고양이처럼 한껏 표독한 표정을 지었다.

청매는 말없이 설영에게 다가들었다. 설영이 몸을 더 웅크리면서 두 팔을 마구 휘저었다.

"오지 마! 저리 가! 아악!"

찌이익! 찍!

이미 각오를 단단히 한 청매는 거침없이 설영의 옷을 마구 찢기 시작했다.

설영이 아무리 몸부림쳐도 어른의 힘을 당할 수는 없는 노릇. 더구나 설영은 풀잎처럼 힘이 없었다.

잠시 후 설영은 알몸이 된 채 웅크리고 있었으며, 바닥에는 갈가리 찢어진 옷 조각이 어지럽게 흩어져 있고, 반항하다가 어깨와 팔에 긁힌 상처가 생겨 있었다.

설영의 살결은 너무 희고 티 한 점 없어서 눈이 부실 정도였다. 그런 몸에 생긴 붉힌 상처가 발갛고도 선명하게 보였다. 마치 백옥에 흠집이 생긴 듯했다.

소녀의 뽀얀 살결을 보면서 청매는 과연 자신의 눈이 옳았다는 사실을 다시 한 번 확인했다.

설영은 잔뜩 웅크린 채 표독스럽게 청매를 쏘아보았다.

호흡을 가라앉힌 청매는 일어나서 입고 있던 자신의 얇은 나삼을 벗었다.

그러자 풍만한 나신이 드러났다. 키가 크지 않고 가녀리지 않은 대신 무르익을 대로 농염한 몸이었다.

그녀의 젖가슴과 둔부는 작은 체구에 비해서 매우 크고 잘 발달되어 있었다. 그래서 그리 가늘지 않은 허리와 다리가 가늘게 보였다.

자신을 목욕시키던 하녀들의 벗은 몸을 수없이 보아온 설영은 청매의 나신을 보고도 별로 놀라거나 당황하는 기색이 아니었다. 다만 얼굴에는 성난 표정만 가득했다.

"이제 괜찮아. 나도 벗었잖아. 내가 씻겨줄게. 응?"

청매는 설영 앞에서 부드럽게 달래면서 허리를 굽히며 두 손을 뻗었다.

그녀는 설영에게 어렵게 반말을 하게 된 것을 다시 되돌려 놓고 싶지는 않았다.

설영은 잔뜩 웅크린 채 피가 나도록 입술을 깨물며 청매를 쏘아보았다. 눈도 깜빡이지 않았는데 무언가를 결심하는 듯한 표정이었다.

슥!

갑자기 설영이 벌떡 일어섰다.

"호홋! 그래, 잘 생각했어! 이제부터는 내가 매일 널 목욕시켜 줄게!"

청매는 허리를 펴고 일어서며 환하게 웃었다. 자신이 옹고집 설영을 드디어 꺾었다는 사실에 더 기분이 좋았다.

소녀가 십이, 삼 세가 되면 성숙한 소녀들은 벌써 젖가슴이 봉긋해지고 은밀한 부위에는 거웃이 가뭇가뭇하게 생기는 법인데 설영은 아직 가슴이 밋밋했다.

"똑똑히 봐! 이래도 나를 기녀로 만들고 싶어?"

"나이가 들면 차차 가슴이 나올 테니 그런 걱정은……."

설영이 미숙한 자신의 몸 때문에 부끄러워서 그러는 것이라고 여긴 청매는 미소를 지으면서 그렇게 말하며 시선을 설영의 몸 아래로 향하다가 한순간 얼굴에서 미소가 싹 사라지며 말끝이 흐려졌다.

설영의 사타구니에 시선을 고정시킨 청매의 두 눈은 한껏 부릅떠졌으며 입은 커다랗게 벌려졌다.

그리고 얼굴에 가득 떠오른 것은 더할 수 없는 경악지색.

다리를 약간 벌리고 서 있는 설영의 허벅지 안쪽에는 여자에게는 없는 물건이 달려 있었다.

바로 음경이었다.

"나는 남자야. 이제 알겠어?"

넋이 나간 청매를 설영의 나직한 말이 일깨워 주었다.

"너……."

청매는 다음 말을 잇지 못하고 힘없이 그 자리에 풀썩 주저 앉고 말았다.

설영이 한사코 목욕을 하지 않으려고 몸을 사린 이유를 그 제야 알게 된 것이다.

청매는 설영을 내쫓지 못했다.

그렇다고 설영이 울며불며 애원한 것은 아니었다. 그의 타 고난 성정은 보기보다는 강직해서 결코 그러지 못했다.

청매가 설영을 데리고 있을 수밖에 없는 이유는 어느샌가 한매루 내에 가득 조장되어 있는 설영에 대한 큰 기대감 때문 이기도 했다.

설영이 기가 막히게 아름다워서 장차 기녀가 되면 한매루 는 물론이고, 항주의 삼백여 기루 중에서도 최고의 천일기(天 一妓)가 될 것이라는 소문이 이미 한매루 전체에 파다하게 퍼 져 있었다.

설영이 남자라는 사실이 청매에게 밝혀진 후에도 하루에 수십 명의 기녀들이 청매의 방을 드나들었다.

설영을 보기 위해서였다.

아니, 기녀들만이 아니라 한매루에 있는 거의 모든 사람들이 숙소의 사층 청매의 방을 기웃거렸다.

비교적 왕래가 자유로운 기녀들은 시도 때도 없이 청매의 방에 들락거렸다.

또 어떤 기녀들은 하루에 몇 차례나 드나들었으며, 그중 어떤 기녀는 설영을 빤히 바라보면서 넋 나간 얼굴로 한숨만 푹푹 쉬기도 했다.

그런 상황에서 청매는 모두에게 설영이 남자라고 떳떳하게 밝힐 용기가 없었다.

어쨌든 그렇게 설영은 한매루의 명물이 되어가는가 싶더니 언제부터인가는 한매루에서 최고의 명성을 날리고 있는 일지춘만큼 유명한 존재가 되어버렸다.

"루주, 탐사자(探使者)님과 현사자(賢使者)님께서 방금 도착하셨습니다."

심복 수하인 능찬(凌贊)이 공손히 보고하자 눈을 반개한 채 창밖을 보면서 느긋하게 다향을 음미하고 있던 한매루주 아란 부인(阿蘭婦人)은 화들짝 놀라는 바람에 입고 있던 고운 운금상(雲錦裳)에 차를 쏟고 말았다.

"어… 어서 뫼시어라!"

비단 치마에 차를 쏟은 것이 문제가 아니었다. 사자(使者)한 명이 왕림해도 놀라 기절할 판국인데 두 명이나 한꺼번에

왕림하다니, 아란 부인이 한매루주가 된 지 칠 년여가 지났지만 이런 경우는 아주 드물었다.

쿠당!

"앗!"

황급히 문으로 달려가던 아란 부인은 치마 끝을 밟고 앞으로 고꾸라지고 말았다.

삼십오 세의 아름다운 여인, 스스로 천하제일의 미인이라는 착각에 빠져 있는 그녀가 넘어진 모습은 볼썽사나웠다.

"루주! 괜찮으십니까?"

방문을 열어 두 명의 사자를 맞이하려던 심복 능찬이 아란 부인에게 달려왔으나 감히 손을 뻗어 부축하지는 못하고 급히 물었다.

"뭐, 뭘 하는 게냐, 어서 두 분을 뫼시지 않고?!"

아란 부인이 엉거주춤 일어서며 외치자 능찬은 아차, 하는 표정으로 다시 문으로 달려갔다.

척!

그러나 그가 문에 이르기도 전에 방문이 열리면서 두 명의 여인이 안으로 성큼 들어섰다.

아란 부인과 능찬은 작대기에 한 대 얻어맞은 개구리처럼 온몸이 뻣뻣해지더니 즉시 그 자리에 무릎을 꿇고 이마를 바닥에 댄 채 어쩔 줄을 몰라 했다. 영락없는 고양이 앞에 쥐의 모습이었다.

"속하, 두 분 사자를 뵈옵니다!"

"일어나라."

나직하고 차분한 어조의 명령에 아란 부인과 능찬은 조심스럽게 일어섰다.

두 여인이 탁자 옆 의자에 앉자 능찬은 뒷걸음질쳐서 총총히 방을 나가고 아란 부인은 두 여인, 즉 탐사자와 현사자 앞에 고개를 숙인 채 시립했다.

아란 부인은 두 명의 사자가 동시에 방문했기 때문에 정신이 없었다. 그녀는 눈치를 살피다가 용기를 내어 조심스럽게 물었다.

"원래 오실 날은 닷새 후인데 어인 일로 이렇게 일찍 오셨습니까?"

"그래서 불만이라는 것이냐?"

녹라(綠羅)로 만든 상의에 와사단(瓦斯緞) 치마를 입었으며, 눈매가 날카롭고 귀밑머리를 늘어뜨린 미모의 중년 여인이 나직하지만 신경질적인 어조로 반문하자 아란 부인은 화들짝 놀라 그 자리에 다시 납작 엎드렸다.

"아, 아닙니다! 속하가 어찌 감히……."

"일어나라. 우리는 한 가지 소문을 듣고 그것을 확인하기 위해서 예정보다 조금 일찍 온 것이다."

청금단(靑錦緞) 상의와 치마에 머리에는 역시 청색의 청금전두(靑頭:머리에 쓰는 비단 수건)를 쓴 우아한 미모의 중년 여인이 미소를 지으며 아란 부인에게 일어나라는 손짓을 해 보였다.

아란 부인에게 호통을 친 중년 여인은 탐사자고, 미소를 짓는 중년 여인은 현사자였다.

"무슨… 소문입니까?"

현사자의 온화함에 조금 용기를 얻은 아란 부인이 조심스럽게 물었다.

"한매루에 물건 하나가 들어왔다고 하던데?"

탐사자가 눈을 내리깔았다.

"물건이라는 말씀은……."

성질이 급한 탐사자가 말하면 일단 바짝 긴장부터 하는 아란 부인이다.

한매루에서 석 달에 한 번씩 하는 동기들의 심사를 탐사자가 왕림하여 최종 결정을 내리고 있었다.

성질이 급할 뿐만 아니라 까탈스럽기까지 한 탐사자를 그나마 석 달에 한 번밖에 보지 않는다는 사실은 아란 부인에겐 큰 위안이 되는 일이었다.

"너는 정말 모르는 것이냐, 아니면 내 인내심을 시험하고 있는 것이냐?"

탐사자의 쩌렁한 호통 소리에 아란 부인의 긴 속눈썹이 바르르 떨렸다.

"속하는……."

"한매루의 일을 루주인 네가 모른다는 것이 말이 되느냐?"

탐사자 앞에서는 무조건 주눅이 들고 작아지기만 하는 아란 부인은 사실 한매루의 일이라면 빗자루몽둥이 하나의 위치까지도 환하게 꿰고 있었지만, 어찌 된 일인지 이 순간만큼은 겁에 질려서 머리가 텅 비어버렸다.

이번에도 역시 현사자가 아란 부인을 구해주었다.

"이번에 동기 심사를 보게 될 아이 중에서 썩 뛰어난 아이가 있다고 들었다. 우린 그 아이를 보러 왔다."

아란 부인은 그제야 머릿속이 환해지면서 십한매 중에 청매가 데리고 있는 소녀에 대한 소문을 간신히 기억해 냈다.

"네가 본 그 아이는 어떻더냐?"

탐사자의 물음에 아란 부인은 급히 고개를 조아렸다.

"송구합니다만, 속하는 그 아이를 본 적이 없습니다."

"본 적이 없다? 자신이 맡고 있는 기루 안에 소문이 파다한 데다가 우리까지도 알고 있는 아이를 너는 아직도 보지 못했다는 게냐?"

"송… 구합니다……."

아란 부인도 그 아이에 대한 소문은 익히 듣고 있었다. 그래서 그 아이를 언제 한번 불러다 놓고 자세히 살펴봐야겠다는 생각을 하고 있던 중이었다.

하지만 결론적으로 아란 부인은 너무 바빴다. 한매루의 이백오십여 명이나 되는 많은 식구를 챙기고 관리하는 일은 그리 녹록한 것이 아니었다.

그래도 석 달에 한 번 있는 동기 심사날 전까지는 시간을 쪼개서 그 아이를 꼭 한 번 봐야겠다고 벼르고 있던 그녀였는데 일이 이렇게 꼬여 버리고 만 것이다.

"쯧쯧… 변변치 못한 것!"

탐사자가 눈살을 찌푸리며 혀를 차자 아란 부인은 몸 둘 바를 모르고 쩔쩔맸다.

아란 부인은 항주십미향의 하나인 거대한 한매루의 루주라는 신분으로 항주에서는 대단한 영향력을 행사하고 있다.

그러나 한매루가 속해 있는 거대한 집단(集團)을 한 그루 나무라고 한다면, 한매루는 잔가지 하나에 불과했다.

탐사자와 현사자는 바로 한매루가 속해 있는 거대 집단에서 파견된 사자들이었으니 아란 부인이 기를 펴지 못하는 것은 너무도 당연했다.

"루주, 그 아이를 데려오너라."

"즉시 데려오겠습니다!"

이번에도 현사자가 아란 부인을 구해주었다.

아란 부인은 석 달에 한 번씩 봐야만 하는 탐사자가 현사자였으면 좋겠다는 생각을 하면서 엉덩이에서 비파 소리가 나도록 총총히 밖으로 달려나갔다.

“루주께서 말인가요?”

청매는 눈을 동그랗게 뜨며 크게 놀라면서 물었다.

“그래, 그 아이는 어디에 있느냐?”

청매의 거처 안으로 거침없이 불쑥 들어와 우뚝 서 있는 한매루의 총관 능찬이 그렇게 물으면서 날카롭게 실내를 쓸어보았다.

청매는 너무도 갑작스런 일에 크게 당황해서 제정신이 아니었다. 그래서 능찬의 물음을 듣지 못했다.

“아이는 어디에 있느냐고 묻지 않았느냐?”

능찬의 싸늘하고도 쨍한 외침이 실내를 울렸다. 청매는 정신이 번쩍 들었다.

“제… 가 곧 데리고 가겠어요.”

“아니, 내가 데리고 갈 테니 불러오너라.”

“…….”

청매는 눈앞이 캄캄해졌다. 설영이 남자라는 사실을 알았을 때 그 즉시 내보냈어야 하는데 그러질 못해서 일이 이 지경까지 이르고 만 것이다.

설영을 내쫓으려고 독한 마음을 먹기만 하면 으레 기다렸다는 듯이 오라비 곽정의 부탁이 떠올랐다.

더구나 설영은 이미 한매루 내에서 유명인사가 돼버려서 그를 내보냈다고 하면 소나기 같은 질타와 윗사람들의 꾸중을 모면키 어려울 것 같았다.

또한 어이없게도 청매는 한 달도 못 되는 그사이에 설영에게 흠뻑 정이 들고 말았다.

말도 안 듣는 데다 성깔도 보통내기가 아닌 설영이 어디가 예쁘다고 없던 정까지 들어버린 것인지. 사실은 그것이 설영을 내치지 못한 가장 큰 이유였다.

하지만 남자 아이인 그를 동기 심사에 내보낼 수는 없는 일이었다. 그래서 궁리 끝에 청매는 한 가지 방책을 생각해 냈다.

그것은 하녀 소향에게 부탁하여 한매루 밖에 설영이 있을 만한 곳을 마련하는 것이었고, 그래서 어렵사리 항주 성내에 있는 지물포에 점원 자리 하나를 구하기에 이르렀다.

그래서 오늘 중으로 설영을 잘 설득하고, 내일쯤 아무도 모르게 소향을 앞세워 내보낼 생각이었다.

동기 심사는 사흘 후에 있으니 그전에 내보내기만 하면 된다고 여긴 것이다.

그렇게 하면 오라비의 부탁을 저버린 것도 아니고, 청매 자신이 설영이 보고 싶을 때면 언제든지 지물포에 찾아가서 보면 될 일이었다.

다만 설영의 실종에 따른 한매루 사람들의 질타와 윗사람의 추궁은 청매가 감당할 수밖에 없을 터이다.

그런데 일이 이렇게 터져 버리고 만 것이다.

"청매야! 왜 정신을 못 차리는 게냐? 저리 비켜라!"

능찬은 당황하고 있는 청매를 밀치면서 실내로 들어섰다가 곧 독서삼매에 빠져 있는 설영의 손을 잡고 끌 듯이 데리고 나왔다.

설영은 능찬에게 끌려가다시피 나가면서 큰 눈을 더 크게 뜬 채 놀란 얼굴로 청매를 돌아보았다. 그의 손에는 방금까지 읽고 있던 책이 쥐어져 있었다.

"여, 영아……."

청매는 뒤늦게 정신을 차리고 급히 맨발로 뛰쳐나갔다. 마치 어디론가 붙잡혀 가는 남동생을 보는 듯한 심정이었다.

"걱정하지 마. 금방 돌아올게."

설영이 청매를 돌아보며 말했다. 당황하고 있는 청매를 달래는 듯한 어조였으며, 입가에는 미소마저 떠올라 있었다.

설영은 올해 열두 살이다.

아직 변성기가 지나지 않은 데다 원래 미성(美聲)이라서 목소리만으로는 성별을 구별하기 어려웠다.

설영의 말을 듣고 그의 미소를 보는 순간 청매는 가슴이 뭉클하며 순식간에 눈물이 흘러내렸다.

십여 년 전에 오라비도 설영처럼 저렇게 말하면서 떠나갔다. 그리고 장장 십여 년 동안이나 아무 소식이 없었다.

그래서 설영의 부드러운 말과 미소는 오히려 청매에게 불길한 예감으로 작용했다.

　청매는 설영과 한 달여 동안 함께 있었지만 그의 미소를 보기는 처음이었다.

　그리고 그 후로도 오랫동안 그의 미소를 보지 못했다.

第六章
귀재(鬼才)

"데리고 왔습니다."

능찬이 아란 부인의 방으로 설영을 데리고 들어와 공손히 허리를 굽혔다.

그 순간 실내에 있던 세 쌍의 눈이 커지면서 시선이 일제히 설영 한 몸에 집중됐다.

물론 세 쌍의 눈동자의 주인은 탐사자와 현사자, 그리고 아란 부인이었다.

그중에서도 가장 놀란 사람은 아란 부인이었다. 아니, 놀람의 정도는 세 사람 다 똑같은데, 아란 부인의 수양이 가장 얕기 때문에 놀라움을 겉으로 더 많이 드러난 것이다.

설영은 한 손에 읽던 책을 말아서 쥔 채 실내 복판에 우두 커니 서 있었다.

그가 입고 있는 옷은 당연히 청매의 금라의에 바닥에 끌리는 치마 차림이었다.

더구나 요즘은 하루에 한 번씩 청매가 정성껏 목욕을 시켜 주기 때문에 살결은 티 한 점 없이 깨끗했으며, 역시 청매가 한껏 솜씨를 부려 빗고 다듬어준 머리는 만수운환(漫垂雲鬟) 구름처럼 어깨에서 물결을 이루고 있었다.

아란 부인은 소문으로만 듣던 청매가 데리고 있는 소녀가 이처럼 아름다울 줄은 상상조차 못했다가 직접 실물을 대하고는 정신을 차리지 못했다.

애써 놀라움을 수습한 탐사자와 현사자의 시선이 예리하게 설영의 전신을 훑었다.

탐사자는 더 이상 평소 같은 신경질적인 표정이 아니었고, 현사자 역시 요조숙녀 같은 우아한 모습이 아니었다. 두 여인은 설영의 전신을 살피는 일에 온 정신을 집중했다.

실내에는 바늘 하나 떨어지는 소리마저 들릴 만큼의 고요한 정적이 흘렀다.

세 여인이 설영을 살피는 동안, 반대로 설영은 흑백이 또렷한 눈으로 세 사람을 살피고 있었다.

"후우… 나는 됐어요."

약 반 각 후 탐사자가 한숨을 내쉬며 정적을 깨뜨렸다. 살피는 일에 꽤나 힘을 쏟은 듯한 모습이었다. 아니, 설영의 모습에 내심으로 경탄을 거듭했기 때문이다.

"완벽해! 나는 탐사자 생활을 이십여 년째 해오고 있지만 저 아이처럼 완벽한 외모를 보기는 이번이 처음이로군!"

그녀의 얼굴에는 흡족한 표정이 역력했다.

"제대로 가르치기만 하면 앞으로 삼사 년 후부터는 저 아이가 천하의 온유향(溫柔鄕:기녀들의 세계) 위에 군림하게 될 거예요."

탐사자는 거대 집단이 보유하고 있는 천하 오십여 개의 기루에서 동기를 뽑는 최종 결정권을 쥐고 있는 신분이다.

아란 부인은 이날까지 한 번도 탐사자가 속단이나 장담을 하는 모습을 본 적이 없었다.

더구나 아란 부인은 냉정하고 날카롭기로 소문난 탐사자가 지금처럼 흥분을 억제하느라 애쓰는 모습 역시 처음 보는 것이었다.

"이리 가까이 오너라."

이윽고 현사자가 설영에게 조용히 말했다. 탐사자와는 달리 평소에는 늘 자상한 미소에 우아한 자태를 잃지 않는 그녀마저도 지금은 몹시 긴장하고 있는 모습이 역력했다.

설영은 망설임없이 걸어가 현사자의 면전에 섰다. 조금이라도 두려워한다거나 쭈뼛거리는 모습이 아니었다.

현사자는 이미 설영의 온몸을 육안으로 샅샅이 살핀 결과 대단히 만족하고 있었다.

　그녀의 만족감은 탐사자와는 전혀 다른 이유에서였다. 탐사자는 설영의 외모만을 살폈지만 현사자는 근골과 심, 혈맥까지 두루 살폈다.

　만약 현사자의 눈이 틀리지 않았다면, 아니, 이십여 년 동안 이 일만을 해온 그녀의 안목이 틀릴 리가 없었다.

　그녀는 확신하고 있었다. 방금 자신이 평생에 한 번 볼 수 있을까 말까 한 다시없는 무골(武骨)을 발견했음을.

　그녀는 두 손을 뻗어 신중하게 설영의 머리를 어루만졌다. 평소에 그녀가 어린 동기 중에서 뭔가 하나 건져 보려고 대충 어루만지는 것하고는 차원이 다른 꼼꼼하기 이를 데 없는 손놀림이었다.

　아란 부인은 탐사자에 이어서 현사자마저도 평소와는 판이하게 달라진 동작과 표정을 보게 되었다.

　문득 설영에게서 눈을 떼지 못하고 있던 탐사자의 시선이 설영의 손에 쥐어져 있는 책으로 옮겨졌다. 그녀는 그의 손에서 책을 빼내어 겉 표지의 제목을 보았다.

　황석공병해(黃石公兵解).

　탐사자는 적잖이 놀라는 표정으로 급히 책의 내용을 훑어보았다. 틀림없는 '황석공병해' 였다.

이 책은 무경칠서(武經七書)의 하나로, 진(秦)나라 말엽의 병법가 황석공이 남긴 난해한 병법서였다.

탐사자는 '황석공'이라는 이름만 알고 있을 뿐 그가 남긴 이 책을 읽은 적이 없었다.

하지만 이 책이 몹시 어려워서 병법을 연구하는 전문가들도 머리를 싸맨다고 들은 기억이 났다.

그런데 그 책을 이제 겨우 십이, 삼 세로 보이는 설영이 지니고 있으니 어찌 놀라지 않겠는가.

탐사자는 설영의 총명한 눈빛을 보며 그가 이 책을 읽었다는 사실을 의심하지 않았다.

'이럴 수가……'

탐사자가 놀라고 있을 때, 현사자는 설영에게서 손을 떼고 거의 경악에 가까운 표정을 얼굴에 가득 떠올렸다.

그녀는 설영의 근골이 그녀가 여태껏 봐온 그 어떤 사람보다도 뛰어나다고 판단했다.

그뿐 아니라 심, 혈맥 역시 보통 사람보다 두 배 가까이 크고 튼튼해서 내공과 외공을 한꺼번에 연마하는 데에 추호도 문제가 없을 것 같았다.

그것은 보통 사람에 비해서 무공을 연마하는 시일과 노력은 절반 이하로 들지만, 결과는 두 배 이상 얻을 수 있음을 의미하는 것이었다.

순간 탐사자와 현사자가 서로의 얼굴을 마주 보았다. 두 사람의 얼굴에 떠오른 것은 단호함과 결사의 의지였다.

"이 아이는 내가 데리고 가겠어요!"

"이 아이는 내가 선택했어요!"

그리고 그녀들은 동시에 나직이 외쳤다. 누가 먼저 외쳤는지 구별할 수 없을 정도였다.

그녀들의 눈에서 불꽃이 튀었다.

"이번만큼은 절대 양보할 수 없어요!"

"무슨 수를 써서라도 데려가겠어요!"

이번에도 두 사람은 똑같이 외쳤다.

그녀들의 돌연한 행동에 아란 부인은 깜짝 놀라서 눈을 동그랗게 뜬 채 쳐다보았다.

탐사자와 현사자는 한 치의 양보도 하지 않을 듯한 표정으로 서로를 쏘아보았다.

두 사람이 친자매보다 더 진한 우정을 이십여 년 동안 이어오고 있는 사이라는 것을 잘 알고 있는 아란 부인이기에 지금과 같은 상황은 놀랄 수밖에 없었다.

그렇게 시간이 흘렀다. 일각… 이각… 반 시진이 지나도록 두 사람의 팽팽한 신경전은 계속됐다.

"저… 두 분 사자님, 이런 방법은 어떻겠습니까?"

참다못한 아란 부인이 용기를 내어 조심스럽게 입을 열었다.

탐사자와 현사자는 아예 아란 부인을 쳐다보지도 않았다.

철저한 무시였다. 하지만 아란 부인은 조금도 개의치 않았다. 지금 그녀의 한 가지 소원은 한시바삐 두 사자를 이곳에서 떠나게 한 후 졸였던 가슴을 풀고 느긋하게 향긋한 차를 한 잔 마시는 것뿐이었다.

"두 분이 총단(總團)에 함께 계시죠?"

두 사자는 대답은 하지 않았지만 동시에 아란 부인을 쳐다보았다. 얼굴에는 무슨 뜻이냐는 표정이 떠올랐다.

아란 부인은 두 사자의 번갯불 같은 눈빛을 접하고 오금이 저렸지만 짐짓 모른 체하면서 특유의 화사한 미소를 지어 보였다. 그 미소가 이들에게는 조금도 먹혀들지 않겠지만.

"두 분 사자님께서 이 아이를 동시에 소유하시는 거예요."

그 말에 두 사자의 표정이 살짝 변했다. 이어서 둘은 서로의 얼굴을 보며 눈빛을 교환했다.

그리고 동시에 고개를 끄덕였다. 뺏기는 것보다는 반쪽이라도 차지하는 것이 좋았다.

거래가 이루어졌다.

"나는 물건이 아니에요."

설영이 작은 주먹을 움켜쥐며 날카롭게 항변했다.

탐사자가 어느새 평소 자신의 모습으로 돌아가 싸늘하게 일축했다.

"틀렸다. 이제부터 너는 물건이다."

설영의 항변은 묵살됐고, 아란 부인의 소원은 이루어졌다.

탐사자와 현사자는 들어올 때처럼 사이좋게 설영의 양팔을 하나씩 잡고 방을 나갔다.

설영이 한매루주에게 불려간 것은 점심 식사를 하고 난 직후였다.

그런데 저녁이 다 되도록 돌아오지 않고 있어서 청매는 가슴이 새카맣게 타 들어가고 있는 중이었다.

동기 심사 전에 심사에 참가할 소녀가 불려간 예는 간혹 있었지만 돌아오지 않은 경우는 한 번도 없었다.

설영이 워낙 용모가 아름다워서 심사 전에 한 번쯤은 불려갈지도 모른다고 조바심을 내던 청매였다.

어쨌든 청매가 가장 걱정하는 것은 설영이 남자라는 사실이었다.

예전에 불려갔던 소녀들은 늦어도 한 시진 안에는 돌아왔으며, 그 아이들을 홀딱 벗기고 검사한다는 말은 듣지 못했다. 그 점이 청매에게는 얼마간 위로가 되어주었다.

그러나 설영이 아직도 돌아오지 않는 것을 보면 무슨 일이 터진 것이 분명했다.

청매뿐만 아니라 줄잡아 십오륙 명의 기녀들이 청매의 거처에서 진을 치고 설영이 돌아오기만을 눈 빠지게 기다리고 있었다.

그녀들은 설영에게 무슨 일이 생겼는지 궁금해하는 정도

였지만, 청매는 달랐다.

그녀는 초조함이 극에 달해서 입술이 바짝바짝 탔으며 현기증까지 느낄 정도였다.

그러나 청매는 설영이 남자라는 사실이 탄로가 나서 자신이 꾸중을 듣게 될 것에 대해서는 조금도 염려하지 않았다.

그저 하염없이 설영이 걱정될 뿐이었다.

쫓겨나면 어떻게 하나, 그 어리고 융통성도 없는 녀석이 행여 루주에게 대들다가 치도곤이라도 당했으면 어쩌나, 죄다 설영에 대한 걱정뿐이었다.

날이 어둑어둑해지자 기녀들은 하나둘 영업 준비를 하느라 자신들의 방으로 총총히 돌아갔고, 결국 마지막에는 청매와 소향만 남게 되었다.

"준비하셔야죠. 이리 와서 앉아보세요, 아가씨. 제가 화장해 드릴게요."

방문 앞에 서서 초조하게 설영을 기다리고 있는 청매를 소향이 의자로 이끌었다.

탁!

"아냐! 내가 직접 루주에게 가봐야겠어!"

청매는 그 말을 남기고 부리나케 아래층으로 달려 내려갔다. 대체 어떻게 된 일인지 자신의 눈으로 직접 보고 귀로 들어야만 할 것 같았다.

용기를 내어 기루의 본관 건물 가장 꼭대기 층에 있는 아란 부인의 방문을 열고 들어간 청매에게 아란 부인이 들려준 말은 간단했지만 충격적이었다.

"더 이상 그 아이를 찾지 마라. 그리고 이것을 그 아이의 가족에게 전해줘라."

아란 부인이 내민 검은 나무로 만든 작지만 묵직한 함(函) 안에는 은자 백 냥이 담겨 있었다.

설영이 사라진 대신 은자 백 냥이 남겨졌다.

청매는 검은 함을 가슴에 안고 흐느껴 울면서 자신의 방으로 돌아왔다.

그녀는 그날 영업을 하러 나가지 않았고, 밤이 이슥하도록 이불 속에서 혼자 울었다.

*　　　　*　　　　*

설영은 한매루 마당에 대기하고 있던 화려한 마차에 탐사자, 현사자와 함께 타고 아흐레 하고도 반나절을 꼬박 달린 끝에 어느 거대한 호수를 끼고 있는 번화하기 이를 데 없는 대도에 도착했다.

얼마 후에 알게 되겠지만, 그곳은 동정호 변에 위치한 고도 악양(岳陽)이었다.

신봉각(神鳳閣).

기루의 이름으로는 조금 어울릴 것 같지 않은 그곳이 천하의 한복판이라고 할 수 있는 악양성에서 최고, 최대의 명성을 날리고 있는 악양제일루였다.

탑 모양을 본떠 지어진 오층짜리 웅장한 본관과 이삼층의 부속 건물 십여 개를 거느리고 있는 신봉각의 바로 뒤에는 동정호가 드넓게 펼쳐져 있었다.

신봉각 뒤편에는 선착장이 형성되어 있었으며, 그곳에는 십여 척의 크고 작은 배가 정박해 있었다.

보는 것만으로도 압도당할 것 같은 거대한 배 세 척은 신봉각의 유람선이었다.

한꺼번에 삼백여 명 이상을 태울 수 있는 이 배들은 손님들과 기녀들을 태우고 동정호 일대의 경치 좋은 곳들을 유람하면서 선상에서 온갖 화려한 축제를 벌이며 영업을 하는 것으로 유명했다.

신봉각의 건물의 수는 정확하게 열세 채다.

그중에서 손님을 받고 유흥을 즐기는 본관, 즉 신봉상루(神鳳上樓)가 전면에 웅장하게 버티고 있으며, 바로 뒤에 신봉상루와 연결된 이층의 건물이 주방이었다.

주방의 뒤는 제법 울창한 인공림이 가로 오십여 장에 폭 오장여의 규모로 조성되어 있다.

인공림 너머에는 아담한 인공 호수가 있고, 인공림을 등지고 호수를 향해 한 채의 이층 전각이 있었고, 호수의 좌우에 각각 네 채씩의 건물이 질서있게 위치했으며, 맞은편 좌우에 두 채의 건물이 나란히 있었다.

그 두 채의 건물 사이는 폭 이 장 너비의 수로가 유유히 흐르고 있는데, 그곳을 통해서 신봉각의 인공 호수와 동정호가 서로 연결된 상태였다.

신봉상루와 주방 뒤편에 가로로 길게 쳐져 있는 인공림이 신봉상루와 뒤쪽의 건물들 사이의 벽 역할을 해주고 있었다.

인공림의 나무들은 모두 곧고 키가 큰 수목들뿐이어서 신봉상루 꼭대기인 오층 창을 통해서도 숲 너머가 보이지 않았고, 다만 동정호의 푸른 물결만 보일 뿐이었다.

인공림 뒤쪽 인공 호수 주변에 모여 있는 열 채의 건물들은 쉽게 말해서 기녀 양성소였다.

열 채의 건물을 염뢰방(艷蕾房)이라고 한다.

염뢰는 아름다운 꽃봉오리를 뜻하는 말이다. 즉, 염뢰방은 기녀가 되기 전인 꽃봉오리 동기들에게 기예를 가르치는 장소인 것이다.

"각주(閣主)님, 드릴 말씀이 있습니다."

염뢰방이 보유하고 있는 삼십여 명의 기예 선생, 즉 예련사(藝練師)들의 우두머리이며 염뢰방의 책임자인 염뢰방수(艷房蕾首)가 신봉각주에게 찾아와 복잡한 표정을 지으면서 입을 열었다.

"무슨 일인가요?"

신봉상루의 책임자인 상루주(上樓主)와 차를 마시면서 담소를 나누고 있던 신봉각주 은자랑(銀紫琅)은 공손히 시립해 있는 염뢰방수를 슬쩍 보며 조용히 물었다.

"열흘 전에 탐사자와 현사자가 항주 한매루에서 데리고 온 아이에 관한 일입니다."

그 일이라면 은자랑도 열흘 전에 보고를 받아서 익히 알고 있는 터였다.

그 아이를 직접 보지는 못했지만, 탐사자와 현사자가 함께 자신에게 찾아와서 염뢰방이 생긴 이래 최고의 금강석을 발견했다느니, 그 아이가 장차 온유향과 살명계(殺命界)를 동시에 석권하게 될 것이라느니 설레발을 피우는 것을 잠자코 들어주었다.

두 사람의 장황한 설명 후에 은자랑은 그저 담담히 미소를 지으면서 앞으로 두고 보자는 식으로 두 사람의 흥분을 무마시켰다.

그런 다음에 염뢰방수에게 그 아이를 잘 지켜보라고 일러두고는 지금껏 잊고 있었다.

"그래, 그 아이가 어째서요?"

은자랑은 염뢰방수가 예전에도 여러 차례 지금처럼 난감한 표정을 지으며 자신을 찾아왔던 것을 기억하고 있었다.

그럴 때마다 염뢰방수는 고개를 절레절레 저으면서 진도가 늦거나 기예에 전혀 소질이 없어 보이는 동기의 퇴방(退房)을 허락해 달라고 요청했다.

은자랑의 입가에 흐릿한 실소가 머금어졌다. 금강석이니 장차 온유향과 살명계를 석권하게 될 재목이라고 하더니 기껏 열흘 만에 퇴방이라는 말인가?

천하 온유향에는 수만 개의 기루가 있고, 살명계에는 크고 작은 천여 개의 살수 조직이 버티고 있거늘, 더구나 그 두 세계를 한 아이가 동시에 석권한다는 것이 말이나 되는 소리인가 말이다.

염뢰방수의 표정이 더욱 복잡해졌다. 그러나 은자랑은 그것을 여전히 '난감한 표정'이라고 이해했다.

"저희 예련사들은 더 이상 그 아이를 가르칠 수가 없을 것 같습니다."

오십육 세의 나이지만 여느 중년 여인 못지않은 미모와 풍만한 몸매를 지니고 있는 염뢰방수는 씁쓸한 표정까지 지어 보이며 아뢰었다.

"그렇다면 내보내세요."

은자랑은 지금까지 염뢰방수가 이런 식의 요구를 해왔을 때마다 그랬던 것처럼 별로 대수롭지 않게 퇴방을 명령했다.

그러면서 탐사자와 현사자가 합동으로 입에서 침을 튀기며 칭찬했던 광경을 떠올리며 흐릿한 고소를 금치 못했다.

오늘 이후 그 두 여인이 자신을 보면 어떤 표정을 지을 것인지도 조금 궁금해졌다.

"어디로 보냅니까?"

그런데 염뢰방수가 뜻밖의 말을 했다. 이쯤 되면 '네, 알겠습니다' 라고 대답하며 묵은 체증을 내려 보낸 듯한 표정을 지어야 하는 그녀가 말이다.

은자랑이 십팔 세 어린 나이에 신봉각주가 되어 지난 사 년 동안 신봉각을 이끌어온 이유는, 그녀가 신봉각과 한매루 등을 거느리고 있는 거대 집단의 최고 우두머리의 장녀(長女)라는 신분 때문만은 아니었다.

우선 그녀는 거대 집단이 거느리고 있는 삼천여 명의 무사 중에서 당당하게 십대고수(十大高手)에 꼽힐 정도로 무공이 뛰어났다.

그리고 그녀는 웬만한 대학자를 능가할 만큼 학식이 풍부했으며, 모든 사람들이 혀를 내두를 정도로 총명예지했다.

그래서 그녀의 능력을 알고 있는 사람들은 그녀가 신봉각주로 임명되었을 때 능력에 맞지 않게 한직(閑職)에 등용됐다고 수군거렸을 정도였다.

그런 그녀가 지금 염뢰방수의 '어디로 보냅니까?' 라는 물음에 잠시 할 말을 잃고 있었다.

"동기가 퇴방을 하면 데려왔던 곳으로 되돌려보내는 것이 관례가 아니던가요?"

그것을 모를 리 없는 염뢰방수이지만 지금의 은자랑으로
서는 굳이 그렇게 말할 수밖에 없었다.

그녀의 말에 염뢰방수는 잠시 어이없는 표정을 지었다가
곧 긴 한숨을 토해냈다.

"각주님께서 제 말을 곡해하셨군요."

염뢰방수가 그 말을 하기 전에 그녀의 표정이 변하는 것을
보는 순간 자신이 잘못 짚었다는 것을 깨달은 은자랑이다.

"그럼?"

염뢰방수의 얼굴에 떠올라 있던 난감함이 봄눈 녹듯이 걷
히면서 빠르게 감탄의 기색으로 채워졌다.

"네. 그 아이의 학문과 기예는 모든 방면에서 예련사들을
훨씬 능가하고 있습니다. 아니, 오히려 그 아이가 예련사들을
가르쳐야 할 정도의 놀라운 수준이지요."

그녀의 난감한 것 같던 표정은 극도의 감탄과 놀라움을 상
전 앞에서 간신히 억누르느라 지어졌던 것이다.

"……."

수양이 깊기로 소문난 은자랑의 얼굴에 물결처럼 놀라움
이 번졌다.

그녀와 함께 차를 마시던 상루주는 그녀보다 더 놀란 표정
이었다.

"정말인가요?"

염뢰방수가 감히 신봉각주에게 식언을 할 리 만무했다. 그

런데도 은자랑은 그렇게 확인할 수밖에 없었다.

"그렇습니다. 그 아이는 장차 온유향과 살명계를 동시에 석권할 만한 굉장한 재목이 분명합니다."

마치 입을 맞추기라도 한 것처럼 염뢰방수도 탐사자와 현사자가 했던 말을 앵무새처럼 되뇌었다.

그 순간 팽팽한 긴장이 은자랑의 전신을 휘감았다.

"당장 그 아이와 탐사자, 현사자를 불러오세요."

설영은 염뢰방 내에 있는 인공 호수 가장자리의 오솔길을 천천히 걸으며 주변을 구경하고 있었다.

항주의 한매루를 떠난 지 벌써 이십 일이 지났다.

항주에서 이곳까지 수천 리 길을 오느라 열흘이 걸렸고, 그 다음날부터 잠시도 쉴 새 없이 시, 서, 화, 음, 예 따위를 이 사람 저 사람에게 불려 다니면서 선보이느라 또 열흘이 훌쩍 지났다.

사실 설영은 걸음마를 시작하고 얼마 지나지 않아서부터 책을 읽었다.

부친은 틈만 나면 두 살도 안 된 어린 그에게 장난감 칼을 억지로 쥐어준 후 그의 팔을 잡고 이리저리 흔들어 보이면서 이것은 아비의 독문검법이니 조금 더 나이가 들면 가르쳐 주마고 입버릇처럼 말했다.

그러나 어린 설영은 아비가 자신의 팔을 휘두르는 중에도 장난감 칼을 놓아버리고 뒤뚱뒤뚱 달려가 책을 집어 들기 일쑤였다.

부친은 너털웃음을 터뜨렸고, 모친은 어린아이에게 무슨 검법이냐면서 남편을 곱게 흘겼다.

어린 설영에게 처음 글을 가르친 사람은 모친이었다.

모친은 설영에게 최초로 글을 읽고 쓰도록 가르쳤을 뿐만 아니라, 잡학에 빠지지 않도록 정순한 학문의 길을 인도한 스승이었다.

그러나 설영이 네 살 때 가문이 혈겁을 당해 스승이었던 모친은 물론 부친마저도 세상을 떠나고 말았다.

그때부터는 설영보다 열세 살이나 더 많은 삼촌 같은 형이 그의 부모가 되었다.

무공, 특히 검법에 미친 형은 설영을 유모에게 맡기고 그가 원하는 것은 무엇이든 들어주도록 했다.

고명한 대학자를 초청했으며, 부모에 대한 그리움을 달래기 위해서 악기를 배웠고, 내친김에 가무와 온갖 기예를 섭렵했다.

형은 검법에 미쳤고, 아우는 학문과 기예에 미친 세월이었다.

그러던 어느 날, 그 형이 절대자의 자리에 올랐다. 하지만 설영에겐 변화가 없었다.

아니, 한 가지 변화가 생겼다.

형이 절대자가 된 덕분에 수많은 사람들이 형에게 충성을 맹세하게 되었는데, 그중 한 사람의 딸이 설영과 친구가 된 일이었다.

그녀, 단소예는 설영에겐 단 하나뿐인 친구였다.

인공 호수는 꽤 컸다.

설영이 비록 느릿느릿 걷기는 했지만, 일각 동안 걸었는 데도 삼분지 일도 채 돌지 못했다.

호수 가장자리가 구불구불하다는 것도 그를 많이 걷게 한 이유였다.

호수는 인공으로 만들어졌지만 최대한 자연미를 살리느라 애를 쓴 흔적이 역력했다.

호수의 폭이 좁아지는 곳에는 어김없이 반달 모양의 가교와 운교가 반대편까지 이어졌으며, 그 중간중간에 서너 채의 호상 정자가 자리하고 있어서 그윽한 운치를 더했다.

뚜둥따당~ 땅~!

그때 어디선가 장중하면서도 청아한 음률이 들려왔다.

오래 생각하지 않아도 그것은 너무도 귀에 익은 칠현금(七絃琴)을 연주하는 소리라는 것을 알 수 있었다.

설영은 잠시 서서 연주를 감상했다.

끊어질 듯 끊어질 듯하면서도 면면히 이어지며 슬프고도 무거운 깊은 숲 속의 바람 소리와 고산준령의 웅장함을 표현해 내는 범상치 않은 솜씨였다.

그러더니 곧 칠현금 소리에 맞추어 꾀꼬리가 우짖는 듯한 노랫소리가 이어졌다.

"달이 나오니 하늘이 눈을 뜬 것 같고, 산이 높으니 땅이 머리를 드는 것 같구나[月出天開眼山高地舉頭]!"

두다당~ 뚱땅다당~!

기예에 통달한 설영이다.

더구나 칠현금과 비파, 퉁소는 그가 가장 좋아하는 악기였다. 그런데 이 탄금 소리와 노랫가락은 집과 형을 잃은 설영의 가슴을 흔들며 울리고 있었다.

설영은 주위를 돌아보다가 그리 멀지 않은 호상의 정자에 연분홍 옷을 입은 사람이 앉아 있는 모습을 발견했다. 칠현금 소리는 그곳에서 흘러나오고 있었다.

그는 이끌리듯 운교로 올라선 후 정자를 향해 다가갔다.

정자 안 바닥에 앉아서 칠현금을 쓰다듬듯이 연주하고 있는 사람은 십일, 이 세가량의 어린 소녀였다.

그녀는 꽃잎 같은 연분홍 비단옷에 긴 머리카락을 뒤로 묶고 귀밑머리를 한 올 늘어뜨린 모습이었는데, 그녀를 본 순간 설영은 잠시 놀란 표정을 지었다.

소녀는 너무 희고 고와서 마치 살아 있는 인형 같았다.

그녀는 설영이 옆에 서 있는 것도 모르는 채 술대로 현을 퉁기면서 장미 꽃잎 같은 입술을 벌려 노래를 불렀다.

"흰 구름은 산 위의 덮개요, 밝은 달은 물 가운데의 구슬이로다[白雲山上蓋明月水中珠]!"

나무랄 데 없는 탄금 솜씨에 가슴이 설레는 노래였다.

이른바 한 사람이 연주하고, 또 노래도 하는 자탄자가(自彈自歌)였다.

음을 알고 예를 이해하는 설영은 자신도 모르는 사이에 흥이 도도해졌다.

문득 쳐다보니 소녀의 앞쪽 탁자 위에 비파 하나가 놓여 있는 것이 눈에 띄었다.

그는 거침없이 비파를 들고 타기 시작했다.

다라라당~ 뚜둥땅~!

소녀가 깜짝 놀라서 탄금을 멈추고 설영을 바라보았다.

얼굴에 눈밖에 없는 것처럼 커다란 두 눈에 설핏 놀라움이 물들더니 곧 감탄으로 변했다.

도취에 빠진 설영의 연주가 방금 자신이 연주한 곡조의 합주였기 때문이다.

거문고는 깊고도 낮은 음이고, 비파는 높고도 맑으며 고운 음이다.

천하에 두 악기의 합주를 따라올 연주는 없다. 제대로 연주

한다면 말이다.

그래서 거문고와 비파를 금슬(琴瑟)이라고 하며, 부부가 화락하는 것을 금슬이 좋다고 한다.

소녀는 중단했던 금을 다시 타기 시작했다.

두당땅~ 뚜다당땅~!

더 이상 완벽할 수 없는 화음이 칠현금과 비파에서 흘러나와 호수의 잔물결을 어루만지다가 창공으로 퍼져 나갔다.

흥이 오를 대로 오른 설영이 가만히 있을 리 없었다. 그도 입을 열어 낭랑한 옥음을 발했다.

"달빛은 구름 사이의 비파가 되고, 바람은 대나무 숲의 거문고가 되도다[月光作雲間瑟風爲竹裡琴]!"

비파는 달빛, 거문고는 바람.

달빛은 설영, 바람은 소녀.

설영과 소녀는 달빛과 바람이 되었으며, 달빛과 바람은 다시 비파 소리와 거문고 소리가 되어 어우러지면서 호수의 수면 위를, 파란 창공의 햇살 사이를 자유롭게 누비고 다녔다.

때로는 사람과 사람이 만났을 때 세속적인 인사가 필요하지 않을 때가 있다.

그리고 또 때로는 수많은 세월과 언어와 만남의 부대낌이 소용되지 않을 때도 있다.

지금 설영과 소녀는 비파와 거문고의 음률로써 십년지기가 되어가고 있었다.

탄금을 하는 동안에 두 사람은 자신들이 금슬이라 여기고, 작은 연인들이라 여겼다.

시간이 얼마나 흐른 줄도 모른 채 두 사람은 심혈을 기울인 연주에 몰입하고 있었다.

그리고 어느 순간, 두 사람은 똑같이 탄금을 멈추었다.

완벽한 몰입에 이은 완벽한 화합이었다.

설영과 소녀는 환하게 미소를 지으면서 서로를 바라보았다.

두 사람은 이미 친구가 되어 있었다.

"나는 소영(蘇英)이라고 해. 너는?"

설영은 자신의 성을 '소 씨'라고 했다. 매사 불여튼튼이다. 밝혀서 피해를 입는 경우는 왕왕 있어도 숨겨서 손해를 당하는 일은 별로 없는 법이다.

"은리(銀璃)예요."

"예쁜 이름이다."

설영이 환하게 웃자 소녀 은리는 눈이 부신 듯 눈을 가늘게 뜨고 설영을 바라보았다.

"언니는 너무나 아름다워요."

"너도 예뻐. 너처럼 예쁜 아이는 처음 봤어."

설영이 배시시 미소를 지으면서 손가락으로 은리의 뺨을

콕 찔렀다.

설영의 하나뿐인 친구 단소예도 예뻤지만, 은리에겐 비할 바가 못 될 것 같았다.

"몇 살이니?"

"열한 살 반이에요."

"반은 뭐야?"

"호홋! 반년만 더 있으면 열두 살이 된다는 뜻이에요!"

은리의 영롱한 웃음소리가 그녀의 이름, 은빛 파도처럼 수면 위로 부서져 내렸다.

"언니는 몇 살인가요?"

"열두 살 석 달."

설영이 은리의 흉내를 내자 그녀는 눈을 동그랗게 떴다가 목젖이 보이도록 깔깔거리며 웃었다.

"호호호홋! 언니는 너무 웃겨요!"

설영은 은리가 웃는 모습이 너무나 보기 좋았다. 그는 미소 지으면서 은리를 바라보고 있다가 문득 심경의 변화를 일으켜 나직이 그녀를 불렀다.

"은리야."

"네."

"한 가지 비밀을 알려줄게. 비밀을 지킬 수 있겠지?"

"죽을 때까지?"

"아니, 내가 밝혀도 좋다고 할 때까지만."

“알았어요. 비밀이 뭐죠?”

은리의 커다란 두 눈에 호기심이 샘물처럼 솟아났다.

“너는 날 언니라고 부르면 안 돼.”

“어째서요? 나는 열한 살 반년이고, 언니는 열두 살 석 달이니까 당연히 언니죠.”

“난 남자야.”

왜 갑자기 자신의 비밀을 은리에게 밝히고 싶다는 생각이 든 것인지는 뭐라고 설명할 수가 없었다.

그리고 그 일은 오랜 세월이 지난 후에도 설영에게 있어 수수께끼로 남았다.

은리의 눈이 동그랗게 커졌다.

“정말인가요?”

“응. 보여줄까?”

“무엇을…….”

설영이 일어나서 괴춤을 풀자 은리가 화들짝 놀라면서 두 손을 마구 저었다.

“아, 안 봐도 괜찮아요!”

설영은 다시 괴춤을 묶었다.

“안 봐도 믿겠어?”

“네.”

“그러니까 날 언니라고 부르지 말고 오빠라고 불러.”

“네, 오빠.”

은리는 거문고를 내려놓고 설영의 앞에 바짝 다가앉으며 호기심 어린 표정으로 물었다.

"그런데 오빠는 누구죠?"

"나는 항주에 있었는데, 누가 날 이곳으로 데리고 왔어."

"집이 항주인가요?"

"아니, 하남 남부 지방이야."

설영이 살던 중천군림성은 낙양에 있었지만 그걸 사실대로 밝히고 싶지 않았다.

은리는 설영에게 끝없는 호기심을 느꼈다. 그녀는 원래 수줍음이 많고 병적일 정도로 사람을 기피하는 편인데, 설영에게만은 전혀 그렇지 않았다.

"어쩌면 그렇게 비파를 잘 탈 수 있죠?"

설영은 환하게 미소 지으며 은리의 머리를 쓰다듬었다. 마치 누이동생을 대하는 듯한 행동이었다.

"너도 잘하던데, 뭘."

"오빠에 비하면 월광과 반딧불이 차이예요. 소매는 아직 멀었어요."

"그건 그래."

설영이 당연하다는 듯 고개를 끄덕이자 은리는 어이없는 표정을 지었다가 입술을 삐죽거리면서 작은 주먹으로 설영의 가슴을 콩콩 두드렸다.

"아유~! 순 엉터리~!"

그때 설영은 은리의 어깨 너머로 보이는, 저만치 선착장에 아까까지는 보이지 않던 커다란 배 한 척이 정박해 있는 것을 발견했다.

그는 열흘 전에 이곳에 처음 와서 주위를 산책할 때 선착장에 정박해 있는 배 중 세 척의 커다란 배를 보고 그 위용에 압도당한 적이 있었다. 그는 그날까지 그토록 큰 배를 본 적이 없었다.

그런데 지금 새로 정박해 있는 배는 원래 정박해 있던 세 척의 배 옆에 나란히 있는데, 그 크기가 세 척의 배보다 두 배 이상 더 컸다.

그리고 전체가 먹물을 뒤집어쓴 것 같은 흑색이었다.

그 배는 하나의 거대하고 웅장한 검은색의 성(城) 같았다. 물 위를 떠다니는 성.

설영은 압도당한 표정으로 거대한 흑선(黑船)에서 눈을 떼지 못했다.

흑선 복판에는 오층의 웅장한 전각이 있었고, 그것을 중심으로 앞과 뒤에 각기 삼층까지 전각이 또 있는데, 그 세 채의 전각이 각 층마다 가교로 연결되어 있었다.

또한 높은 망루가 세워져 있었고, 세 개의 높고 거대한 돛은 걷혀져 있었으며, 중앙 돛 꼭대기에 하나의 깃발이 펄럭이고 있었다.

깃발에는 흰 바탕에 하나의 반월이 붉은 핏빛으로 선명하게 그려져 있었다.

마치 반월에서 피가 뚝뚝 떨어질 듯한 느낌이었다.

그리고 흑선의 선두와 선미, 양쪽 가에는 백여 명의 흑의를 입은 무사들이 일렬로 질서정연하게 서 있었다.

설영이 좀 더 자세히 보기 위해서 일어서자 은리도 따라 일어나 두 사람은 나란히 서서 흑선을 바라보았다.

그때 배에서 역시 흑의를 입은 두 사람이 내리고 있었다.

두 사람이 내리자 도열해 있던 무사들이 깊숙이 허리를 접으며 인사를 하고 있었다.

두 사람은 나란히 선착장을 따라서 염뢰방을 향해 걸어왔다.

설영은 그들에게서 눈을 떼지 못했다. 대체 어떤 사람들이기에 저런 엄청난 배를 타고 다니며, 무사들에게 절을 받는 것인지 궁금했다.

두 사람이 점차 가깝게 다가왔다. 그들은 호수를 지나 신봉상루 쪽을 향하고 있었다.

조금 더 가까워지자 설영은 두 사람이 한 명의 중년인과 소년이라는 사실을 알게 되었다.

중년인은 사십여 세 정도로 당당한 체격에 네모 각진 얼굴, 짧고 검은 수염을 기른 강인하면서도 냉철한 인상이었으며, 어깨에는 한 자루 검을 메고 있었다.

소년은 십오륙 세 정도로 보였으며, 키는 옆에 있는 중년인과 거의 비슷했다.

다만 체구가 호리호리했으며 앳된 얼굴인데 매우 준수한 용모였고, 어린 나이답지 않게 날카로우면서도 싸늘한 모습이었다. 또한 어깨에 한 자루 검을 비스듬히 메고 있었다.

그 무렵 두 사람은 설영과 은리가 있는 정자와 평행이 되는 곳을 스쳐 지나고 있었다.

그때 안쪽에서 걷던 소년이 마치 무심코 하는 행동처럼 이쪽을 슬쩍 쳐다봤다.

설영은 흑의소년이 자신들을 쳐다보는 중에 두 눈에서 강렬한 안광이 번뜩이는 것을 발견했다. 그러나 안광은 착각처럼 순식간에 사라져 버렸다.

설영과 은리가 나란히 서 있었기 때문에 그가 누굴 쳐다보는 것인지 분간하지 못할 듯도 하지만, 설영은 그가 은리를 쳐다보는 것이라고 느꼈다.

흑의소년이 설영과 은리를 쳐다본 것은 아주 잠시였다.

그는 시선을 거둔 후 한눈을 파느라 중년인에게서 약간 뒤처진 것을 깨닫고 급히 따라붙었다.

"무서워요……."

그때 은리가 설영의 팔을 붙잡으며 뺨을 어깨에 기대왔다.

설영은 자신의 어깨를 통해서 은리가 가늘게 떨고 있는 것을 느낄 수 있었다.

"뭐가?"

"방금 우릴 쳐다보던 그 남자의 눈빛이 너무 무서웠어요."

은리도 흑의소년의 나이를 어림잡았을 텐데도 굳이 남자라는 표현을 썼다.

"무섭긴, 내가 있잖아."

설영은 자신이 은리의 보호자라도 된 것 같은 기분이 들어 그녀의 어깨를 감싸면서 으쓱거렸다.

"영아!"

그때 호숫가로 탐사자와 현사자가 나타나더니 손짓으로 설영을 불렀다.

"우리 또 만날 수 있을까요?"

설영이 달려가려고 하자 은리가 그의 팔을 잡으며 물었다.

"아마도. 난 당분간 이곳에 머물게 될 거야. 그럼 자연히 또 만날 수 있겠지."

"언니가 나한테 놀러 오세요."

설영은 방금까지만 해도 오빠라고 부르던 은리가 갑자기 언니라고 하자 의아한 표정을 지었다.

은리는 설영을 마주 보는 자세에서 눈동자를 탐사자와 현사자 쪽으로 사르르 굴렸다가 다시 설영을 바라보았다.

무언의 암시였는데, 설영은 즉시 알아차렸다. 오빠라고 부르는 것을 탐사자와 현사자가 들을까 봐 조심하는 것이었다. 비밀은 설영보다 그녀가 더 잘 지키고 있었다.

"저기 이층이 소매의 거처예요. 언제든 시간이 나면 놀러

오세요.”

그녀는 인공림을 등지고 있는 이층의 별채를 가리켰다. 그 건물은 신봉각의 열세 채 건물 중에서 가장 작았지만 또한 가장 아름다웠다.

“알았어.”

설영은 고개를 끄덕인 후 긴 치마를 질질 끌면서 탐사자와 현사자에게 달려갔다.

第七章
재활(再活)

설영은 불려간 곳에서 장장 세 시진에 걸쳐서 또다시 자신이 지니고 있는 여러 재주들을 선보여야만 했다.

원래 학문과 기예만 파고들어서 허약한 체질인 그는 세 시진의 강행군으로 녹초가 되었다.

반면에 실내에 있던 다섯 사람은 극도의 놀라움과 경탄지색을 얼굴마다 가득 떠올린 채 설영을 주시하고 있었다.

그녀들, 다섯 여자의 표정은 크게 세 종류였다.

탐사자와 현사자는 '자, 어떠냐!' 라는, 의기양양 뻐기는 모습이었고,

염뢰방수는 '제가 뭐랬습니까? 과연 대단하지요?' 라는 표

정이었으며,

은자랑과 상루주는 만면에 놀라움과 경탄이 범벅된 표정을 가득 떠올리고 있었다.

잠시가 지나도록 아무도 입을 열지 않았다.

"피곤해요."

그때 은자랑의 전면에 놓인 의자에 앉아 있는 설영이 피곤한 표정을 감추지 못하고 말하자 그제야 모두들 정신을 차리는 듯했다.

은자랑은 나란히 서 있는 탐사자와 현사자를 바라보았다.

"두 분의 의견은 어떤가요?"

그렇게 묻는 은자랑의 얼굴에서는 아직도 놀라움이 사라지지 않고 있었다.

"염뢰방에서는 배울 것이 없습니다. 틈틈이 기녀가 되기 위한 예절 정도만 가르치면 되겠지요."

현사자가 탐사자의 말을 이었다.

"속하는 이 아이처럼 뛰어난 근골을 지금껏 본 적이 없습니다. 지금 당장 검풍루(劍風樓)로 보내도 될 것입니다."

은자랑은 현사자가 얼마나 근골을 세밀하고 정확하게 보는지 잘 알고 있었다.

"당신들 말은 이 아이를 기녀와 살수(殺手)로 동시에 키우자는 뜻인가요?"

설영은 의자에서 꾸벅꾸벅 졸고 있었기 때문에 '살수'라는 말을 듣지 못했다.

만약 들었다면 크게 놀랐을 것이고, 어쩌면 살수가 되지 않겠다고 발버둥을 쳤을지도 모르는 일이다.

탐사자와 현사자는 서로의 얼굴을 마주 쳐다본 후 거의 동시에 입을 열었다.

"하면 이 아이를 기녀로 만들 것인지, 아니면 살수로 키울 것인지 각주께서 결정해 주시지요."

"정해주시면 그대로 따르겠습니다."

"알겠어요."

은자랑은 고개를 끄덕인 후 설영에게 시선을 고정시켰다.

설영이 의자에서 졸고 있는 모습은 그의 나이가 아직 어린데도 불구하고, 더구나 같은 여자인 은자랑조차도 탄성이 흘러나올 정도로 아름다웠다.

외모만으로 따진다면 길게 생각할 것도 없이 기녀로 만들어야 할 것이다.

하지만 근골 또한 다시 찾아보기 어려울 정도로 뛰어나다고 했으니, 만약 살수로 키운다면 장차 일급 살수가 될 것이 틀림없었다.

난제였다. 대체 어떻게 해야 하나…….

은자랑이 몸담고 있는 거대 집단은 무림에서도 손꼽히는 살수 조직을 보유하고 있었다.

그리고 그 살수들은 모두 여자로 이루어져 있으며, 이곳 검풍루에서 철저한 비밀에 가려진 채 키워진다.

즉, 신봉각 내에는 기루인 신봉상루와 기녀 양성소인 염뢰방, 그리고 살수를 키우는 검풍루가 속해 있는 것이다.

살수 조직은 중요한 수입원 중 하나이기 때문에 소홀할 수가 없었다.

설영을 무엇으로 키울 것인가는 전적으로 은자랑의 권한이다.

검풍루에 보내지는 살수의 재목은 모두 염뢰방에서 고른 소녀들로 채워지고 있었다.

또한 이날까지 한 명의 소녀를 기녀와 살수로 동시에 키웠던 예는 없었다.

이 아이를 기녀로 키우자니 근골이 아까웠고, 살수로 키우자니 미모가 묻혀 버리는 것이 아쉬웠다.

은자랑은 고심에 고심을 거듭했다. 자신의 결정 여하에 따라서 설영의 운명은 물론 신봉각이 속해 있는 거대 집단의 이익에도 큰 영향을 끼칠 것이기 때문이다.

이 아이를 어느 쪽으로 키우든 그 방면에서 최고가 될 것은 부인할 수 없는 사실일 것이다.

한참 만에야 은자랑은 입을 열었다.

"좋아요. 한번 해보기로 해요."

그녀의 맑은 목소리는 조금 전과는 달리 차분하게 가라앉아 있었다.

탐사자와 현사자가 반색했다.

"하오시면?"

"이 아이를 기녀와 살수로 동시에 키우도록 하세요."

탐사자와 현사자는 환한 표정을 짓더니 즉시 깊숙이 허리를 접었다.

"각주님의 명을 받들겠습니다!"

은자랑은 상상했다. 앞으로 십여 년 후에 한 명의 절색미녀로 인하여 천하가 뒤집어질 것을.

그러나 그녀는 설영의 잠재력을 과소평가했다는 사실을 멀지 않은 미래에 깨닫게 될 것이다.

설영이 천하를 뒤집어엎는 데에는 십 년이라는 긴 시간까지 필요하지 않았다.

"이 아이를 지금 곧 검풍루로 데려가세요."

설영은 이미 곤한 잠에 빠져 있었다.

탐사자가 보물덩이 같은 설영을 조심스럽게 등에 업었다.

"엄마……."

설영은 탐사자의 등에 뺨을 묻고 두 팔로 그녀의 가슴을 꼭 끌어안았다. 아마도 꿈속에서 엄마를 만나는 듯했다.

물컹!

설영의 두 손이 탐사자의 풍만한 젖가슴 두 개를 꼭 잡았다.

'이런…….'

탐사자는 움찔했으나 과히 나쁜 기분은 아니었다. 이 순간
만은 자신이 설영의 엄마라도 된 듯한 기분이었다.

탐사자와 현사자가 방문을 나갈 때 등 뒤에서 은자랑의 중
얼거림이 들려왔다.

"장차 저 아이는 온유향과 살명계를 동시에 석권할 것이
분명해요."

그 말은 정말 전염성이 강했다.

*　　　　*　　　　*

검(劍).

무사들은 많은 무기 중에서도 유독 검을 즐겨 사용한다.

검의 가장 큰 매력은 그 어떤 무기보다 빠르고 정확하게 상
대의 숨통을 끊는다는 것에 있다.

그래서 검을 백병지왕(百兵之王)이라고도 한다.

유구한 세월 동안 무인들은 더 빠르고, 더 강하며, 더 영묘
한 신통력의 검을 끝없이 요구해 왔다.

검의 쓰임새는 오직 상대를 죽이는 일, 즉 살인이다.

검이 뽑히는 것은 상대를 죽여야 하는 순간뿐이다.

그래서 살인의 역사는 검의 역사, 그리고 무림의 역사와 궤
를 같이하고 있다.

장인은 구슬땀을 흘리면서 쇠붙이를 만들고, 무인은 그 쇠

붙이에 무수한 피를 적시고 원한을 쌓으면서 한 자루의 검으로 완성시켰다.

그렇게 누천년 무림사에 수많은 명검과 보검들이 영욕의 부침을 거듭해 왔다.

여기 한 자루 삼 척 장검에 대한 평범하지 않은 전설(傳說) 하나가 전해오고 있다.

결코 인간의 손으로는 만들어질 수 없으며, 인간의 능력으로는 완성되지 않는 검.

철천검(徹天劍).

원한이 하늘에 사무친다는 이름의 검.

전설은 이 검이 그저 쇠붙이가 아닌, 살아서 숨을 쉬며 끝없이 피를 원하는 흡혈검(吸血劍) 혹은 영검(靈劍)이라 기록하고 있다.

철천검은 오랜 세월 동안 가장 처절한 한(恨)을 품은 피[血]를 마시면서 자라야만 비로소 탄생한다고 한다.

전설은 철천검에 대해서 많은 이야기들을 전해주고 또 만들어냈다.

철천검에 찔리거나 베이면 상처에서 피가 흐르지 않는다고도 한다.

검이 피를 흡수해 버리기 때문이라는 것이다.

그러므로 철천검에 죽은 사람의 몸에는 한 방울의 피도 남아 있지 않다.

그렇게 철천검은 피를 마시면서 점점 더 강해진다.

강해지기 위해서 더 많은 피를 원한다.

또한 이 검은 무쌍검(無雙劍)이라고도 불린다. 자르지 못하고 뚫지 못하는 것이 없다는 뜻이다.

전설은,

철천검을 지닌 자가 천하제일인이 될 것이라고 예언했다.

그러나 철천검은 끝없이 피를 부른다.

피를 마셔야만 존재할 수 있기 때문이다.

그래서 철천검이 당도하는 곳에는 피바람이 불고 피비가 쏟아져야만 한다.

혈풍혈우(血風血雨)!

철천검이 출현하면 천하는 피에 젖는다.

그러나 그것은 다만 전설일 뿐이다.

수많은 무림인들이, 또 그보다 더 수많은 세월 동안 땀과 한과 피를 쏟으며 악착을 떨었지만 철천검은 아직까지 모습을 드러낸 적이 없었다.

어쩌면 철천검의 전설은 가장 강하고 완벽한 검을 원하는 사람들의 간절한 바람이 만들어낸 허구일지도 모른다.

그래서 사람들은 철천검을 구하려고 끝없이 노력하면서도

그 검이 현세에는 출현하지 않기를 바라는 모순을 품고 살아가는지도 모른다.

　그러나 천하는 현세에 철천검의 전설이 잉태되고 있음을 아직 모르고 있었다.

＊　　　　＊　　　　＊

　설무검의 하루 일과는 집 안에서 운공을 하거나 호숫가에 앉아서 호수와 하늘을 바라보는 것, 아니면 산채 내를 어슬렁거리면서 돌아다니는 것이 전부였다.
　그는 그렇게 지난 한 달 동안을 소일했다.
　그가 산채 내에서 어디를 가든, 무엇을 하든 제지하거나 방해하는 사람은 아무도 없었다.
　설무검을 자유롭게 내버려 두라는 흑풍채 채주의 명령이 있었기 때문이다.
　그는 한 달 전에 처음 깨어났을 때 부채주인 양궁표와 몇 마디 말을 나눈 이후부터는 양궁표는 물론 그 누구와도 일체 대화를 나누지 않았다.
　산적 중에서 그와 친해보려는 몇몇 사람이 미소를 지으면서 다가와 말을 걸어도 그의 입은 도통 열리지 않았다. 아니, 쳐다보지도 않았다.

결국 말을 걸었던 사람은 머쓱해지거나 얼굴을 붉히며 돌아서 버리기 일쑤였다.

그런 일이 몇 차례인가 반복된 후부터는 아무도 그에게 말을 걸지 않았다.

오늘도 그는 정오까지의 반나절은 집에 틀어박혀서 운공조식을 했고, 오후부터 일몰이 다 되어가는 지금까지 호숫가에 앉아서 소일하고 있는 중이었다.

반 시진 전부터 호수의 수면을 뚫어지게 응시하고 있는 그의 시선은 한곳에 고정되어 있었다.

그의 동공은 이미 움직임을 멈춘 상태였다. 한곳을 오랫동안 주시한다는 것은 생각에 골몰해 있다는 뜻이다.

'파훼된 단전을 복구하는 것이 생각보다 어렵군.'

이윽고 그는 수면에서 시선을 거두며 내심 씁쓸하게 중얼거렸다.

그가 매일같이 오후 내내 호숫가에 꼼짝도 하지 않고 앉아 있는 이유는 어떻게 하면 파훼된 단전을 복구할 수 있을까를 고심하기 위해서였다.

지금 이 상황에서 누가 무엇 때문에 자신의 단전을 파훼하여 공력을 잃게 만들었는지를 머리 아프게 궁리하는 것은 그다지 현명하지 못한 일이었다.

공력을 되찾지 못한다면 자신을 이 지경으로 만든 자들이 누군지 알아낸다고 하더라도 무슨 소용이 있겠는가?

재기도 복수도 그저 공염불일 뿐이다.

사실 현재의 그는 하루에도 수백, 수천 번씩 치밀어 오르는 분노와 배신감을 억제하느라 온 힘을 쏟고 있었다.

만약 그가 수양이 깊지 않아서 자신의 감정을 활화산처럼 끓어오르는 분노와 배신감에 맡겨 버렸다면, 그는 정신을 차린 후 며칠 지나지 않아서 미쳐 버리고 말았을 것이다.

그의 수양과 냉철한 이성은 끝없이 그에게 요구하고 있다.

복수는 잃어버린 힘을 되찾은 후에도 늦지 않다고.

그가 하루의 거의 절반 이상을 운공조식으로 보내는 것은 단전을 복구하기 위함이었다.

그리고 나머지 절반은 공력을 복구하기 위한 방법을 찾는 일로 보내고 있었다.

그런데 그것이 쉽지가 않았다. 아무리 애를 써도 파훼된 단전이 회복될 기미조차 보이지 않고 있었다.

설무검은 보통 사람들이 상상하지 못할 정도로 강한 사내다.

웬만한 일로는 자신의 감정을 겉으로 드러내지 않으며, 쉽사리 절망도 희망도 품지 않는다.

그는 단전을 복구하는 일을 결코 포기하지 않을 터이다.

그것을 포기한다는 것은 그의 삶이 이 시점에서 정지하는 것을 의미한다.

그러기에 아직 그는 젊었다.

그리고 한이 너무 깊었다.

갑자기 그가 주시하고 있는 수면에서 엷은 아지랑이가 피어오르더니 아리따운 여자의 모습으로 변했다.

설무검이 목숨처럼 사랑했던 여인이다.

그녀는 입버릇처럼 말했다.

"당신이 저를 사랑하는 것보다 천 배 이상 저는 당신을 사랑해요."

그런 그녀가 정인에게 독보다 지독한 백일취수를 마시게 했다.

그녀가 자신을 배신할 것이라고는 상상조차 하지 않은 설무검은 백일취수를 마시면서 그녀에게 청혼을 했고, 그녀는 함초롬히 미소 지으며 그러마고 대답했다.

그리고 설무검은 열다섯 병째 백일취수를 마시고 나서야 자신의 몸에 이상이 생긴 것을 느꼈다.

"미안해요……. 정말 미안해요. 이 죄는 저승에 가서라도 꼭 갚겠어요. 내 사랑……."

정신을 잃어가면서 허우적거리는 설무검을 품에 안고 그녀는 눈물을 흘리며 그렇게 말했다.

그녀,

설란후.

"뿌드득!"

설무검은 거세게 이를 갈아붙였다.

꾹꾹 눌러두고 있던 분노가 스멀스멀 기어나오더니 기어코 그의 온몸과 정신을 불길로 만들어 버렸다.

설무검의 두 눈에서는 염라귀의 그것과도 같은 안광이 무시무시하게 흘러나왔다.

"설 형."

그때 뒤에서 목소리가 들리더니 양궁표가 설무검의 곁으로 다가와 섰다.

그는 설무검의 이름을 알고 난 후부터는 스스럼없이 '설 형' 이라고 부르며 친구처럼 대했다.

양궁표의 등장과 함께 설무검의 눈에서 안광이 사라지고 표정은 평소의 무심함으로 되돌아왔다. 그러나 속에서는 미처 다스리지 못한 분노가 들끓고 있었다.

"의원 유승의 말이, 오늘 즈음 설 형의 오른팔 부목을 떼어 내도 될 것 같다고 했소."

설무검은 양궁표의 말을 귓등으로 들으면서 분노를 억누르려 애쓰고 있었다.

사람들의 몸속에는 오장육부가 있는데, 그의 몸속에는 육장칠부(六臟七腑)가 들어 있다.

하나씩 더 있는 일장에는 원한이 차곡차곡 쌓여 있었고, 일부에는 분노가 켜켜이 짓눌려져 있었다.

의원 유승이 직접 와서 해도 될 말을 양궁표는 굳이 자신이 대신 전해주고 있었다.

한 달 전, 설무검이 의방을 나오자 양궁표는 그를 두말없이 자신의 집으로 데리고 갔다.

양궁표의 통나무집은 주방 하나에 방이 세 칸이다. 원래는 양궁표 내외가 한 칸을 쓰고, 양궁표의 과년한 누이동생이 한 칸을, 세 살짜리 아들이 한 칸을 사용하고 있었다.

양궁표는 아들을 누이동생과 같은 방을 쓰게 하고 아들 방을 설무검에게 내주었다.

설무검은 하루 세 끼 식사 시간을 제외하고는 방에 틀어박혀 있던가, 아니면 호숫가에 있었기 때문에 양궁표네 가족과는 부딪칠 일이 거의 없었다.

온 가족이 모이는 식사 시간이라고 해도 한마디 말도 하지 않고 밥만 먹고는 방으로 들어가거나 밖으로 나가 버리는 설무검이었다.

웬만한 사람들 같았으면 기분이 나빠서 짜증을 낼 만도 한데 양궁표 가족은 전혀 그러지 않았다. 아니, 오히려 언제나 미소를 잃지 않고 설무검을 대해주었다.

양궁표가 가족들에게 정성껏 설무검을 돌보라고 당부했기 때문이기도 하지만, 양궁표 본인은 물론이고 아내도, 누이동생도 더없이 순박하고 무던한 성품이라 낯선 식구가 한 명 늘어난 것을 기꺼워하며 친가족처럼 살갑게 굴었다.

설무검에 대한 양궁표의 호기심은 한 달 전에 비해서 많이 감소한 상태였다.

지금은 호기심보다는 그저 인간적인 동정심과 호의로써 그를 대하고 있었다.

물론 그에 대한 호기심이 완전히 사라진 것은 아니지만, 처음에 느꼈던 강렬함까지는 아니었다.

언제나처럼 설무검은 일언반구의 말도 없이 일어나 양궁표를 따라 의방으로 향했다.

"팔을 한 번 굽혀보시오."

유승은 설무검의 오른팔에서 부목을 떼어내고 나서 긴장된 표정으로 그의 팔을 주시하며 말했다.

설무검은 오른팔을 천천히 굽혀보았다.

양궁표와 유승은 설무검보다 더 긴장한 표정으로 눈도 깜빡이지 않고 지켜보았다.

두 사람이 설무검의 끊어진 힘줄을 잇느라 모진 고생을 했던 만큼 기대도 남달랐다.

하지만 정작 당사자인 설무검은 무덤덤한 표정이었다.

팔은 절반도 채 굽혀지지 않았다. 약간 굽혀지는가 싶더니 가늘게 떨리기만 할 뿐 더 이상 움직이지 않았다.

양궁표의 얼굴에는 실망스러운 표정이 역력하게 떠올랐지만, 유승은 개의치 않은 얼굴이었다.

"쭉 펴보시오."

유승의 두 번째 주문에 설무검은 오른팔을 펴려고 시도했다. 그러나 완전히 펴지지 않은 상태에서 또다시 가늘게 떨리기만 했다.

제대로 굽혀지지도 않고, 펴지지도 않는 오른팔이었다.

그래도 유승은 실망하지 않고 계속 주문했다.

"이번에는 손가락들을 움직여 보시오."

설무검은 묵묵히 지시에 따랐다. 그러나 손가락 끝이 미미하게 까딱거릴 뿐 전혀 움직여지지 않았다.

양궁표는 설무검이 전력을 다하지 않는 것 같다는 생각이 들어서 그의 얼굴을 쳐다보며 좀 더 노력해 보라고 말하려다가 그만두었다.

눈을 부릅뜨고 이를 악문 그의 이마와 콧등에 굵은 땀방울이 송골송골 맺혀 있는 것을 발견했기 때문이다.

"그만 됐소."

유승은 말과 함께 애썼다는 듯 설무검의 어깨를 가볍게 두드려 주었다.

양궁표는 크게 실망한 기색이었다.

“팔을 쓸 수 없는 것이냐?”

유승은 대답하지 않고 그 대신 손을 뻗어 설무검의 오른손을 잡았다.

그는 설무검의 손바닥과 손가락 끝을 바늘로 찌르면서 얼굴을 쳐다보았다. 이때의 그의 표정은 조금 전과는 달리 긴장되어 있었다.

“어떻소? 아프오?”

설무검은 대답없이 고개만 끄덕였다.

그의 손바닥과 다섯 손가락 끝에서 피가 흘러내렸다.

유승의 표정이 환해졌다.

“감각이 살아 있으니 아직 포기하기는 이르오.”

그 말을 듣고 양궁표가 자신의 일처럼 반색했다.

“감각이 살아 있으면 팔을 움직일 수 있는 것이냐?”

“그렇습니다. 방금 전에 부채주님도 보셨겠지만 팔과 손가락이 미세하게나마 움직였습니다. 그것은 가능성이 있다는 뜻입니다.”

양궁표는 미간을 좁혔다.

“너무 미미해서 움직이지 않은 것이나 같았다.”

유승은 고개를 가로저었다.

“전혀 움직이지 않는 것은 죽을 때까지 팔과 손을 쓰지 못한다는 뜻이고, 조금이라도 움직이는 것은 훈련을 하면 팔을 사용할 수 있다는 뜻입니다.”

양궁표는 귀가 솔깃했다. 설무검은 가만히 있는데 그가 더 궁금해서 견디지 못했다.

"얼마나?"

유승은 진중한 어조로 대답했다.

"노력 여하에 달렸습니다. 그것도 단시일 안에는 불가능할 것입니다. 그리고……."

그는 말을 잠시 멈추고 뜸을 들였다.

"예전처럼 자유자재로 팔을 사용할 수 있을 것이라는 기대는 하지 말아야 합니다. 힘줄이 끊어졌던 팔입니다. 그러니 보통 사람의 팔과 같을 수는 없겠지요."

"음!"

양궁표는 묵직한 신음을 흘리며 더 이상 묻지 않았다.

유승은 설무검에게 마치 자기 일처럼 당부했다.

"오직 피나는 훈련뿐이오. 알겠소? 되도록 오른팔을 많이 사용하시오."

그날 밤에 양궁표는 집 안에서 술자리를 마련했다.

아들은 일찌감치 재워놓은 후, 탁자에 네 사람이 둘러앉아서 술을 마셨다.

양궁표는 아내인 하정(河貞)과, 설무검은 양궁표의 누이동생인 양연화(梁蓮花)와 나란히 앉아 있었다.

이곳 산채에서는 각 가정마다 제 손으로 술을 빚어 마셨다.

부지런한 데다 손재주가 뛰어난 양궁표의 누이 양연화는 요리나 옷 만드는 일 등 못하는 것이 거의 없었다.

지금 이들이 마시고 있는 술도 양연화가 수수의 일종인 고량(高粱)이란 곡식으로 빚어낸 것인데, 말하자면 고량주(高粱酒)인 셈이다.

독하긴 했지만 화향과 대나무 향이 은은하게 배어 있어서 제법 맛이 있었다. 그런 향이 나게 하는 것이 바로 양연화만의 독특한 주조 방법이었다.

사실 양연화의 술 빚는 솜씨는 산채 내에서도 아주 유명해서 주위 사람들이 시도 때도 없이 술을 얻으러 찾아왔고, 사람 좋은 양궁표의 아내 하정과 양연화는 얼굴 한 번 찌푸리는 일 없이 퍼주었다. 그 바람에 양연화는 사흘이 멀다 하고 술을 빚어야만 했다.

술자리가 이번이 처음은 아니었다. 양궁표는 지난 한 달 동안 며칠에 한 번씩 설무검에게 술을 대접했는데, 오늘처럼 아내와 누이동생까지 합석시키기는 처음이었다.

"연화야, 설 형 잔 비었다."

양궁표가 일러주자 양연화는 곧 두 손으로 공손히 설무검의 빈 잔에 술을 따랐다.

언제나 말이 없는 설무검이 이 자리라고 다를 리가 없었다. 그는 묵묵히 술만 마셔댔다. 양연화가 따르면 즉시 마셨고, 또 따르면 또 곧바로 마셨다.

그러자니 양연화는 아예 술 주담자를 탁자에 내려놓을 겨를도 없이 아예 두 손에 들고 대기하고 있어야만 했다.

양궁표가 아내는 물론 양연화까지 술자리에 부른 것은 별다른 뜻이 있어서가 아니었다.

설무검이 부목을 풀었는데, 결과가 생각했던 것보다 나빴기 때문에 그를 위로하려는 차원이었다.

"설 형, 아직 내 아내와 여동생하고는 정식으로 인사가 없지 않았소? 여보, 연화야, 설 형에게 인사드려라."

두 여자가 즉시 일어나 공손히 허리를 굽혔다.

"하정이에요."

"양연화예요."

혼인해서 아이까지 낳은 하정이 뭐가 부끄러운지 얼굴을 붉히며 수줍어하는 것은 그렇다 치고, 어찌 된 일인지 양연화는 목덜미까지 붉어져서 고개를 푹 숙였다.

"저런……. 연화야, 술을 똑바로 따라야지."

"어멋?"

양연화가 부끄러움 때문에 고개를 제대로 들지 못한 채 술을 따르다 보니 술잔에 술을 붓는 것이 아니라 설무검의 허벅지 위에 줄줄 쏟아 붓고 있었던 것이다.

"미, 미안해요! 이걸 어쩌면 좋아……."

설무검은 아무렇지도 않은 듯 가만히 있는데, 양연화는 크게 당황해서 설무검의 옆 바닥에 무릎을 꿇고 수건으로 젖은 그의 허벅지를 닦느라 허둥거렸다.

그러나 설무검은 표정의 변화도 없이 묵묵히 앉아 있을 뿐이었다.

양궁표는 그 광경을 보며 슬며시 농담을 던졌다.

"연화, 저 아이가 시집이 가고 싶은 게로군. 남정네 허벅지를 아무렇지도 않게 마구 더듬다니 말이야."

"앗!"

양연화는 화들짝 놀라더니 달음박질쳐서 자신의 방으로 들어가 문을 닫아버렸다.

농담으로 던진 말인데 양연화가 놀라서 들어가 버리자 분위기가 이상해지고 말았다.

그날 밤의 술자리는 그렇게 끝났다.

"철갑(鐵甲)하고 백 근 무게의 연동검(鉛銅劍)이라고 했소?"

산채 내에 있는 철기방 책임자, 즉 철장(鐵匠)의 물음에 설무검은 대답 대신 가볍게 고개를 끄덕였다.

철기방은 작았지만 제법 짜임새가 있었고, 온갖 무기와 농기구들이 눈에 잘 띄게 진열되어 있었다.

또한 철기방 안쪽에서는 웃통을 벗어붙인 건장한 체격의 두 명의 일꾼이 풀무질과 담금질을 하느라 뜨거운 열기와 씨름을 하고 있었다.

산채의 철기방은 순전히 유료로 운영되고 있었다.

흑풍채가 약탈한 수입을 모든 산적들에게 골고루 배분하므로 무기나 농기구 따위가 필요한 사람은 언제든 철기방에 와서 돈을 내고 구입했다.

"철갑은 만들어본 적이 없는데……. 게다가 무기를 만드는 것과는 사뭇 달라놔서……."

철장은 고개를 모로 꼬며 난감하다는 표정을 짓다가 갑자기 얼굴이 환하게 밝아졌다.

설무검이 내민 손바닥 위에서 반짝이는 한 냥의 금화를 발견했기 때문이다.

철장은 금화를 냉큼 집어 들더니 철기방 안쪽을 두루 가리키면서 시원스럽게 웃었다.

"핫핫핫! 우선 재질부터 고르시오! 그다음에 모양과 용도를 말해주면 무엇이든 만들어주겠소!"

설무검은 부목을 풀고 나서 닷새째부터 지난 한 달 동안 해오던 하루 일과를 바꾸었다.

아침부터 저녁 식사 시간까지는 방에 틀어박혀서 파훼된 단전을 복구시키기 위한 궁리와 운공조식을 했다.

이어서 날이 어두워지면 아무도 없는 숲 속으로 들어가서 다음날 동이 틀 때까지 자신이 개발한 훈련을 했다.

잠은 운공조식으로 대신했다. 공력은 없는 상태지만 단지 눈을 감고 운공조식의 구결을 외우는 것만으로도 잠을 푹 잔 것 이상으로 상쾌했다.

 양궁표는 설무검이 새로운 훈련을 시작한 그날 밤에 그 사실을 알게 되었다.

 아무리 잠결이라고 해도 공력이 없는 설무검이 나무로 만든 바닥을 삐걱거리면서 나가는 소리를 듣지 못할 정도로 귀가 어두운 양궁표가 아니었다.

 그러나 그는 설무검이 오른팔 훈련을 하러 나가는 것이라고 짐작은 하지만 일부러 모른 체해주었다.

 설무검의 오른팔 훈련은 오직 자신과의 피나는 싸움이었다. 양궁표가 아무리 생각해 봐도 현재로서는 그를 도울 만한 방법이 없었다.

 그러므로 이럴 때에는 그저 모르는 체해주는 것이 설무검을 돕는 것이라고 생각했다.

 또 한편으로는 괜히 아는 체했다가 설무검이 훈련을 그만둘까 봐 은근히 염려도 됐다.

 지금은 지켜보고 있다가 나중에 누군가의 도움이 필요할 것 같으면 그때 나설 생각이었다.

 그런데 모른 체하는 것이 쉬운 일이 아니었다. 설무검의 새로운 훈련이 시작된 이후부터 양궁표는 난데없는 불면증에 시달려야만 했다.

일몰 후 저녁 식사를 마친 설무검은 양궁표의 집을 나와 집 뒤쪽으로 걸어갔다.

그의 걷는 모습과 걸음걸이는 왠지 불안해 보였다.

몸이 몹시 무거운 듯했으며, 오른쪽 어깨가 눈에 띄게 축 처져 있었고, 그래서인지 오른발을 질질 끄는 것처럼 약간 절뚝거렸다.

양궁표의 집은 호수와 가장 가까운 곳에 있었다. 그의 집 뒤로는 가정을 이룬 수하들의 집 삼십여 채가 띄엄띄엄 위치해 있다. 마지막 집 뒤쪽은 널따란 초지였고, 초지를 지나면 숲이었다.

설무검은 집들을 모두 지나쳐 초지를 가로지른 후 서슴없이 숲으로 들어갔다.

숲은 그리 울창하지 않았고, 키만 쑥쑥 큰 침엽수뿐이라서 숲 속이라고 해도 그리 음침하지는 않았다.

그는 숲 속에 들어서서도 걸음을 멈추지 않고 계속 절뚝거리면서 걸어가더니 전면에 절벽이 나타나자 이윽고 걸음을 멈추었다.

그곳은 산채 전체를 병풍처럼 둘러싸고 있는 바로 그 절벽 아래였다.

그가 서 있는 곳의 좌우에는 마치 일부러 만든 것처럼 절벽 아래에 두 개의 바위가 돌출해 있는데, 그 사이에 자연적으로 폭 오 장가량의 아담한 공지가 형성되어 있었다.

그는 바위 안쪽 구석진 곳에 세워져 있는 한 자루 검을 왼손으로 집어 들었다.

일반적인 검하고는 크기와 색깔, 모양이 전혀 다른 검이었다.

보통 검보다 절반이나 더 긴 다섯 자 정도의 길이였다.

폭도 보통 검보다 절반 이상 넓었으며, 두께는 두 치가량으로 보통 검보다 예닐곱 배는 더 두꺼웠다.

그리고 검 전체가 칙칙한 검푸른 색이었다.

또한 칼날 자체가 없었으며, 검첨이 뭉툭했다.

이 검으로는 무엇을 부술 수는 있어도 베거나 찌를 수는 없을 것 같았다.

일전에 설무검이 철기방에 특별히 주문해서 만든 것이 바로 이 검이었다.

청동과 납[鉛]을 각각 절반씩 섞어서 만든, 자그마치 백 근 무게의 검.

즉, 연동검이었다.

백 근이면 중간 크기의 돼지 한 마리의 무게와 맞먹는다.

설무검은 왼손으로 움켜잡은 검을 천천히 들어 올렸다.

팔이 가늘게 떨렸으며, 그 하나의 동작에 그의 얼굴은 금세 땀투성이가 돼버렸다.

그는 연동검을 머리 위로 치켜든 채 우뚝 섰다.

공력이 없다고는 하지만 원래 강골이며 힘이 장사인 설무검이기에 지금과 같은 동작이 가능한 일이지, 보통 사람이라면 어림도 없는 일이었다.

그가 지그시 어금니를 악물자 목과 이마에 굵은 힘줄이 툭툭 불거졌다.

후웅!

이어서 허공을 가르는 묵직한 음향이 흐르면서 연동검이 휘둘러졌다.

일정한 표적이 없는, 그저 허공에 대고 필사적으로 휘두르는 간단한 동작이었다.

꿍!

그러나 백 근 무게가 휘둘러지는 거센 힘을 이기지 못하고 설무검은 연동검을 놓쳤을 뿐만 아니라 볼썽사납게 바닥에 나뒹굴었다.

그러나 그는 즉시 일어나 검을 집어 들었다. 그리고 다시 검을 쳐들어 허공에 대고 휘둘렀다.

우웅!

쿵!

휘두르고는 왼팔이 쭉 딸려가다가 검을 놓치면서 또 나뒹굴었다.

그러나 다시 일어나 검을 집어 들고 휘둘렀으며, 그때마다 또 쓰러졌다.

그래도 그는 포기하지 않았다. 그는 자신이 지니고 있는 잠재력을 극한으로 끌어내고 있었다.

"헉헉헉!"

대여섯 차례 휘둘렀을 뿐인 데도 그는 심하게 헐떡거리고 옷이 땀으로 흠뻑 젖어 있었다.

그렇게 똑같은 동작이 끊임없이 계속 반복됐다.

"허억! 헉헉헉!"

삼십여 회쯤 연동검을 휘둘렀을 때, 이번에는 검을 놓치지 않고 굳세게 움켜잡은 채 검과 함께 나동그라진 그는 하늘을 향해 대 자로 누워 가슴을 들썩이며 헐떡였다.

그렇게 일각 정도가 지나자 그는 다시 꿈틀거리며 일어섰다. 다시 훈련하기 위해서였다.

만약을 대비해서 왼손을 훈련시켜 둘 필요성을 느낀 그였다.

죽을힘을 다해서 노력했는 데도 불구하고 오른팔을 예전처럼 자유자재로 사용할 수 없게 될지도 모른다.

지금의 왼손 훈련은 그때를 대비한 것이었다.

겨우 일어선 그는 헐떡이면서 검을 들어 올리려다 말고 무언가 생각났는지 숲이 시작되는 경계선의 한곳을 쳐다보았다.

그곳 한 그루 나무 아래에는 오늘도 어김없이 투박한 쟁반에 삶은 닭 한 마리와 수북한 떡, 그리고 몇 가지 소채가 담겨져 있었다.

설무검이 새로운 훈련을 시작한 다음날부터 매일 이맘때쯤에 누군가 바로 저 자리에 요리가 담긴 쟁반을 갖다 놓았다.

그것이 오늘로써 벌써 보름째다.

혼신을 다해서 훈련을 하다 보면 이맘때인 자정 무렵이 되면 몹시 시장기를 느끼게 된다.

그래서 그는 지난 보름 동안 누군가 갖다 놓은 요리를 망설이지 않고 맛있게 먹어왔다.

의심 따윈 한 점도 없었다.

만약 이곳 산채에 그를 죽이려는 자가 있다면 애써 요리에 독을 타는 수고까지도 할 필요가 없었다.

지금의 설무검은 오른팔을 못 쓰는 불구나 다름없는 몸이므로 그저 한차례 칼만 휘두르면 목을 자를 수 있을 것이기 때문이다.

검을 놓고 쟁반 앞에 다가온 그의 눈이 가볍게 빛났다.

쟁반이 놓여 있는 나무 뒤에 한 사람의 검은 그림자가 땅에 길게 뻗어 있는 것이 눈에 띄었다. 달빛이 그림자를 만든 것이었다.

그림자를 발견하는 순간 그는 즉시 검을 놓고 나무 뒤로 돌아섰다.

"어맛?"

뜻밖에도 나무 뒤에서는 나직한 여자의 외침이 흘러나왔다.

그곳에 두 손을 앞에 모으고 고개를 푹 숙인 채 어쩔 줄 모르고 서 있는 여자는 양연화였다.

설무검은 물끄러미 양연화를 응시했다. 어렴풋이 짐작은 하고 있었지만, 역시 지난 보름 동안의 요리는 그녀가 갖다 놓은 것이었다.

흑풍채 산채 내에서 제일 예쁜 그녀라고는 하지만, 중원에서는 발길에 채일 만큼 흔한 용모였다.

이십이 세의 나이, 값싼 무명옷에 아담한 체구, 긴 머리를 등 뒤에서 하나로 가지런히 묶은 정갈한 모습. 그러나 그녀를 중원의 절색 미녀들보다 더 아름답게 만드는 것은 순박함과 선함, 부지런함 같은 것들이었다.

"고맙소."

설무검이 조용히 입을 열자 양연화는 깜짝 놀라 고개를 들고 그를 바라보았다.

겁먹은 듯 놀라는 눈빛.

그러나 까만 눈동자는 잔잔한 기쁨으로 물들어 있었다.

그녀로서는 처음 듣는 설무검의 목소리였다.

산채의 카랑카랑하고 걸쭉한 사내들의 목소리와는 사뭇 다른 나직하면서도 가슴을 흔드는 저음이었다.

"내일부터는 갖고 오지 마시오."

처음으로 듣는 설무검의 말은 기쁨이었지만, 두 번째 말은
그녀를 움찔 떨리게 만들었다.

양연화는 돌아서는 설무검의 등에 대고 기어드는 목소리
로 겨우 말했다.

"시장하실 텐데……."

그 정도 말로는 걸어가는 설무검을 멈추게 하지 못했다.

"제가 무사님의 수련을 방해하는 것인가요?"

무척이나 곱고 여린 음성이었다.

설무검의 넓은 등은 돌아서지 않았다.

양연화는 입술을 꼭 깨물었다.

"그래도 저는 매일 요리를 갖고 오겠어요!"

이어서 그녀는 몸을 돌려 숲 속으로 마구 뛰어갔다.

양연화가 다녀간 후 왼손을 단련시키는 수련을 두 시진가
량 더 한 설무검의 온몸은 녹초가 되어 있었다.

그는 바닥에 누워 일각 정도 헐떡이며 숨을 고른 후 다시
몸을 일으켰다.

온몸이 수만 근 바윗덩이처럼 무거웠지만 이를 악물고 일
어섰다.

다리가 후들후들 떨렸고, 금방이라도 쓰러질 것만 같았지
만 초인적인 정신력으로 버텼다.

그는 밤에 하는 훈련을 두 종류로 나누어 하고 있었다.

첫 번째가 백 근짜리 연동검으로 왼팔을 강건하게 단련시키는 것이고, 두 번째가 끊어졌던 힘줄을 다시 이은 오른팔을 단련시키는 훈련이었다.

그는 연동검을 원래 있던 바위 뒤에 세우고 그 자리에 책상다리로 앉았다.

주변에는 그가 모아놓은 호두알 크기의 둥근 돌 수십 개가 흩어져 있었다.

그는 그중 앞에 놓인 하나의 돌을 향해 오른팔을 뻗었다.

그의 오른팔은 왼팔에 비해 절반 정도 더 굵어 보였다.

손바닥이 반쯤 오므려진 상태로 돌 하나를 덮었다. 하지만 그렇게 해서는 작은 돌을 집을 수가 없었다. 그러자면 손가락을 더 오므려 돌을 잡아야만 했다.

단지 호두알만 한 돌 하나를 집으려는 노력일 뿐인 데도 그의 얼굴에서는 비 오듯이 땀이 흘렀다.

그리고 마침내 간신히 돌 하나를 잡았다.

여기까지가 어젯밤에 이룬 결과였다. 겨우 돌 하나 잡는 것에 십사 일이 걸렸던 것이다.

만 보를 걸어야 도착할 수 있는 목적지를 향해서 이제 최초의 한 걸음을 떼어놓았을 뿐이다.

오늘부터는 잡은 돌을 던지는 훈련이다. 돌을 던지자면 팔을 굽혀야만 한다.

팔을 쭉 뻗은 채 휘두른다면 그저 뿌리치는 것이지 던지는 것이 아니다.

또한 돌을 집었다고 안심하긴 일렀다.

손가락에 계속 힘을 주고 있지 않으면 팔을 들어 올리는 중에 돌이 떨어져 버리고 만다.

그는 느릿하게 오른팔을 들어 올리기 시작했다.

그러나 팔은 반 자 정도 들어 올려진 상태에서 정지한 채 부들부들 떨릴 뿐 꼼짝도 하지 않았다.

"으으……."

이가 부러질 정도로 악다문 입에서 상처 입은 맹수의 그르렁거림이 흘러나왔다.

조금씩, 아니, 미미하게 팔이 들려졌다.

툭!

그때 손에서 돌이 굴러 떨어졌다. 팔을 들어 올리는 것에 온 신경을 집중하다가 손가락에 힘이 빠져 버린 것이었다.

그러자 팔에서 힘이 풀리며 빠르게 아래로 처졌다.

철컹!

팔이 바닥에 부딪치면서 묵직한 쇳소리를 냈다.

그의 오른팔에는 어깨에서부터 손목까지 철갑이 씌워져 있었기 때문이다.

오른팔의 철갑 역시 백 근의 무게였다.

끊어진 힘줄을 말도 안 되는 방법으로 다시 이은 오른팔에 백 근 무게의 철갑을 씌운 것이다.

그가 생각해 낸 극약 처방이었다.

오른손이 찢어져 피가 흐르고 있었다. 방금 전에 팔이 바닥에 부딪칠 때의 충격 때문이었다.

그는 처음부터 다시 시작했다. 결코 서두르지 않았고, 무리하지 않았다.

절대의 자리에서 추락한 그는 지니고 있던 모든 것을 잃었지만 두 가지만은 잃지 않았다.

집념,

그리고 재기의 방법이었다.

아침에 양연화가 다시 왔을 때 설무검은 그곳에 없었다.

그녀는 방긋 미소를 지었다.

어제 갖다 놓은 쟁반의 요리가 깨끗하게 비워져 있는 것을 발견한 것이다.

第八章
남아기백(男兒氣魄)

설무검이 밤마다 혼자만의 훈련을 시작한 지 어느덧 석 달이 지났다.

후웅! 훙!

예의 설무검의 훈련 장소인 절벽 아래에서 밤공기를 가르는 묵직한 음향이 연이어 흘러나왔다.

웃통을 벗어젖힌 설무검이 왼손으로 움켜쥔 연동검을 휘두르고 있었다.

북방의 겨울은 중원과는 비교도 되지 않을 만큼 추웠다.

그런데도 웃통을 벗은 그는 조금도 추위를 느끼지 않을뿐더러, 온몸에서 뜨거운 김이 무럭무럭 피어올랐다.

그는 이제 더 이상 백 근 무게의 연동검을 놓치지 않았다.

또한 백 근 무게를 이기지 못하고 휘청거리다가 넘어지지도 않았다.

위잉! 후우웅!

아직 자유자재라고 할 수는 없지만 한 번 검을 들면 이십여 차례까지 쉬지 않고 휘두를 정도가 되었다.

그의 벌거벗은 상체는 약간 마른 것처럼 보였지만 온통 근육질이었다.

잘 발달된 울퉁불퉁한 근육의 깊은 골을 타고 빗물처럼 땀이 흘러내렸다.

오른쪽 어깨에서부터 오른팔 손목까지는 거무튀튀한 철갑이 씌워져 있었다.

어깨와 팔꿈치를 움직이는 데에 지장이 없도록 특수하게 만든 백 근 무게의 철갑이었다.

절대 포기하지 않는다. 이대로 주저앉지는 않겠다.

"으드득!"

검을 휘두르는 중에 그의 입에서 세차게 이를 가는 소리가 흘러나왔다.

그도 인간이기에 가슴속에 꾹꾹 눌러두었던 울분이 자신도 모르게 치솟을 때마다 연동검을 휘두르는 팔에 더욱 힘이 들어갔다.

만약 끝끝내 단전을 복구시키지 못한다면, 그래서 공력을 회복하지 못한다면 외문무공(外門武功)이라도 극대성시킬 각오였다.

그가 과거 천하무림을 위진시켰던 가문의 독문검법은 아직도 그의 머릿속에 고스란히 남아 있는 상태다.

어차피 무공의 목적은 상대를 척살하는 것이다.

공력이 있든 없든 상대보다 먼저 목을 자르고 심장을 찌르면 될 일이었다.

"후우우! 후우!"

연동검 휘두르기를 마친 그는 예전처럼 지쳐서 쓰러지지도 않았고, 허파가 터질 것처럼 헐떡거리지도 않았다.

조금 지친 느낌은 있었지만 그것이 오히려 상쾌했다.

그가 지금처럼 육신을 혹사시키면서 수련하는 것은 난생 처음이었다.

어린 시절, 부친으로부터 가문의 절학을 전수받을 때나 그 후 부모가 비명에 죽고 가문이 몰락하여 이 세상에 어린 아우와 단둘이 남게 되었을 때에도 그는 무공 연마에 몰두했지만, 그것은 공력을 바탕으로 하는 수련이었다.

설무검은 검을 바위에 기대어놓고 숲 쪽을 쳐다보았다.

숲이 시작되는 곳의 한 그루 나무 앞에 언제 왔는지 양연화가 다소곳이 서 있는 모습이 보였다.

언제나 그녀가 요리를 갖다 놓는 곳이었다. 그녀의 앞에는 어김없이 요리가 담겨진 쟁반이 놓여 있었다.

지난 석 달 동안 하루도 빠짐없이 이맘때면 자신이 정성껏 만든 요리를 갖고 한밤중에 찾아오는 그녀였다.

설무검은 묵묵히 그녀에게 걸어갔다.

양연화는 쪼그리고 앉아 설무검이 잘 먹을 수 있도록 잘라진 나무 그루터기 위에 요리들을 늘어놓았고, 그 앞에는 간이 의자를 놓았다.

오늘은 몇 개의 큼직한 만두와 구수한 돼지고기 볶음, 계란부침과 소채였다.

설무검은 간이 의자에 앉아 땀이 뚝뚝 떨어지는 팔을 뻗어 묵묵히 만두 하나를 입으로 가져갔다.

양연화더러 먹어보라고 권하지도, 잘 먹겠다고 인사치레도 하지 않았다.

하지만 양연화는 그의 먹는 모습만 봐도 좋은지 흐뭇한 미소를 지으며 바라보고 있었다.

잠시 후, 설무검은 그녀가 갖고 온 요리를 깡그리 비우고는 가타부타 말 한마디 없이 수련장으로 성큼성큼 걸어갔다.

양연화는 조심스럽게 빈 쟁반에 빈 그릇들을 주섬주섬 담아들고 일어나 설무검의 뒷모습을 가만히 바라보다가 숲 속으로 걸어 들어갔다.

설무검은 바위를 등지고 앉아 앞에 놓여 있는 호두알 크기의 돌 하나를 집어 들었다.

두어 달 전에 몹시 힘겨워했던 동작에 비하면 몹시 숙달된 동작이었다.

천천히 철갑이 씌워진 오른팔을 들어 올렸다. 이제 여간해서는 손 안의 돌을 떨어뜨리는 일이 없었다.

조금 힘들어 보이기는 하지만 천천히 팔을 굽히면서 어깨 너머로 젖히는 것까지도 무리가 없었다.

휙!

팔을 휘두르며 돌을 던졌다. 돌은 오 장 거리의 바위를 맞추지 못하고 중도에 떨어졌다.

다시 돌을 집어 들었다.

그날 밤 그는 삼백여 회 정도 돌을 던졌다.

그러나 맞은편 바위는 한 번도 맞추지 못했다.

철기방 책임자 철장은 설무검의 손바닥 위에 놓여 있는 금화 한 냥을 냉큼 집어 들고는 헤벌쭉한 얼굴로 물었다.

"헤헤! 이번에는 무엇을 만들어 드릴까?"

철컹!

설무검은 연동검과 철갑을 철장 앞에 묵직하게 내려놓았다.

"전처럼 검과 철갑을. 크기는 이것과 같지만 무게는 각각 이백 근으로."

철장은 이맛살을 찌푸리면서 턱을 쓰다듬다가 잠시 후 고개를 끄덕였다.

"해보겠소. 닷새 후에 오시오."

"끄응! 이놈들을 당장 요절을 내버리고 말겠다!"

양궁표는 주먹을 움켜쥔 채 올렸다 내렸다 하면서 분노에
몸을 떨었지만, 말처럼 행동으로 옮기지는 않았다.

간밤에 양연화가 납치되는 사건이 벌어졌다.

이곳 흑풍채에서 북쪽으로 백여 리 정도 떨어진 곳에 산채
를 두고 있는 호리채(狐狸寨)의 산적들 짓이 분명했다.

산적들이 산적을 공격하는 이유는 세 가지인데, 산채를 빼
앗아 자신들의 산채로 삼기 위해서, 경쟁 상대를 없애기 위해
서, 그리고 약탈을 하기 위해서다.

공격하는 쪽이 월등한 세력을 지니고 있다면 별 문제가 없
겠지만, 비슷한 세력끼리라면 최악의 상황이 아니고는 섣불
리 같은 산적을 공격하는 일은 벌어지지 않는 것이 산적 세계
의 상식이다.

최악의 경우란, 약탈을 하지 못해서 산채의 식구들이 굶어
죽기 직전에 놓이게 된 상황을 말한다.

그러나 호리채의 산적은 달랐다. 놈들은 산적의 상식을 벗
어난 별종이라고 할 수 있었다.

호리채도 여타 산적들처럼 상단이나 행인들, 마을을 약탈
하기도 하지만, 궁해지면 같은 산적들의 산채를 터는 일도 마
다하지 않았다.

습격이 아니라 도둑질인 것이다.

지난 몇 년간 호리채는 몽고고원 동북부 오백여 리 일대에 산재해 있는 열다섯 개 산채들을 상대로 끊임없이 도둑질을 일삼아왔다.

대략 산적 열 명 내외가 한 개 조를 이루어 깊은 밤에 미리 점찍어두었던 산채에 보초를 죽이고 잠입한 후 무인지경이나 다름없는 산채를 뒤져 돈이 될 만한 것들이나 부녀자를 납치하는 것이 목적이었다.

납치된 부녀자들은 호리채 사내들의 차지가 되거나 아니면 노예 시장에 팔려간다.

말 그대로 호리(狐狸:여우) 같은 짓이었다.

간밤에 놈들은 흑풍채 산채의 곡구를 지키는 두 명의 수하를 죽이고 잠입하여 창고의 곡식을 털었다.

뿐만 아니라 십여 채의 집에 들어가서 자고 있는 사내들을 죽인 후 여자 아이들과 처녀들을 납치했으며, 그 집안의 돈이 될 만한 것, 먹을 수 있는 것들을 깡그리 쓸어갔다.

그러나 양궁표네 집을 털지는 않았다. 그런데도 양연화가 납치된 데에는 그럴 만한 사정이 있었다.

그날 밤에도 그녀는 자정 무렵에 설무검에게 먹을 것을 갖다주고 집으로 돌아오다가 재수없게 호리채 놈들에게 발견됐던 것이다.

그렇게 된 사실을 설무검도 양궁표도 어렵지 않게 짐작할 수 있었다.

"채주는 뭐래요?"

웬만해서는 남편의 일에 참견하지 않는 양궁표의 아내도 자신과 단짝이며 친구 같은 시누이가 납치된 사건만큼은 가만히 있지 못하고 초조한 표정으로 물었다.

쿵!

"그냥 포기하란다! 빌어먹을!"

양궁표는 주먹으로 탁자를 거세게 내려치며 내뱉었다.

아내 하정의 얼굴이 해쓱하게 변했다.

이런 경우는 예전에도 가끔 있었다. 호리채 놈들은 꼭 부녀자만 납치해 갔다.

그때마다 채주는 분노했지만 결국은 호리채에 대한 보복이나 납치된 여자들을 되찾아오기를 포기하고 말았다.

호리채의 세력은 흑풍채와 거의 맞먹었다. 보복이나 부녀자들을 되찾아오자면 호리채에 잠입하거나 전면전을 치르는 방법뿐이다.

그런데 호리채는 흑풍채보다 더 천험의 요새 속에 웅크리고 있기 때문에 잠입은 거의 불가능했다.

또한 전면전을 벌일 경우 양쪽이 공멸하고 말 것이기 때문에 이도 저도 못하는 형편이었다.

그런 사실을 잘 알고 있는 호리채는 바로 그 점을 적절하게 이용했다.

온갖 비열한 짓을 일삼아놓고는 천험의 요새인 산채 안에 꼭꼭 숨어서 '어디 해볼 테면 해봐라. 너 죽고 나 죽자' 라는 식이었다.

흑풍채로서는 부녀자 십여 명을 구하자고 몰살을 각오하면서까지 전면전을 불사할 수는 없는 노릇이었다.

호리채에 의해서 이런 납치 사건이 일 년에 한두 차례 벌어질 때마다 양궁표는 즉시 보복하자는 강경한 쪽이었지만, 언제나 채주의 명령에 의지가 꺾였다.

그리고 그것은 지금도 마찬가지였다.

쾅!

"우라질!"

분노가 극에 달한 양궁표는 또다시 주먹으로 거세게 탁자를 내려치며 씨근거렸다.

"아아… 어쩌면 좋아요… 아가씨……."

양궁표의 아내 하정은 몸을 떨다가 바닥에 주저앉아 하염없이 눈물만 흘릴 뿐이었다.

"호리채의 위치를 아는가?"

그때 묵묵히 듣고만 있던 설무검이 조용히 입을 열었다.

양궁표는 움찔하며 설무검을 쳐다보았다. 그러나 설무검은 평소와 다름없는 무심한 표정이었다.

"아오."

"나와 가겠는가?"

전혀 예상치도 않았던 말이 설무검의 입에서 흘러나오자 양궁표의 만면에 놀라움이 가득 떠올랐다.

"단둘이 말이오?"

설무검은 가볍게 고개를 끄덕였다.

양궁표는 한동안 복잡한 표정을 짓고 있다가 고개를 가로 저었다.

"무모하오! 백이면 백, 실패하고 말 것이오! 호리채 놈들은 이백여 명이나 된다는 말이오! 게다가 접근하기가 쉽지 않을 뿐더러, 경계를 서는 놈들을 처치하는 순간 호리채 전체가 깨어나 한꺼번에 달려들 것이기 때문에 우리는 진입도 못해보고 죽임을 당할 게 뻔하오."

설무검은 더 이상 들을 말이 없다는 듯 몸을 일으켜 문 쪽으로 걸어갔다.

양궁표는 흠칫 놀라서 설무검을 쳐다보았다.

"설마… 혼자 가려는 것이오?"

설무검은 대답 없이 집 밖으로 나가 버렸다.

양궁표는 활짝 열린 문밖을 일그러진 얼굴로 쏘아보았다.

하정이 무릎을 꿇고 비 오듯이 눈물을 흘리며 애원했다.

"어서… 당신도 무사님과 함께 가세요! 가서 아가씨를 구해오세요!"

양궁표는 주먹을 움켜쥐고 가늘게 떨다가 벌떡 일어나 구르듯이 밖으로 뛰쳐나갔다.

두두두둑!

흑풍채 산채 입구로 두 필의 말이 빠져나왔다.

말들은 누런 풀이 뒤덮여 있는 몽고고원 대초원의 북쪽을 향해 나란히 질주했다.

마상의 설무검과 양궁표는 입을 굳게 다문 채 앞을 쏘아보며 말채찍을 휘두르기만 했다.

그렇게 두어 시진 즈음 달려 호리채를 삼십여 리 정도 남겨둔 지점에 이르자 양궁표는 초조해지기 시작했다.

원래 흑풍채 내에서도 용맹하고 겁을 모르는 사람으로 정평이 나 있는 그였지만, 지금 그가 하려고 하는 일은 용맹만으로 되는 일이 아니었기 때문이다.

아까는 마치 무엇에 홀린 듯한 기분에 휩싸여 아무런 생각 없이 덜컥 설무검을 따라나섰다.

그러나 호리채가 점점 가까워질수록 양궁표는 초조함을 떨쳐 버릴 수가 없었다.

설무검과 단둘이서 호리채의 이백여 산적을 상대해야 하는 것이다.

누가 보더라도 이것은 제 발로 무덤 속으로 찾아들어 가는 무모한 행동일 터이다.

문득 양궁표는 옆에 나란히 달리고 있는 설무검을 힐끗 쳐다보았다.

언제나 그렇듯이 그의 얼굴에는 일말의 표정도 떠올라 있지 않았다.

그래서 그가 무슨 생각을 하고 있는지 도무지 알 수가 없었다. 그러나 최소한 죽으러 가는 사람의 표정이 아닌 것만은 분명했다.

아내의 종용을 받고 양궁표가 설무검을 따라나섰을 때 그가 했던 말은 한마디, '내가 쓸 검 한 자루와 활을 가져오게'라는 것이었다.

문득 양궁표는 부끄러운 마음이 들었다.

양연화는 자신의 친누이동생이다.

비록 그녀가 설무검에게 야참을 갖다주고 오다가 변을 당했다고는 하지만, 매일 밤 야참을 그에게 배달한 것은 그녀 자신이 좋아서 한 일이지 결코 설무검이 시킨 일이 아니었다. 그러므로 냉정하게 따진다면 설무검에게는 어떤 잘못도, 책임도 없는 것이다.

그런 그가 양연화를 구하겠다고 선뜻 나섰다. 친오빠인 양궁표마저 어쩔 줄 모른 채 당황하고 있을 때 말이다.

그것만으로도 고마워해야 할 일이 아니겠는가.

그런데 지금 양궁표는 싸워보기도 전에 자포자기한 심정으로 초조해하고 있는 것이다.

양궁표는 부끄러움 때문에 얼굴이 화끈거렸다.

'바보 같은 놈!'

그는 가슴을 활짝 펴고 초조함을 떨쳐 버리는 대신 활활 타
오르는 투지의 불길을 가슴속에 지폈다.

호리채는 강변에 위치해 있었다.
그러나 그냥 평범한 강변이 아니라 강 안 깊숙이 후미진 안
쪽에 자리 잡았으며, 더구나 산채의 뒤쪽은 반달형의 둥그스
름하며 수직으로 세워진 절벽이었다. 절벽이나 그 위에는 나
무 한 그루 자라지 않은 암벽이었다.
날개가 달려 있지 않는 한 뒤쪽의 절벽으로 진입하는 것은
불가능할 것이고, 출입은 오직 전면의 호리병 모양의 좁은 물
길뿐이었다.
산적들의 산채가 대부분 그렇지만 이곳은 더더욱 천험의
요새였다.
이런 곳에 웅크리고 있으니 호리채가 온갖 비열한 짓을 일
삼아도 함부로 보복을 할 수 없었던 것이다.

조각달 하나가 흐릿하게 대지를 비추고 있는 겨울밤.
강의 수면 위로 하나의 커다란 통나무가 물결을 따라 느릿
하게 떠내려가고 있었다.
통나무에는 설무검과 양궁표가 어깨 위만 물밖으로 내민
채 매달려 있었다.
두 사람은 한 자루씩의 도와 검을 어깨에 멨고, 양궁표는

활과 화살통을 메고 있었다.

한겨울의 강물 속은 뼛속까지 얼려 버릴 만큼 차가웠다.

체력이 누구보다 강하다고 자부하는 양궁표마저도 얼음처럼 차가운 한기 때문에 춥다 못해서 살과 뼈가 저려왔으며 자신도 모르게 이빨이 마주쳤다.

그가 힐끗 설무검을 보자 그는 강 건너에 시선을 고정시킨 채 요지부동 끄떡도 없었다.

양궁표는 자신의 이빨 부딪치는 소리가 들리지 않도록 지그시 어금니를 악물었다.

두 사람은 각자의 팔 하나로 부지런히 물살을 헤치며 맞은편을 향해 비스듬히 나아갔다.

통나무를 타고 강을 가로질러 호리채로 접근하자는 것은 설무검의 생각이었다.

반 시진 전, 양궁표의 안내로 강가의 풀숲에 숨어서 강 맞은편에 있는 호리채를 유심히 살피던 설무검은 즉시 강가를 따라 상류로 이백여 장쯤 올라간 다음, 주변을 뒤져 통나무 하나를 구해와 강에 띄웠던 것이다.

두 사람이 헤엄쳐 가고 있는 반대편에는 깎아지른 절벽이 계속 이어지고 있었다.

그때 절벽이 급격하게 안쪽으로 꺾여 들어간 곳이 나타났다.

호리채의 산채 입구인 호리병 모양의 주둥이 부분에 해당하는 곳이었다.

두 사람을 태운 통나무는 마치 상류에서 떠내려오는 것처럼 자연스럽게 본류를 벗어나 입구로 빨려든 후 호수처럼 잔잔한 수면을 소리없이 가로지르며 흘러갔다.

후미진 안쪽에는 제법 모양새를 갖춘 포구가 있었으며, 십여 명을 태울 수 있는 날렵한 형태의 쾌속선 이십여 척이 정박되어 있었고, 포구 근처에는 몇 개의 횃불이 주위를 밝히고 있었다.

"저기, 저기, 저기, 보초는 모두 다섯 명이오."

양궁표가 포구 선착장에 있는 세 명과 선착장 좌우 오륙 장쯤 떨어진 곳에 각각 한 명씩 서 있는 보초를 가리키며 속삭였다.

선착장의 세 명은 한곳에 모여 앉아 머리를 맞댄 채 무언가를 하고 있었으며, 좌우에 각각 서 있는 자들은 선 채 꾸벅꾸벅 졸고 있는 듯했다.

설무검이 물살을 젓던 팔을 멈추는 것을 보고 양궁표도 멈추었다.

두 사람이 매달린 통나무는 아무런 움직임 없이 수면에 떠 있었다.

"이제 어떻게 하면 되오?"

양궁표로서는 아무런 방법이 없었다. 그저 설무검만 믿을 뿐이었다.

하지만 그가 생각하기에도 이런 상황에서는 별 뾰족한 방법이 없을 듯했다.

후미진 곳 안쪽의 폭은 점점 좁아져서 포구에 이르러서는 겨우 십여 장에 불과했다.

한복판에 있는 선착장에 세 명, 좌우에 두 명의 보초가 서 있다면 그들의 이목을 속이고 산채로 접근한다는 것은 거의 불가능했다.

'선착장까지 기척없이 접근할 수는 있겠는데, 저 세 놈을 덮쳐서 순식간에 죽인다고 해도 비명을 지를 테니······.'

단 한 명이라도 비명을 질러서 호리채 이백여 산적이 한꺼번에 몰려나온다면 그것으로 끝장이다.

"활을 주게."

그때 설무검이 손을 내밀었다.

그제야 양궁표는 활이 있다는 사실을 상기해 내고 밝은 표정을 지었지만, 활과 화살통을 설무검에게 건네주면서 이내 어두운 표정으로 바뀌었다.

먼 곳에서 활로 적을 쏘아서 맞히는 것은 가능할 테지만, 그것도 화살 하나에 한 명밖에 맞힐 수가 없다.

더구나 화살에 적중되는 순간 처절한 비명을 지를 텐데 그것은 어쩌겠는가.

사실 얼마 전까지만 해도 설무검에게 이 정도의 일은 마른 나뭇가지 하나를 꺾어서 옷에 묻은 먼지를 떨어내는 것[折槁振落]보다 쉬운 일이었다.

그때 설무검이 화살 하나를 재어 선착장에서 우측으로 오륙 장쯤 떨어진 거리에 혼자 서 있는 보초를 겨누었다.

양궁표는 설무검이 오른팔에 늘 차고 있던 철갑을 지금은 풀었다는 사실을 그제야 알게 되었다.

선착장 좌우에 서 있는 자들은 횃불을 지니고 있지 않았다. 선착장의 횃불이 그들을 희미하게 비추고 있을 뿐이었다.

양궁표는 극도로 긴장하여 마른침을 삼켰다.

설무검이 겨누고 있는 선착장 우측의 보초까지의 거리는 줄잡아 삼십여 장.

화살이 삼십여 장을 간신히 쏘아가서 놈을 맞힌다고 해도 터져 나오게 될 비명은 어떻게 할 방법이 없을 것 같았다.

쉬잇!

양궁표가 안 되겠다 싶어서 말려야 한다고 생각할 때 한줄기 바람 소리가 귓전을 스쳤다.

그는 반사적으로 화살의 궤적을 눈으로 좇았다.

하지만 화살이 보이지 않았다.

순간적으로 ‘뭐가 잘못된 것인가?’ 라고 생각하며 선착장 우측에 서 있던 보초를 쳐다보았다.

“……”

그러나 어떻게 된 일인지 그자도 보이지 않았다.

그때 설무검이 이번에는 선착장 좌측에 있는 자를 향해 화살을 겨누고 있었다.

‘설마⋯⋯.’

양궁표는 다시 선착장 우측을 쳐다보았지만 서 있던 보초
는 여전히 보이지 않았다.

눈을 부릅뜨고 안력을 한껏 돋우어 뚫어지게 쏘아보았다.
그러자 그곳 바닥에 무언가 흐릿한 물체가 쓰러져 있는 것이
가까스로 보였다.

방금 전까지 경계를 서던 보초 놈이 분명했다.

‘어떻게⋯⋯.’

쉬잇!

양궁표가 경악을 삼키면서 다시 선착장 왼쪽을 쳐다볼 때
두 번째 화살이 시위를 떠나는 소리가 옆에서 들렸다.

그리고 이번에는 보았다. 화살이 발사되자마자 선착장 좌
측에 서 있던 자가 지푸라기처럼 허물어지는 광경을.

화살이 얼마나 빠른지 쏘아져 가는 것은 보이지 않았고, 발
사되자마자 보초가 쓰러져 버렸다.

비명은커녕 신음 소리조차 들리지 않았다.

만약 양궁표가 쳐다보는 것이 찰나만 늦었더라도 이번에
도 역시 그놈이 쓰러지는 것을 보지 못했을 것이다.

“가세.”

얼마나 놀랐는지 양궁표는 설무검의 속삭임을 듣지 못했
다가 그가 한 팔로 소리없이 물살을 젓는 것을 보고서야 화들
짝 정신을 차렸다.

그래서 다급히 물살을 젓느라고 설치다가 나직하게 첨벙거리는 소리를 내고 말았다. 양궁표의 심장이 덜컥 소리를 내며 멈추었다.

그 순간 두 사람은 동시에 동작을 멈추고 통나무 뒤편으로 몸을 숨겼다.

그렇게 잠시가 지났는 데도 선착장에서는 별다른 소리가 들려오지 않았다.

두 사람은 천천히 통나무 위로 고개를 내밀고 선착장을 쳐다보았다.

무얼 하는지 그곳의 세 명이 이마를 맞댄 채 킬킬거리는 소리가 이곳까지 들려왔다.

아마 잔돈푼을 놓고 도박이라도 하는 모양이었다.

"한 놈은 산 채로 잡되 내가 신호를 하면 덮치게."

다시 두 사람이 팔을 저어 통나무를 선착장으로 접근시키는 중에 설무검이 지시했다.

방금 전, 설무검의 신기에 가까운 활 솜씨를 목격한 양궁표는 조금쯤 남아 있던 그에 대한 못 미더움이나 불신을 깡그리 날려 버리고 힘있게 고개를 끄덕였다.

선착장에는 육지에서 물 쪽으로 십여 장 길이의 굵은 나무로 기둥을 세우고 널빤지를 위에 대어 만든 구조물이 길게 뻗어 나와 있었다.

그 양쪽에는 수십 척의 배가 묶여 있었으며, 세 명의 보초는 구조물의 중간쯤 바닥에 모여 앉아 있었다.

구조물 끝에 이르러 설무검과 양궁표는 통나무를 슬며시 밀어버리고 구조물의 기둥을 잡고서 한 칸씩 천천히 추호의 기척도 없이 이동했다.

그때 설무검이 구조물 위로 슬쩍 고개를 내밀어 눈으로 확인을 하더니 자신은 그 자리에 멈추고 양궁표에게는 조금 더 전진하라는 손짓을 해 보였다.

양궁표가 이 장쯤 더 전진하자 설무검이 멈추라는 신호를 보냈다.

설무검은 활에 화살 하나를 잰 후 천천히 떠올라 구조물 위로 상체를 드러내고는 팔꿈치로 구조물 바닥을 누르며 몸을 지탱시켰다.

그사이에 양궁표는 물속에 잠수했다가 다시 솟아올랐는데, 그의 오른손에는 날 선 도 한 자루가 쥐어져 있었다.

도를 뽑는 소리가 날까 봐 물속에서 뽑은 것이다.

그는 솟구쳐 오를 만반의 준비를 갖춘 후 긴장된 표정으로 설무검을 쳐다보았다.

그렇지만 마음을 추스르고 자시고 할 여유마저도 없었다. 그가 쳐다보자마자 설무검이 고개를 가볍게 끄덕이며 신호를 보낸 것이다.

좌악!

양궁표는 즉시 힘껏 몸을 솟구쳐 구조물 위로 올라서자마자 모여 있는 세 명을 향해 득달같이 덮쳐 갔다.

그의 이런 행동은 설무검을 완벽하게 믿지 못하면 결코 행할 수 없는 것이었다.

양궁표는 설무검을 믿고 자신의 목숨을 맡겼다.

세 명의 보초는 과연 예상했던 대로 조잡한 패를 가지고 노름에 빠져 있었다.

그러다가 갑자기 가까운 곳에서 물소리가 크게 들리자 깜짝 놀라서 일제히 양궁표가 달려오는 방향을 쳐다보았다.

순간 그들의 얼굴에 경악과 당황함이 파도처럼 번져 갔다. 물에 흠뻑 젖은 두억시니 같은 놈이 흰 이를 드러내고 눈을 한껏 부라리면서 시퍼런 칼을 쳐들고 자신들을 향해 똑바로 덮쳐 오고 있는 광경을 발견한 것이다.

순간 세 명은 동시에 발작적으로 몸을 일으키면서 무기를 뽑는 것과 동시에 고함을 지르려고 했다.

쐐액!

그 순간 달려가는 양궁표의 반 자쯤 앞 허벅지 높이로 화살 한 대가 번갯불처럼 스쳐 갔다.

쌕!

그가 한 걸음을 더 내디뎠을 때 두 번째 화살이 그의 엉덩이 부위를 스쳐 지나갔다.

퍽! 퍽!

두 놈이 목 한복판 울대에 화살이 깃만 남기고 꽂힌 채 일어서려다 말고 반 장쯤 튕겨졌다가 나뒹굴었다.

이번에도 역시 추호의 신음성도 흘리지 못했다. 화살이 정확하게 울대를 관통했으니 신음 소리조차 낼 수 없는 것은 당연했다.

양궁표가 제압해야 할 놈은 혼자 살아남은 놈으로 자연스럽게 결정됐다.

양궁표는 너무 놀라서 어깨의 도를 뽑을 생각도 하지 못한 채 어정쩡하게 서 있는 보초의 목에 시퍼런 칼을 바짝 갖다 댔다.

"흑풍채에서 납치해 온 여자들은 어디에 있느냐?"

양궁표가 눈을 부라리면서 윽박지르자 놈은 공포에 질려 다리를 떨며 순순히 실토했다.

그가 단칼에 보초의 목을 자른 후에 뒤돌아보자 구조물 위로 올라온 설무검이 물을 뚝뚝 흘리면서 성큼성큼 걸어오고 있었다.

이 순간, 양궁표는 처음 그를 봤을 때 받았던 강렬한 느낌이 되살아나는 것을 느꼈다.

자정이 훨씬 넘은 호리채 산채 안은 쥐 죽은 듯이 고요한 무인지경이었다.

그곳을 설무검과 양궁표가 살쾡이처럼 누비다가 창고처럼 생긴 어느 집 앞에 멈췄다.

목이 잘려서 죽은 보초의 말이 틀리지 않다면 이곳에 납치된 여자들이 갇혀 있어야 한다.

입구에 묵직한 자물쇠가 하나 걸려 있는 것을 발견한 양궁표가 난감한 표정을 지었다.

하지만 그의 난감함은 오래가지 않았다.

뚜둑!

설무검이 왼손으로 자물쇠를 움켜쥐더니 힘을 주어 비틀자 고리가 맥없이 부러져 나갔다.

양궁표는 눈을 둥그렇게 뜨고 놀라서 설무검의 왼손과 얼굴을 번갈아 쳐다보았다.

공력은 없지만 지난 석 달 동안 백 근 무게의 연동검으로 피나는 훈련을 한 결과 왼팔에 놀랄 만한 완력이 생긴 설무검이었다.

끼이.

창고 문이 열리자 설무검이 먼저 성큼 들어섰고, 양궁표가 그 뒤를 따랐다.

지독한 어둠 속에서 미약하게 부스럭거리는 소리가 들렸다.

설무검은 물론 양궁표 역시 아무것도 볼 수 없었다.

다만 부스럭거리는 소리가 실내 여기저기에서 방금 전보다 더 요란하게 들릴 뿐이었다.

예전의 설무검에게는 이 정도의 어둠은 대낮이나 다름이 없었다.

그때 양궁표가 재빨리 밖으로 나가더니 잠시 후 횃불 하나를 들고 들어왔다.

횃불이 비춰지자 실내의 여기저기 바닥에 웅크린 채 앉아서 잔뜩 겁에 질린 표정을 짓고 있는 여자들 십여 명의 모습이 드러났다.

양궁표의 눈에는 하나같이 낯익은 얼굴들이었다.

"아!"

그때 실내 구석에서 예닐곱 살쯤 된 여자 아이 하나를 품에 안은 채 앉아 있던 양연화가 두 사람을 발견하고 탄성을 터뜨렸다.

그녀가 엉거주춤 일어나는 것 같더니 순간 두 사람을 향해 바람처럼 달려왔다.

그녀는 오라비 양궁표가 아닌 설무검의 품으로 곧장 뛰어들었다.

그의 허리를 두 팔로 힘껏 끌어안은 그녀의 작은 몸은 두려움과 기쁨이 범벅되어 바들바들 떨고 있었다.

양연화뿐만 아니라 이곳에 있던 모든 여자들은 누군가가 자신들을 구하러 올 줄은 꿈에서조차 상상하지 못하고 있었다.

그래서 이제는 영락없이 노예로 팔려가 죽을 때까지 가족들을 만나지 못한 채 죽을 고생만 할 것이라 여기고 절망에 빠져 있었다.

그런데 설무검과 양궁표가 그녀들을 절망에서 구원하러

온 것이다.

양연화는 설무검에게 안긴 채 얼굴을 들어 자신들을 구하러 온 사람이 그라는 사실을 다시 한 번 확인하고 나서는 재차 그의 품에 얼굴을 묻고 기쁨의 울음을 터뜨렸다.

그 바람에 잠깐 사이에 설무검의 앞섶을 흠뻑 적셔놓았다.

그 광경을 보면서 양궁표는 흐뭇한 미소를 머금었다.

설무검을 따라나서지 않았더라면 이런 광경을 보지 못할 뻔하지 않았는가.

설무검은 양연화를 가볍게 떼어냈다.

"서두르자."

설무검이 앞장서고, 어린 여자 아이 한 명을 안은 양궁표가 여자들을 인솔하여 빠른 걸음으로 뒤따랐다.

설무검은 활에 화살을 잰 상태로 대담하게도 산채 한복판을 관통하여 큰 걸음으로 성큼성큼 걸어갔는데, 다행히 선착장에 당도할 때까지 아무하고도 마주치지 않았다.

호리채는 지형적인 유리함을 과신하고 있는지 선착장에 세워두었던 다섯 명에게 자신들의 목숨을 전적으로 맡겨둔 상태였다.

양궁표가 배 한 척에 여자들을 태우고 있는 사이에 그 옆에 선 설무검이 문득 산채 쪽을 둘러보았다.

"갑시다."

여자들을 배에 모두 태운 양궁표가 밧줄을 풀면서 긴장된 목소리로 설무검을 재촉했다.

그러나 설무검은 배에 타지 않고 산채 뒤편 절벽을 등진 채 어둠 속에 웅크리고 있는 가장 큰 건물을 주시하며 나직이 물었다.

"자네는 호리채가 앞으로 또다시 여자들을 납치해 가는 것을 원치 않겠지?"

"그야 물론이오."

왜 지금 그런 것을 묻는 것인지는 모르지만 양궁표는 당연하다는 듯 대답했다.

"곧 뒤따라갈 테니 먼저 강 건너로 가서 기다리게."

설무검은 그 말을 남긴 채 양궁표가 뭐라고 말하기도 전에 다시 산채를 향해 달려 올라갔다.

"설 형."

"무사님."

양궁표와 양연화가 놀라서 거의 동시에 불렀으나 설무검은 이미 저만치 어둠 속으로 묻혀들고 있었다.

호리채 산채가 마주 보이는 강가에 양궁표와 양연화가 나란히 서 있었고, 주위에는 구출된 여자들이 추위를 피하느라 옹기종기 모여서 앉아 있었다.

"오라버님, 무사님이 너무 늦으시는 것 같아요."

양연화는 아무것도 보이지 않는 암흑의 강에 시선을 고정시킨 채 떨리는 목소리로 입을 열었다. 그녀의 목소리는 금방이라도 울음이 터질 것만 같았다.

"그는 강하단다. 무사히 돌아올 게다."

설무검이 활로 선착장의 호리채 놈들을 어떻게 죽였는지 똑똑히 보았고, 그래서 그가 과연 강하다는 사실을 두 눈으로 확인한 양궁표였다.

그러나 지금은 설무검을 호리채에 혼자 남겨둔 채 자기들끼리만 강을 건너온 것을 크게 후회하고 있었다.

그래서 방금 그가 한 말은 자신을 위로하는 말이기도 했다.

그들이 있는 곳에서 호리채 선착장까지의 직선 거리는 줄잡아 백오십여 장.

선착장에 있는 횃불만 두 개의 점으로 흐릿하게 보일 뿐, 나머지는 온통 암흑이고 침묵이었다.

끼이… 끼이…….

"온다!"

그 암흑 속에서 희미하게 노 젓는 소리가 들려오자 양궁표는 자신도 모르게 나직이 외쳤다.

잠시 후 작은 배 한 척이 양궁표 남매의 앞 강가에 닿았고, 타고 있던 설무검이 훌쩍 뛰어내렸다.

"설 형!"

"무사님!"

양궁표와 양연화, 그리고 구출된 모든 부녀자들이 설무검에게 달려들며 기쁨에 겨워 합창을 했다.

"무슨 일이오?"

양궁표는 속으로 안도의 한숨을 삼키면서 내내 궁금하던 것을 물었다.

"이자가 맞나 확인해 보게."

설무검이 스쳐 지나면서 보자기에 싼 묵직한 물건 하나를 양궁표에게 내밀었다.

"이, 이놈은 호리겸차(狐狸鎌叉)!"

보자기를 풀다가 눈을 부릅뜨고 있는 하나의 수급을 발견한 양궁표는 소스라치게 놀라 부르짖으며 뒤로 물러났다.

설마 보자기 안에 사람의 머리가 들어 있을 것이라고는 상상조차 하지 못한 그였다.

양궁표가 몇 번이나 확인했지만 그것은 틀림없는 호리채의 채주 호리겸차의 머리통이었다.

잘려 나간 목 부위에서는 아직도 피가 뚝뚝 떨어져 바닥을 붉게 물들이고 있었다.

채주 호리겸차가 죽은 이상 호리채가 또다시 주변의 산채에서 부녀자들을 납치하는 일은 벌어지지 않을 것이다.

양궁표는 놀라움이 가시지 않은 얼굴로 설무검을 쳐다보았다.

"이… 자를 어떻게 죽인 것이오?"

설무검은 어깨에 메고 있는 검을 손으로 툭, 쳤다.

"칼로."

"……."

당연히 칼로 목을 잘랐겠지 손으로 잡아 뜯었겠는가?

"가세."

설무검은 어느새 자신의 말에 여자 아이 하나를 태운 후 그 뒤에 양연화를 번쩍 안아 태우고 나서 말고삐를 쥐며 조용히 말했다.

양궁표는 지금 자신의 가슴을 가득 메우고 있는 심정을 뭐라고 설명하기가 어려웠다.

그러나 한 가지만은 분명했다.

그것은 설무검을 세상의 어느 누구보다 좋아하게 되었다는 사실이다.

그러나 설무검을 양궁표보다 더 좋아하게 된 사람이 있었다.

말 위에 앉아 설무검의 얼굴에서 시선을 떼지 못하고 있는 양연화였다.

그녀는 설무검에게 구함을 받았을 뿐만 아니라, 그에 의해서 말에 태워지고, 또 그가 말고삐까지 잡고 있으니 마치 그가 자신의 남편이라도 된 듯한 착각마저 들었다.

양궁표의 아내 하정은 설무검과 남편이 산채를 떠난 직후부터 곡구에 나와 꼼짝도 하지 않은 채 지금껏 기다리고 있는 중이었다.

밥은 물론 물 한 모금조차도 목구멍으로 넘어가지 않았다. 만약 남편이 이대로 돌아오지 않는다면, 그녀는 아들과 함께 목숨을 끊을 결심이었다.

그녀는 곡구 밖 드넓게 펼쳐진 대초원의 북쪽을 하염없이 바라만 보고 있었다.

어느덧 밤이 지나고 날이 밝았으며, 한낮이 흘러 석양이 되고 있었다.

처음에는 하정 혼자서 기다리고 있었는데, 아침이 되자 설무겸과 양궁표 단둘이서 납치된 부녀자들을 구하러 갔다는 소식을 들은 가족들이 하나둘 모여들기 시작하더니, 나중에는 이번 일과 상관이 없는 사람들까지 모여들어 지금은 백여 명 가까이가 곡구에 운집해 있었다.

호리채까지는 왕복 이백여 리 길. 별일이 없다면 남편과 설무겸은 지금쯤 돌아와야 한다.

북방의 일몰은 빠른 편이고, 절벽으로 둘러싸인 흑풍채의 일몰은 그보다 더 빨랐다.

태양이 서쪽 절벽 뒤로 숨어들면서 마지막 잔광을 뿌리며 대지를 붉게 물들이고 있었다.

하정은 언제부턴가 두 손을 맞잡고 가슴 앞에 모은 채 간절히 기도하는 자세를 취하고 있었다.

그녀는 수없이 속으로 되뇌던 말을 다시 한 번 안타깝게 중얼거렸다.

‘제발…….’

자신에게 남편이 얼마나 소중한 존재인지, 남편을 얼마나 사랑하는지 그녀는 이번에 절실히 느꼈다.

왜 설무검을 따라가라고 남편의 등을 떠밀었는지 후회도 됐다.

하지만 따라 보낸 것은 정말 잘한 일이었다. 따라가지 않았더라면, 그래서 설무검이 잘못됐다고 하더라도 양궁표와 하정은 평생 양심의 가책을 느끼며 살게 될 터이다.

“저기…….”

그때 누군가의 목소리가 들렸다.

“저기 누가 오고 있다!”

방금 전의 그 목소리가 광활한 대초원의 북쪽을 가리키며 다시 외쳤다.

아스라한 초원 북쪽 저 멀리에 작은 점들이 나타나고 있었다.

하정을 비롯한 모든 사람들은 극도로 긴장한 표정을 지으며 일제히 그곳을 뚫어지게 쳐다보았다.

때 이른 짐작을 하고 있는 그들의 눈에는 벌써부터 물기가 어리고 있었다.

점들이 점차 커지더니 사람의 형태를 갖추었다.

그리고 잠시 후에 곡구 밖에 모인 사람들은 저 멀리 초원의 북쪽 맨 앞에서 말고삐를 쥔 채 오고 있는 양궁표의 모습을 똑똑히 볼 수 있었다.

여자 아이들은 말에 태운 채 설무검과 양궁표가 여자들을 부축하며 걸어오고 있는 광경이었다.

납치됐던 여자들은 백 리 길을 걸어오느라 지쳤을 텐데도 하나같이 얼굴에는 기쁜 표정이 가득했다.

"여보—!"

하정이 흐느껴 울면서 양궁표를 목놓아 부르며 그들을 향해 제일 먼저 달려갔다.

그것을 신호로 모여 있던 모든 사람들이 저마다 가족의 이름을 부르면서 우르르 달려나갔다.

넘어지고 엎어지면서도 웃으며 일어나 다시 달려갔다.

"여보—!"

하정은 환하게 웃으며 두 팔을 벌리는 남편의 가슴으로 뛰어들었다.

노예로 팔려가서 살아생전에는 두 번 다시 만나지 못할 것이라고만 여겼던 딸과 여동생을 다시 만난 사람들은 서로를 얼싸안고 이름을 부르면서 기쁨의 눈물을 흘렸다.

그날은 흑풍채가 생긴 이래 최고의 경삿날이었다.

第九章
천지검(天地劍)

흑풍채에 성대한 잔치가 벌어졌다.

채주의 거처 앞 호숫가의 넓은 풀밭에 대낮처럼 불이 밝혀졌고, 여러 개의 상에는 갖가지 요리와 술이 차려졌으며, 흑풍채의 모든 사람들이 모여 앉아 흥겹게 노래를 부르면서 큰 소리로 웃고 떠들며 그날의 쾌거를 축하했다.

이 잔치는 채주가 한턱 내는 것이었다.

사람들의 열화 같은 성화를 이기지 못한 설무검은 잔치에 참석하긴 했지만, 얼마 지나지 않아서 슬그머니 일어나 그곳을 빠져나왔다.

그의 등 뒤에서 부채주 양궁표가 설무검의 무용담을 큰 소리로 떠드는 소리가 들려왔다.

설무검이 잔치에서 빠져나와 곧장 찾아간 곳은 약간 한적한 장소에 위치한 철기방이었다.

땅땅땅!

오늘은 특별한 날이라서 철기방의 일꾼들은 모두 잔치에 참석하러 갔고, 안쪽에서 철장 혼자 비지땀을 뻘뻘 흘리면서 망치질을 하고 있었다.

철장은 설무검이 들어선 줄도 모른 채 일에 몰두해 있었다.

그는 설무검이 두 번째로 주문한 이백 근짜리 철갑의 마지막 마무리 작업에 열중해 있는 중이었다.

문득 설무검은 한쪽 옆에 세워져 있는 한 자루 검을 쳐다보았다.

자신이 주문했던 검인 것 같은데, 예전의 백 근짜리 검하고는 모양이 완전히 달라 보였다.

예전의 검은 형태만 검의 모습을 갖추었을 뿐이지 커다란 쇠막대기나 다름이 없었다.

그런데 이것은 어디로 봐도 영락없는 멋진 검의 모습을 갖추었다.

길이는 넉 자 정도로 먼저의 연동검보다 오히려 한 자 정도 줄었다.

검의 폭은 네 치로 보통 검보다 조금 넓었다. 그것만 본다면 검이라기보다는 도에 가까웠다.

검첨은 뾰족하고 예리했으며, 검신의 양날은 결코 두껍다고 볼 수 없었는데, 손을 슬쩍 대기만 해도 베어질 것처럼 잘 벼려져 있었다.

더구나 검신과 검파를 구분하는 칼콧등이까지 제대로 만들어놓았으며, 검파에는 올록볼록하게 요철을 만들어 여간해서는 손에서 놓칠 것 같지 않았다.

검의 색은 흑색과 은색이 칠 대 삼 정도로 뒤섞여져서 기이한 모습을 만들어내고 있었는데, 오히려 그것이 은은한 위압감을 더해주고 있었다.

"그 검의 이름을 천지검(天地劍)이라고 지어봤소."

어느새 철갑의 마무리 손질을 끝낸 철장이 더러운 수건으로 얼굴의 땀을 닦으며 곁에 다가와 설명했다.

"이 검으로 천지를 호령하라는 의미도 있고, 천지간에 한 자루밖에 없는 검이라는 뜻도 되오."

천지검.

멋진 검명이었다.

그러나 사실인즉슨, 까막눈인 철장이 알고 있는 글자가 단 두 자, 하늘 '천'과 땅 '지' 뿐이었다.

철장이 혀를 내두르며 엄살을 부렸다.

"젠장맞을! 그 검을 다루느라 여러 번 깔려 죽을 뻔했소! 이건 검이 아니라 아예 송아지 한 마리 무게요!"

설무검이 천지검을 묵묵히 보기만 하자 철장이 조심스럽게 물었다.

"마음에 들지 않소?"

척!

설무검은 대답 대신 천지검의 검파를 잡았다.

싸늘하면서도 묵직한 느낌이 손 안에 가득 전해졌다.

"들 수 있겠소? 나는 그거 다루느라 일꾼 한 명하고 둘이서 아예 씨름을 했수다!"

철장이 염려스러운 듯 물었다.

설무검은 천천히 천지검을 들었다.

묵직했다.

아니, 묵직한 정도가 아니라 검첨이 바닥에 붙어서 떨어지지 않는 것 같은 육중함이 느껴졌다.

설무검이 왼팔에 지그시 힘을 주자 그제야 검이 느릿하게 들어 올려졌다.

"과연! 장사로다, 장사야!"

그 광경을 보고 철장이 입에서 침을 튀기며 탄성을 터뜨렸다.

설무검은 검첨을 전면을 향해 수평으로 쭉 뻗었다.

팔이 뻐근했으며 가늘게 떨렸다.

지난번의 검보다 훨씬 작고 날렵한 모습이었지만 충분히 이백 근 정도의 무게가 나갈 것이라고 짐작했다.

"오랫동안 아껴두었던 묵침강(墨沈鋼)이라는 쇠를 썼소. 이백 근이 되려면 좀 모자라기에 은순철(銀純鐵)을 조금 섞었더니 그런 색이 돼버렸소."

묵침강은 청해나 신강 일대에서만 나는 귀한 쇠다. 그 어떤 쇠보다도 무겁고 강해서 그것으로 도검을 만든다면 자르지 못하고 부수지 못하는 것이 없다고 한다.

그러나 지나치게 무겁다는 단점 때문에 묵침강만으로는 검을 만들지 않는다.

일반적인 검의 무게가 가벼운 것은 대여섯 근, 무거워봐야 열 근을 넘지 않는다는 사실을 감안한다면, 묵침강으로 아무리 작고 얇게 만든다고 해도 백 근이 훨씬 넘는 검이 될 텐데, 어느 뉘라서 그 검을 사용하려 들겠는가.

반드시 묵침강 검을 고집하는 경우에는 오 푼, 많아야 일 할 정도 섞어서 검을 만들기도 하는데, 그래도 일반적인 검보다 서너 배 이상 더 무겁다.

검의 생명은 빠름이다.

그러므로 웬만한 절정고수가 아니면 묵침강 검을 사용하려 들지 않는다.

그런데 여기에 이백 근 무게의 묵침강 검, 천지검이 탄생했다.

그 검은 철장의 말처럼 천지간에 한 자루뿐일 것이다.

설무검은 천지검이 마음에 들었다.

후오오!

그가 검을 허공에 대고 이리저리 휘두르자 괴이한 검명이 실내를 진동했다.

암흑의 숲을 할퀴고 지나가는 폭풍 소리 같은 검명이었다.

철장은 잔뜩 겁먹은 표정으로 저만치 물러나 있었다.

"수고했소."

설무검은 한줄기 엷은 미소를 머금으며 치하했다.

"이것은 검집이오. 보통은 가죽으로 만들지만, 가죽으로는 천지검을 지탱할 수 없을 것 같아서 묵침강을 섞은 쇠로 만들 수밖에 없었소. 그 바람에 천지검에 쓸 묵침강이 이십 근 정도 모자랐던 것이오."

철장이 작업대 위에 놓여 있는 거무튀튀한 검집을 가리켰다.

검집의 무게만도 삼십 근이나 됐다.

단지 끈만으로는 이백삼십 근의 무게를 지탱할 수 없기에 검집에는 역시 묵침강으로 만든 두 줄의 사슬이 위와 아래쪽에 연결되어 있었다.

"철갑도 묵침강으로 만들었소. 몇 년 전에 상단 하나를 털었을 때 얻었던 사백여 근의 묵침강을 그 덕분에 죄다 써버렸소. 하긴, 너무 무거워서 어디 쓸 데도 없었지만."

설무검은 철장이 가리키는 철갑을 이리저리 만져 보다가 옷을 벗고 어깨와 오른팔에 찼다.

이어서 그는 어깨에 검집을 메고 천지검을 꽂았다.

"안… 무겁소?"

철장은 아무렇지도 않은 듯 우뚝 서 있는 설무검을 눈을 휘둥그렇게 뜨며 쳐다보았다.

큰 돼지 두 마리 무게인 사백삼십 근을 몸에 지닌 채 끄떡없이 서 있으니 철장 눈에는 설무검이 전설의 도철(饕餮)쯤으로 보였다.

"옛소! 이것은 도로 가져가시오. 앞으로도 당신에겐 일체 돈을 받지 않겠소."

설무검이 나가려고 하자 철장이 여태까지 받았던 금화 두 냥을 내밀었다.

"당신은 우리 산채의 은인이고, 영웅이오! 영웅에게 돈을 받으면 조상님이 욕할 것이오! 나는 이제부터 잔치에 가서 실컷 먹고 마실 테니까 당신은 그만 가보시오!"

철장은 그 말을 남기고 설무검을 철기방에 남겨둔 채 쏜살같이 잔치가 벌어지고 있는 장소로 달려갔다.

설무검은 철기방을 나와 그 길로 곧장 자신만의 수련장으로 갔다.

나이 어린 아우와 배신자들을 생각하면 잠시 쉬는 것조차도 죄악처럼 느껴졌다.

그로부터 한 달쯤 지난 어느 날.

설무검은 밤새 양팔 훈련을 하다가 동이 트기 직전에 양궁표의 집으로 돌아와 운공조식을 하려고 바닥에 가부좌를 틀고 앉았다.

"음……."

그러나 그는 운공을 한 차례도 끝내지 못하고 중도에서 멈추고는 묵직한 신음을 토해냈다.

몸이 갈가리 찢어지는 것처럼 극심한 고통이 엄습했기 때문이다.

그에게 있어서의 인내심이란 마치 어린 시절부터의 오랜 친구와도 같아서 웬만한 고통쯤으로는 신음은커녕 눈살조차 찌푸리지 않는 그였다.

그런데 지금의 고통은 정말 견디기 힘들었다.

아니, 고통이 문제가 아니었다. 고통을 참으면서 무리하게 운공을 계속하다가는 잘못되거나 심할 경우 목숨을 잃게 될까 봐 그것이 염려가 됐다.

통증이 느껴지는 부위는 가슴과 복부였다.

정확하게 구분하자면 오른쪽 폐와 간, 하단전(下丹田)이 갈가리 찢겨 나가는 것처럼 고통스러웠다.

넉 달 전에 그가 최초로 운공을 할 때에는 그 부위가 그저 약간 뜨끔거리는 정도였다.

처음에는 별일이 아닐 것이라고 여겼다.

공력을 잃고 힘줄이 끊어졌으며, 절대자의 막강한 권위와 하나뿐인 혈육, 아우마저도 잃어버린 그였기에 그까짓 뜨끔거리는 것쯤이야 대수롭지 않게 생각했다.

그러던 것이 운공을 거듭할수록 그 부위가 점점 더 아프더니 근래에 이르러서는 운공을 하기만 하면 엄습하는 고통 때문에 거의 혼절 직전까지 이르게 되었다.

바로 어제, 그는 온몸이 조각 나는 듯한 극심한 고통을 견디면서 이를 악물고 십여 차례의 운공조식을 간신히 끝냈다.

그러더니 오늘은 기어코 단 한 차례 운공도 끝내지 못한 채 중도에 포기해 버리고 만 것이었다.

아무리 생각해 봐도 무엇 때문인지 원인을 짐작조차 할 수가 없었다.

또한 그것 때문에 장차 자신이 어떤 화를 당하게 될는지 알 수가 없었다.

더 이상 운공을 하지 못한다면 파훼된 단전을 복구할 수 없을 것이고, 공력을 되찾지 못하게 된다.

지금 수련하고 있는 왼손 수련이나 오른팔 훈련은 그저 단순한 훈련일 뿐이었다.

끊어졌던 오른손 힘줄을 완전하게 재활시키지 못할 경우를 대비한 왼손 훈련인 것이다.

그는 자신이 공력을 회복하지 못할 것이라고는 추호도, 그리고 단 한 번도 생각해 본 적이 없었다.

그 과정이 아무리 어렵고 험난해도, 또 오랜 세월이 걸린다고 해도 반드시 복구해 낼 각오와 자신이 있었다.

그러나 만에 하나, 정말 생각하는 것조차 끔찍한 일이지만 끝내 공력을 회복하지 못하게 될 경우, 외문 무공으로 복수를 할 생각을 조금쯤은 하고 있었다.

하지만 그런 일은 결코 일어나지 않을 것이라고 거의 단정하고 있는 그였다.

그는 착잡한 심정으로 천천히 몸을 일으켰다.

순간 그의 몸이 자신의 의지와는 상관없이 스르르 옆으로 기울어지더니 둔탁하게 바닥에 쓰러졌다.

쿵!

그는 일그러진 얼굴을 바닥에 묻은 채 눈을 부릅뜨고 속으로 중얼거렸다.

'으윽! 대체 이것이 뭐란 말인가……'

둔탁한 소리를 듣고 밖에 있던 양궁표가 달려 들어오다가 쓰러져 있는 설무검을 발견하고 놀라서 소리쳤다.

"설 형—!"

실력이 그리 뛰어나지도 않은 의원 유승이 혼절한 설무검에게 해줄 수 있는 일이라고는 그저 안타깝게 지켜보는 것뿐이었다.

놀란 양궁표가 설무검의 오른팔에서 이백 근 무게의 철갑을 풀어낸 후 그를 들쳐 업고 의방에 들이닥친 지 벌써 반 시진이 지났다.

"설 형이 왜 이렇게 됐는지 정말 모른다는 말이냐?"

양궁표는 그렇지 않아도 쥐구멍이라도 찾고 싶은 심정인 유승을 반 시진 내내 틈만 나면 잡아먹을 것처럼 윽박질렀다.

그래서 유승은 이제는 아예 꿀 먹은 벙어리처럼 입을 굳게 다문 채 물끄러미 설무검만 굽어보고 있을 뿐이다.

설무검은 반듯한 자세로 눕혀져 있었다.

눈은 꾹 감고 있는데 정신을 잃은 상태는 아니라서 두 사람의 티격태격하는 대화를 다 듣고 있었다.

그가 쓰러진 것은 일어서다가 갑자기 온몸의 기운이 쭉 빠져 버린 때문이었다.

왜 기운이 빠졌는지는 모르겠지만, 아마도 운공을 하면서 느껴지는 극심한 고통과 연관이 있을 것이라고 생각했다.

그 고통은 반드시 운공조식을 해야만 엄습했다. 운공을 하지 않으면 아무렇지도 않았다.

"설 형! 정신 차리시오! 설 형!"

그에게 아무것도 해주지 못하는 양궁표는 나무 침상에 누워 있는 설무검의 옆에 앉아서 안타깝게 외쳤다.

그는 설무검이 이대로 영영 깨어나지 못할까 봐 초조하기 짝이 없는 심정이었다.

그의 행동은 마치 오랜 친구나 가족을 대하는 것 같았다.

“나는 괜찮네.”

그때 설무검이 눈을 뜨며 조용히 입을 열었다.

“설 형!”

양궁표는 기쁨에 겨워 외쳤다. 아마 죽은 아비가 살아서 돌아와도 이렇게 기뻐하지는 않을 것이다.

“대체 왜 혼절한 것이오?”

양궁표는 천천히 상체를 일으켜 앉는 설무검을 도와주며 궁금한 듯 물었다.

“나도 모르네.”

설무검은 고개를 설레설레 가로저었다.

그는 누워 있는 내내 자신의 몸에서 왜 힘이 빠져나간 것이며, 운공을 할 때마다 엄습하는 고통의 원인이 무엇인지에 대해서 곰곰이 생각해 보았다.

그 고통은 예전에 그가 무림에서 활동하던 시절 검이나 창에 찔렸을 때의 느낌과 몹시 흡사했다.

그는 천천히 상의를 벗었다.

양궁표는 일전에 설무검이 이곳에 처음 와서 치료 때문에 의방에 알몸으로 누워 있을 때 그의 근육투성이 몸을 보고 크게 감탄한 적이 있었다.

그런데 지금 그의 몸은 그때와는 비교도 할 수 없을 만큼 더욱 단단한 근육질로 변해 있었다. 더구나 양팔은 강철 같아서 칼로도 베어질 것 같지 않았다.

설무검은 복부의 상단전과 하단전을 두루 쓰다듬듯이 만지면서 지그시 힘을 주어 눌러보았다.

아무것도 만져지지 않았으며 통증도 느껴지지 않았다.

손을 위로 하여 운공을 할 때 통증이 느껴지는 부위, 즉 오른쪽 가슴을 만져 보았다.

마찬가지였다.

마지막으로 오른쪽 어깨에 손가락 두 개를 얹고 힘을 주었다.

"……."

무언가 느껴졌다. 바늘로 쿡쿡 찌르는 듯한 느낌이었다.

조금 더 세게 눌러보았다. 그러자 따끔거리던 것이 칼로 찌르는 듯한 아픔으로 변했다.

무언가 그 속에 있는 것이 분명했다.

그는 어깨를 누르던 손가락에서 힘을 빼고 대신 가만히 어루만져 보았다.

상처가 났다가 아문 흉터가 만져졌다.

"내가 처음에 이곳에 왔을 때 어깨에 상처가 있었나?"

"그렇소. 하지만 거의 아문 상태였소."

설무검의 조용한 질문에 유승이 진지하게 대답했다.

"어떤 상처였지?"

"도는 아니고… 검에 찔린 듯한 깊고 좁은 상처였소."

설무검은 굳은 표정으로 무언가를 잠시 생각하는 듯하다

가 오른쪽 어깨의 흉터를 가리켰다.

"여길 째보게."

"무엇 때문이오?"

유승이 놀라서 눈을 동그랗게 뜨며 묻자 양궁표가 주먹으로 을러대며 또다시 윽박질렀다.

"째라면 째!"

유승은 긴장된 표정으로 예리한 면도를 쥐고 흉터가 있는 삼각근(三角筋) 복판을 노려보다가 이윽고 칼끝을 살갗에 갖다 대고 천천히 그었다.

피가 푹 하고 튀자 양궁표는 얼굴을 찌푸리면서 설무검의 표정을 살폈다.

그러나 설무검은 눈 하나 까딱하지 않았다.

"쨌소."

"안에 뭐가 있나 살펴보게."

설무검이 설마 그런 말을 할 줄은 예상하지 못한 두 사람은 움찔 놀랐다.

유승이 상처를 조심스럽게 어루만지며 살핀 후 대답했다.

"아무것도 없소."

"그렇다면 조금 더 깊이 찢은 후 손가락을 넣어서 안쪽을 더듬어보게."

유승도 이제는 이 괴물 같은 사내가 한 번 내뱉은 말은 무슨 일이 있어도 번복하지 않는다는 것쯤은 알게 되었다.

더구나 어깨를 째는 데에도 그가 눈 하나 까딱하지 않는다는 사실이 어느 정도 위안이 돼주었다.

그의 말대로 유승은 어깨를 좀 더 깊이 찢은 후 중지를 찔러 넣었다.

설무검은 여전히 무심한 표정이었고, 반면에 양궁표는 긴장된 얼굴로 유승의 손가락을 주시하고 있었다.

"뭐, 뭐가 있소!"

그때 유승이 소스라치게 놀라 상처에서 손가락을 뽑으며 자지러질 듯이 외쳤다.

"뭔가?"

"모… 르겠소. 하여튼 딱딱한 것이 이 속에 있었소."

유승은 놀라움이 가시지 않은 얼굴로 더듬거렸다.

"뼈가 아닌가?"

양궁표가 놀라움을 억누르며 물었다.

"아닙니다. 원래 뼈는 근육에 싸여 있기 때문에 그런 느낌이 아닙니다. 그런데 방금 그것은 마치 단단한 쇠붙이 같은 느낌이었습니다!"

"쇠붙이라고?"

설무검이 조용히 입을 열었다.

"다시 제대로 확인해 보게."

유승은 마음을 진정시킨 후 다시 조심스럽게 상처에 손가락을 집어넣었다.

손가락 두 마디 정도가 삽입되자 과연 손가락 끝에 단단한 무언가가 닿았다.

그는 자신의 손가락 끝이 어깨 속에 있는 물체의 윗부분에 닿았다는 사실을 깨닫고 손가락을 좀 더 깊게 쑤셔 넣어 그 물체의 위와 옆을 더듬어보았다.

"왓!"

순간 그는 비명을 터뜨리며 손가락을 뽑았다.

"왜 그러느냐?"

양궁표가 잔뜩 긴장한 표정으로 급히 물었다.

"으으… 이 사람의 몸속에 들어 있는 것은 거… 검입니다……!"

"……."

양궁표는 너무도 어이없는 말에 할 말을 잃고 말았다. 그러나 유승의 표정으로 봐서는 거짓말이 아닌 것 같았다.

그때 설무검의 눈에서 시퍼런 안광이 뿜어지는 것을 두 사람은 발견하지 못했다.

배신자들은 단전을 파훼시키고 오른손 힘줄을 끊은 것으로도 모자라서 그의 몸속에 검까지 박아 넣은 것이었다.

"이걸 보고도 제가 거짓말하는 것 같습니까?"

유승이 내민 오른손 중지에서는 피가 뚝뚝 떨어지고 있었다.

그것이 설무검의 피이겠거니 싶어서 자세히 살펴보던 양

궁표는 다음 순간 대경실색하고 말았다.

유승의 중지가 반 치 길이로 베어져 있었다.

그 상처에서 흘러나온 피가 설무검의 피와 섞여서 뚝뚝 떨어지고 있었던 것이다.

유승이 만면에 놀라움과 어이없는 표정을 가득 떠올리며 결론을 내리듯이 중얼거렸다.

"양쪽에 날이 있으니 검이 맞습니다. 그것도 아주 예리한 검입니다. 뾰족하지 않은 것으로 봐서는 검첨은 아니고, 검의 슴베 앞부분을 부러뜨린 것입니다."

양궁표는 너무 기가 막혀서 말이 나오지 않았다.

"누군가가 이 사람의 어깨에 검을 깊숙이 찔러 넣은 후 슴베 앞부분을 부러뜨린 후에 조금 더 깊숙이 밀어 넣은 것이 분명합니다."

검이 몸속에 있는데 설무검은 어찌 아직도 죽지 않고 버젓이 살아 있다는 말인가? 양궁표는 얼굴 가득 불신의 표정을 떠올렸다.

"설 형……!"

양궁표는 아연실색하여 설무검의 얼굴을 쳐다보았다.

설무검의 표정에는 변화가 있었다. 양궁표가 지금껏 봐온 표정하고는 많이 달랐다.

지그시 어금니를 악물었고, 두 눈에서는 은은한 안광이 줄기줄기 뿜어지고 있었다.

양궁표로서는 처음 보는 설무검의 분노의 표정이었다.

"유승! 당장 검을 뽑아내라!"

양궁표는 악을 쓰듯이 유승에게 명령했다.

그의 고함에 유승은 화들짝 놀랐다가 조심스럽게 설무검의 촌관척(寸關尺:맥문)을 짚어보았다.

그의 표정이 그 어느 때보다도 진지했다. 또한 아주 오랫동안 신중을 기해서 맥을 확인하고 또 확인했다.

그의 표정이 너무 진지해서 양궁표는 검을 뽑으라고 더 이상 아우성치지 못하고 숨죽인 채 지켜보았다.

이윽고 유승이 설무검의 손목에서 손을 떼며 경이롭다는 표정으로 중얼거렸다.

"전에 이 사람의 맥을 짚었을 때나 지금이나 변함이 없습니다. 장기에는 아무런 이상이 없다는 얘기지요. 장기에 이상이 있었다면 그때 알아냈을 겁니다."

"무슨 소리냐? 사람 몸에 검이 박혀 있는데 어떻게 장기에 이상이 없을 수 있다는 것이냐?"

양궁표가 버럭 소리를 질렀다.

유승이 흥분을 가라앉히려고 애쓰는 어조로 말했다.

"부채주님, 사람의 장기가 터지면 살 수 있습니까?"

"내가 바본 줄 아느냐? 장기가 터지면 즉사하지 어떻게……."

양궁표는 버럭버럭 소리를 지르다가 말끝을 흐리며 설무

검을 쳐다보았다.

검파를 제외한 검신의 길이는 아무리 짧아도 두 자 이상이다. 그것이 어깨를 뚫고 들어갔다면 장기가 터지는 것은 당연하다. 최소한 양궁표와 유승의 상식으로는 그랬다.

그런데 설무검은 버젓이 살아 있지 않은가.

살아 있을 뿐만 아니라 이백 근짜리 철갑을 차고, 이백 근 무게의 검을 삼십 근짜리 검집에 넣고 다니면서 괴력을 발휘하고 있는 것이다.

"이게 도대체……."

그러나 설무검이 알고 있는 상식으로는, 검을 사람의 몸속에 찔러 넣어 장기를 터뜨리거나 손상시키지 않게 하는 것은 가능한 일이었다.

검을 찔러 넣을 때 정심한 공력을 검에 주입시키면 된다.

예전의 설무검에겐 충분히 그런 능력이 있었다. 다만 누군가에게 그런 짓을 해야 할 이유도, 해본 적도 없었다.

"검을 뽑아내는 것은 어렵지 않습니다. 그러나 모르긴 해도… 아마 검을 뽑는 순간 장기가 터져 버릴 것입니다."

유승이 제법 의원다운 신중한 표정으로 검을 뽑는 것은 불가하다는 입장을 밝혔다.

"개소리! 찌를 때 터지지 않은 장기가 어째서 뽑을 때 터진다는 말이냐?"

"그건… 저도 모르겠습니다."

“시답잖은 소리 집어치우고 어서 검이나 뽑아라!”

양궁표는 말을 듣지 않으면 유승을 당장이라도 죽일 듯한 기세였다.

그때 설무검이 조용히 중얼거렸다.

“그 말이 맞네. 검을 뽑으면 난 허파와 간, 단전이 터져서 죽고 말 거야.”

양궁표는 암담한 표정으로 겨우 물었다.

“그럼 뽑을 수 없다는 것이오?”

“뽑을 수는 있네.”

양궁표의 얼굴에 희색이 피어났다.

“그 방법을 내게 가르쳐 주시오. 내가 직접 뽑겠소.”

“방법은 없네. 다만 능력이 필요할 뿐이지.”

능력이라는 말이 나오자 그것과는 거리가 먼 양궁표의 목소리가 어눌하게 변했다.

“어떤 능력이오?”

“최소한 이 갑자의 공력을 지닌 자가 검을 뽑아야 하네.”

“……”

십 년 공력도 없는 양궁표는 또다시 할 말을 잃고 말았다.

이 갑자의 공력이라니…….

그런 사람을 먼발치에서나마 쳐다본 적조차 없는 양궁표였다.

이제 설무검의 얼굴에서는 더 이상 분노의 기색을 찾아볼 수 없었다.

그렇다고 분노가 사라진 것은 아니다. 지금의 분노와 원한마저도 그의 몸속에 하나씩 더 있는 일장과 일부에 차곡차곡 쌓아놓았다.

이제 운공을 할 때 어째서 그토록 극심한 고통이 엄습하는지 알게 됐다.

몸속에 박혀 있는 검은 필시 오른쪽 폐와 간, 그리고 단전을 관통하고 있을 것이다.

아마도 그 검이 몸속에 박혀 있는 한 설무검은 공력을 회복하지 못할 것이다.

그의 분노는 여태까지보다 몇 배나 더 거대해져서 용암처럼 들끓었다.

언젠가 그것이 분출되는 날, 천하무림에는 피바람이 불고 피비가 쏟아지게 될 것이다.

혈풍혈우(血風血雨)의 천하가.

설무검과 양궁표는 탁자에 마주 앉아서 한동안 아무런 말도 없이 술을 마시고 있었다.

"내게… 무공을 가르쳐 줄 수 없겠소?"

술잔이 몇 순배쯤 돌아갔을 때 양궁표가 무척이나 조심스럽게 그런 말을 꺼냈다.

사실 양궁표로서는 지난 넉 달여 동안 벼르고 벼르던 말이

었다. 말을 하고 난 그의 얼굴에는 진땀이 솟았으며, 조마조
마한 표정이 가득했다.

무공을 배워 무인으로서 성공하고 싶다는 것은 어릴 적부
터 그의 오랜 바람이었지만, 지금은 깨어진 꿈이었다.

몸은 비록 이곳에서 산적질을 하고 있으나, 그의 마음은 언
제나 중원무림을 활보하고 있었다.

그렇다고 뛰어난 실력을 갖춘 쟁쟁한 고수가 되자는 야무
진 꿈을 갖고 있는 것도 아니었다.

그저 한가닥 무공으로 무림에서 밥벌이만 할 수 있으면 그
것으로 족했다.

그 정도면 충분히 어느 방파든 무사로 취직할 수도 있을 테
고, 아니면 시골 구석에 조그만 무도관 같은 것을 차려도 될
것이다.

양궁표의 긴장된 표정에도 불구하고 설무검은 언제나처럼
표정의 변화도 없었고, 대답도 없이 묵묵히 술만 마셨다.

설무검을 쳐다보는 양궁표의 얼굴에 복잡한 표정이 가득
떠올랐다. 괜한 말로 설무검의 심기를 상하게 한 것이 아닌가
슬며시 후회도 됐다.

그러나 이왕 뽑은 칼이다. 양궁표는 갑자기 벌떡 일어나서
탁자 옆으로 비켜 나와 설무검을 향해 넙죽 큰절을 올리며 부
르짖었다.

"부디 무공을 가르쳐 주십시오! 지금 이 순간부터 사부님

으로 모시겠습니다!"

주방에서 술안주를 준비하고 있던 하정과 마침 밭일을 마치고 돌아오던 양연화가 그 광경을 보고 크게 놀랐다.

양궁표는 설무검을 처음 봤을 때 느꼈던 강렬한 느낌을 지금도 굳건히 믿고 있었다.

아니, 그 느낌은 설무검의 말 한마디, 행동 하나하나를 보고 겪으면서 날이 갈수록 점점 더 커져만 갔다.

그의 느낌이 틀리지 않다면 설무검은 무림에서 한 방파의 우두머리나 중요한 지위의 인물이었을 것이다.

그가 알기로 무림에는 수십만 명의 무림인이 할거하고 있으며, 수천 개의 방, 문파들이 각 지방마다 버티고 있다.

설무검이 바로 그 수천 개의 방, 문파 중에 한곳의 우두머리이거나 높은 지위의 인물일 것이라는 뜻이다.

그들은 수십만 명의 무림인 위에 군림하고 있는 무림계의 일류급들이다.

양궁표는 설무검을 처음 보았을 때 그가 깨어나면 무공을 가르쳐 달라고 부탁하리라 마음속으로 작정했다.

그러나 막상 그가 깨어나자 차마 입이 떨어지지가 않아 애가 타면서도 차일피일 미루고 있는 중이었다.

그러나 더 이상 미룰 수가 없었다. 그는 이미 삼십 세가 훌쩍 넘은 나이인데, 더 미루다간 죽도 밥도 안 되고 결국 이따위 산채에서 뼈를 묻고 말 것만 같았다.

“무엇이든 시키는 대로 하겠습니다! 부디 저를 제자로 거두어 주십시오!”

양연화와 하정은 숨을 죽인 채 설무검과 양궁표를 지켜보고 있었다.

설무검은 술잔을 내려놓고 물끄러미 양궁표를 굽어보다가 이윽고 고개를 가볍게 저었다.

“자네가 원한다면 무공은 가르쳐 주도록 하지. 그러나 우리 관계는 지금처럼 지내도록 하세.”

그러자 양궁표는 깜짝 놀란 얼굴로 고개를 들고 설무검을 보다가 돌연 강하게 항의했다.

“그건 안 됩니다! 제가 어찌 무공을 가르쳐 주시는 분을 친구처럼 대할 수 있겠습니까? 제가 무식하긴 해도 학문이나 무공을 가르치는 분을 스승으로 모신다는 사실 정도는 알고 있습니다!”

“나는⋯⋯.”

“사부로 모실 수 없다면 차라리 무공을 배우지 않겠습니다! 이 얘기는 듣지 못한 것으로 하십시오!”

양궁표는 벌떡 일어나서 다시 설무검의 맞은편에 앉았다.

벌컥벌컥 술만 들이키는 그는 크게 상심한 것이 분명했다.

그는 충직한 사람이다. 그런 성품의 사람은 쉬이 마음이 상하지 않지만, 한번 상하면 오랫동안 가슴에 품어두고 있는 법이다.

"무사님, 부디 오라버님을 제자로 거두어주세요!"

그때 갑자기 양연화가 설무검의 발아래 무릎을 꿇으며 간청했다.

"무사님, 제 남편을 제자로 거두어주세요! 그래서 부디 남편이 꿈을 이룰 수 있게 해주세요!"

그러자 하정도 양연화의 옆에 무릎을 꿇고 간절한 표정으로 애원했다.

설무검은 자신의 잔에 술을 따르며 조용히 입을 열었다.

"자네, 꿈이 무언가?"

양궁표는 술잔을 내려놓고 두 손을 앞에 모은 채 공손히 그러나 부끄러운 듯 대답했다.

"그저 무림인으로 행세하는 정도입니다. 웬만한 방파에 직업 무사로 취직할 수 있으면 좋고, 시골 구석에 무도관이라도 하나 차릴 수 있으면 더 좋겠지요."

설무검이 볼 때 그것은 소박하기 이를 데 없는 꿈이었다.

양궁표는 더욱 머리를 조아렸다. 이마가 탁자에 거의 닿을 듯 했다.

"그도 저도 안 되면 그냥 산적 노릇이나 하지 않고 살았으면 좋겠습니다. 연화와 아내를 더 이상 가슴 졸이면서 살게 하고 싶지는 않습니다."

양연화와 하정은 소리없이 눈물을 흘렸다. 그것은 그녀들이 양궁표 때문에 오랜 세월 가슴을 졸이며 살았다는 사실을 말없이 인정하는 행동이었다.

설무검은 양궁표와 그 가족의 애원을 더 이상 뿌리칠 수 없음을 깨달았다.

그가 비록 공력을 잃은 몸이기는 하지만 머릿속에는 훌륭한 무공들의 구결을 여전히 지니고 있으니 양궁표를 가르치는 것은 별 무리가 없을 터이다.

"그래도 나는 자네를 제자로 거두지 않겠네."

설무검이 나직이 말하자 양궁표와 두 여자의 얼굴에 낙담하는 기색이 역력히 떠올랐다.

"꼭 사제지간이 되어야만 무공을 가르치는 것은 아닐세."

그 말에 양궁표와 두 여자는 다시 일말의 희망을 품었다. 설무검의 말 한마디에 일희일비하는 그들이었다.

"그, 그럼… 이렇게 하는 것은 어떻겠습니까?"

양궁표는 마른침을 삼킨 후 조심스럽게 말을 이었다.

"형님으로 모시겠습니다!"

삼십삼 세의 양궁표가 이십칠 세의 설무검을 형님으로 모시겠다는 것이다.

그러나 나이 많은 사람이 나이 적은 사람을 형으로 모시는 경우는 너무나 흔한 일이었다.

그런 결의형제를 맺는 것은 존경과 복종의 뜻이기 때문이다.

양궁표와 두 여자는 이 제안마저도 거절당할까 봐 조마조

마한 표정으로 설무검을 바라보았다.

아니, 이것은 제안이 아니라 애원이었다. 그녀들은 과연 양궁표가 설무검의 아우가 될 자격이 있는지 그것을 염려하고 있었다.

설무검은 그들이 애가 타는 것을 아는지 모르는지 쥐고 있던 술잔의 술을 천천히 다 마신 후에야 빈 잔을 탁자에 내려놓았다.

"내일부터 가르치겠네."

그의 조용한 목소리가 흘러나오자 양궁표와 두 여자의 얼굴에 더할 수 없는 기쁨이 가득 떠올랐다.

"형님! 소제의 절을 받으십시오!"

양궁표는 다시 설무검의 발아래 무릎을 꿇고 이마를 바닥에 대며 울먹이는 소리로 외쳤다.

양연화와 하정은 양궁표보다 더 기뻐하며 눈물을 흘렸다.

그녀들은 설무검이라는 사람에 대해서 잘 모른다. 그저 막연히 자신들과는 격이 다른 대단한 인물일 것이라고만 생각하고 있었다.

그리고 설무검이 양궁표와 단둘이 호리채에 쳐들어와서 그녀들을 구출하고 호리겸차의 목을 벤 이후, 설무검은 그녀들의 신(神)이 되었다.

第十章
토벌대(討伐隊)

북두신공(北斗神功).

설무검이 양궁표에게 전수한 심법 겸 신공이었다.

양궁표는 근골은 좋았으나 머리는 그저 평범했다.

그는 설무검이 구술(口述)로 전해주는 북두신공의 구결만을 외우는 데에만 꼬박 열흘, 깨우치는 데에는 자그마치 두 달이나 걸렸다.

만약 북두신공이 평범한 심법 구결이었다면 양궁표의 머리가 아무리 평범하다고 해도 구결을 깨우치는 데에 그리 오래 걸리지는 않았을 터이다.

어쨌든 양궁표는 두 달 열흘이 지나서야 최초의 운공조식이라는 것을 시작할 수가 있었다.

그러나 그는 모르고 있었다.

그가 예전에 어느 시골 마을의 소문파에서 '언젠가는 나도 배우고 말리라' 고 각오했던 그 심법과 북두신공은 땅과 하늘의 차이가 난다는 사실을.

설무검은 양궁표가 운공조식을 시작한 날 오후에 다시 한 가지 검법을 전수해 주었다.

초일검류(超逸劍流).

삼 초식 십이변으로 이루어진 검법이었다.

만약 양궁표가 북두신공을 바탕으로 공력을 쌓은 후 초일검류를 완벽하게 터득하게 된다면, 그는 자신이 소원하던 것보다 백배 이상 높은 목적을 이룰 수 있을 것이다.

물론 북두신공과 초일검류는 설무검의 성명절학이 아니다.

무공에는 문외한이나 다름이 없는 양궁표에게 설무검의 절세적인 성명절학을 가르치는 것은 무리였다.

그러나 설무검은 자신이 알고 있는 무공 중에서 두 번째로 강한 것을 그에게 전수했다.

장차 양궁표가 북두신공과 초일검류를 완성하는 날이 온다면, 그때 아낌없이 자신의 성명절학을 전수할 계획이었다.

그러나 양궁표가 북두신공과 초일검류 두 가지를 완성하는 것은 결코 쉽지 않을 터이다.

정식으로 운공조식을 시작하게 된 양궁표는 출동하지 않는 날은 늘 설무검과 한 몸처럼 붙어 다니면서 궁금한 것들을 이것저것 묻고 배웠다.

설무검이 운공을 하면 양궁표도 그 옆에서 운공을 했고, 설무검이 자신만의 장소로 가서 수련을 하면 그도 그곳에 따라가서 초일검류를 수련했다.

봄이 되자 흑풍채의 출동이 잦아졌다.

겨우내 꽁꽁 얼어붙은 동토 몽고고원을 무리하게 왕래하는 상단이나 행인들은 거의 없었다.

흑풍채는 가끔 무리해서 이삼백여 리나 멀리 떨어진 마을을 습격하기도 했지만 수확은 형편없었다.

한 달이 멀다 하고 산적들에게 약탈당하는 마을에 대체 무엇이 남아 있겠는가.

매년 그랬던 것처럼 봄이 되자 사정이 크게 달라졌다.

겨우내 원행(遠行)을 미루어왔던 많은 상단들이 줄지어서 연일 몽고고원을 가로질렀으며, 그들은 그 지역에 터를 잡고 있는 여러 산적들의 좋은 먹잇감이 되었다.

흑풍채는 전체 인원 백오십여 명을 모두 이끌고 출동을 나갔다가 닷새 만에 돌아왔다.

그러나 살아서 돌아온 인원은 팔십여 명에 불과했고, 약탈한 물건도 별반 신통치 않았다.

흑풍채가 닷새 만의 출정에서 돌아와 산채로 들어서자 입구에 모여서 지켜보며 자신들의 남편이나 오빠, 아들을 찾던 가족들 사이에서 통곡이 터져 나왔다.

돌아오지 않은 자들이 무려 칠십여 명에 달했다. 통곡은 돌아오지 않은 자들의 가족의 입에서 터져 나온 것이었다.

게다가 부상자도 사십여 명에 달했다. 팔다리를 잃고 내장을 줄줄 흘리면서 마상에서 겨우 버티고 있던 부상자들은 산채에 도착하자마자 줄줄이 땅으로 굴러 떨어졌다.

그 광경을 보고 또 가족들이 미친 듯이 울부짖으면서 달려들었다.

물론 양연화와 하정은 통곡도, 울부짖으며 달려나가지도 않았다.

부채주 양궁표는 살짝 베인 상처 하나 없이 멀쩡하게 돌아왔기 때문이다.

원래 그는 흑풍채 내에서 채주 다음가는 실력자였지만, 설무검에게 무공을 배우고 난 후에는 채주 정도는 십여 합 이내에 격패시킬 수 있을 정도의 실력을 지니게 되었다. 그런 그를 어느 뉘라서 죽이거나 부상을 입힐 수 있겠는가.

이번에 흑풍채는 출동하여 서북쪽으로 무려 삼백여 리나 멀리 나갔다.

임서현의 객잔에 매수해 둔 점소이로부터 대상단(大商團)

이 이동한다는 통보를 받았기 때문이다.

당도해 보니 과연 예상했던 대로 대상단은 어마어마한 규모였고, 또 굉장한 물건들을 지니고 있었다.

하지만 백여 명 규모의 제대로 훈련받은 호위무사들을 거느리고 있을 줄은 미처 예상하지 못했다. 점소이는 그런 사실은 통보해 주지 않았던 것이다.

거의 오합지졸이나 다름없는 흑풍채 산적들 백오십여 명과 대상단의 호위무사 백여 명의 싸움은 애초부터 상대가 되지 않았다.

만약 부채주 양궁표가 몰라보게 발전한 뛰어난 검술을 전력으로 발휘하여 고군분투하지 않았더라면, 아마 흑풍채는 전멸을 당했을 것이 분명했다.

그리고 산채의 더 많은 가족들이 남편과 아들, 아비를 잃고 오열했을 것이다.

양궁표는 채주가 무엇 때문에 설무검을 데려오라고 했는지 그 이유를 어느 정도는 짐작할 수 있을 것 같았다.

이번에 호위무사들과 싸우는 내내 채주는 양궁표의 몰라보게 발전한 검술에 놀라움을 금치 못했다.

돌아오는 길에 채주는 양궁표에게 그 이유를 캐물었고, 결국 양궁표는 사실대로 실토할 수밖에 없었다.

이윽고 설무검과 양궁표는 채주의 거처 입구에 놓인 계단을 올라갔다.

그때 양궁표가 계단 중간에서 잠시 걸음을 멈추고 설무검에게 진지하게 당부했다.

"형님, 채주가 뭐라고 하든 형님 뜻대로 하십시오."

양궁표는 산채에 도착하자마자 설무검에게 자신이 짐작한 채주의 의중에 대해서 설명해 주었었다.

설무검은 그저 가볍게 고개를 끄덕였다.

채주의 말에 양궁표는 어이가 없을 정도로 놀라고 말았다.

양궁표는 채주가 단지 설무검에게 검술을 가르쳐 달라고 요구할 줄 알았다.

그런데 방금 채주의 말은, 설무검에게 흑풍채의 무술 사범이 되어 산적들 모두에게 검술을 가르치라는 것이었다.

그뿐 아니라, 어이없게도 채주 자신에게는 특별히 개인 지도를 해달라는 것이다.

그것도 부탁이 아니라 거의 명령에 가까운 강요였다.

채주인 흑풍도부(黑風屠斧) 염탕(閻宕)은 커다란 호피의에 거만한 자세로 떡하니 앉아 있었고, 그 앞에 설무검과 양궁표가 나란히 섰으며, 두 사람 좌우에는 염탕의 심복 여섯 명이 흉흉한 기세로 버티고 서 있었다.

산적들에게는 하등의 별호 따위가 있을 리 만무하다. 다만 우두머리는 자신의 권위를 돋보이게 하기 위해서 그럴싸한

별호를 스스로 짓는 경우가 간혹 있다.

하지만 흑풍채주인 염탕의 흑풍도부라는 별호는 수하들이 지어준 별호였다.

사실 염탕의 싸움 실력과 잔인무도함은 인근 오백여 리 일대뿐만 아니라 상단이나 관군들에게도 널리 알려져 있었다.

그는 단신으로 십여 명의 관군을 모조리 쳐 죽일 수 있을 정도의 뛰어난 도끼 실력의 소유자였다.

염탕은 자신의 요구를 거리낌없이 내뱉어놓고는 재촉하지 않고 느긋하게 기다렸다.

제까짓 놈들이 고분고분해야지 별수 있겠느냐는 태도였다.

양궁표는 착잡하기 이를 데 없는 심정이었다. 자기 때문에 설무검이 곤란한 지경에 처한 것 같아서였다.

사실 염탕의 요구는 무리하기 짝이 없었다.

또한 설무검은 그의 요구를 들어줄 하등의 이유가 없었다.

만약 그의 요구를 들어준다면, 설무검은 하루 종일 염탕과 흑풍채 전 수하들에게 무술을 가르치느라 자신의 시간은 거의 갖지 못하게 될 것이다.

그러니 이것은 거절할 수밖에 없는 요구였다.

염탕은 안 그런 척하면서도 은연중에 설무검을 자세히 살펴보고 있었다. 설무검을 이처럼 가까이에서 보는 것은 처음이었다.

염탕이 본 설무검은 얼굴로 보나 표정, 체격으로 보나 한순간에 압도당할 만한 인물이었다.

더구나 그가 오른쪽 어깨에 메고 있는 칙칙한 검은 더욱 위압적이었다.

염탕은 철기방 철장에게 설무검이 이백삼십 근짜리 검과 이백 근짜리 철갑을 만들어갔다는 말을 이미 들었다.

염탕은 만약 저자가 발작을 일으킨다면 아무도 막을 수 없을 것이라는 생각이 문득 들었다.

그러나 설무검에게 진정한 사내다움이 있다면 염탕에겐 다른 것이 있었다.

비열함과 교활함이었다.

"만약 거절한다면, 이곳을 떠나야 할 것이다."

참을성있게 대답을 기다리던 염탕은 끝내 설무검과 양궁표가 입을 굳게 다물고 있자 이윽고 득의한 미소를 흘리면서 은근히 협박을 했다.

"그렇게 되면 부채주와 그의 가족들도 이곳 산채를 떠나야 되겠지?"

그렇게 덧붙이며 흐물흐물 웃는 염탕이었다.

"채주! 너무 지나치지 않습니까?"

분노한 양궁표가 버럭 노성을 터뜨렸다. 오른손에 힘이 잔뜩 들어간 그는 일전을 불사할 각오로 언제든 무기를 뽑을 태세를 갖추었다.

"내가 채주에게 대체 무엇을 잘못했다고 이런 무리한 요구를 하는 것입니까?"

염탕은 태연하게 고개를 끄덕였다.

"물론 부채주, 너는 큰 잘못을 했다."

양궁표는 염탕이 잔인할 뿐만 아니라 교활하기도 하다는 사실을 익히 알고 있었다.

"대체 내 잘못이 뭡니까?"

"우리 산채에는 무엇이든 모두 골고루 나누어 가져야 한다는 규칙이 있다는 사실을 너도 잘 알고 있겠지? 그런데 너는 혼자만 저 친구에게 무공을 배우고 있다. 너는 이것이 잘못이 아니라고 할 테냐?"

"그것은 억지요! 이분은 물건이 아니잖소?"

"억지가 아니다. 너는 무엇이든 공유해야 한다는 산채의 법칙을 위반했다."

이곳에서는 채주 염탕이 법이다. 억지도 그가 아니라고 하면 아닌 것이다.

양궁표는 분노 때문에 몸을 부들부들 떨었다.

"형님, 저따위 개자식의 요구 따위는 귀담아들으실 필요 없습니다!"

결국 그의 분노가 폭발했다. 흑풍채의 왕인 채주에게 '개자식'이라고 거침없이 퍼부어댔다.

지금의 그는 흑풍채에서 추방당하는 것을 조금도 두려워

하지 않았다.

설무검과 자신의 실력이라면 어디를 간들 지금보다는 낫지 않겠는가 하는 생각이었다.

아니, 이 기회에 차라리 이 더러운 곳을 떠났으면 좋겠다는 생각마저 들었다.

양궁표의 분노에도 설무검의 표정은 들어올 때나 지금이나 변함없이 무표정했다.

"그만 나가시죠, 형님!"

양궁표는 설무검의 팔을 잡고 공손히 문 쪽으로 이끌었다. 만약 채주나 심복들이 가로막는다면 모조리 죽여 버릴 생각이었다.

"흐흐! 네 처자식과 여동생 년을 죽일 생각이라면 마음대로 행동해도 좋다!"

막 문을 나가려던 설무검과 양궁표의 등 뒤에서 염탕의 득의한 웃음소리가 들려왔다.

이때만큼은 설무검도 가볍게 눈살을 찌푸렸다.

양궁표는 뒤돌아서서 당장이라도 염탕을 죽일 기세로 살기등등하게 외쳤다.

"이놈! 내 가족에게 무슨 짓을 한 것이냐?"

그런다고 염탕의 느물느물한 웃음이 사라지는 것은 아니었다.

"흐흐… 네 가족은 아무도 모르는 곳에 잘 모셔두었다. 그

러나 내 말 한마디면 너는 살아 있는 네 가족의 모습을 다시
는 볼 수 없을 것이다.”

차앙!

“이 개새끼! 죽여 버리겠다!”

양궁표가 끝내 분노를 참지 못하고 검을 뽑아 들었다.

그때 설무검이 그의 팔을 가볍게 잡았다.

비록 가볍게 잡은 것이지만 양궁표는 흡사 강철 문 틈새에
팔이 낀 것 같은 극심한 통증을 느꼈다.

설무검은 염탕을 보며 조용히 중얼거렸다.

“생각할 시간을 다오.”

“흐흐흐… 진작 그렇게 나와야지. 내일 아침까지 시간을
주마. 그러나 허튼수작은 부리지 않는 게 좋을 게다.”

조금이라도 서툰 짓을 하면 양궁표의 가족들을 죽여 버리
겠다는 경고였다.

집으로 돌아온 양궁표는 집과 근처를 샅샅이 뒤졌으나 끝
내 아내 하정과 아들, 여동생 양연화를 찾아내지 못했다.

“형님…….”

양궁표는 탁자 건너편에 앉아 있는 설무검을 착잡한 표정
으로 쳐다보았다.

“자네 가족이 어디에 갇혀 있을지 짐작 가는 곳이 있나?”

양궁표는 골똘히 생각하더니 고개를 끄덕였다.

"한 군데 짐작 가는 곳이 있기는 합니다. 염탕 놈의 거처 바로 아래에 있는 지하 감옥인데, 경호가 보통 삼엄한 것이 아닙니다."

설무검이 지시했다.

"지금부터 자네는 그곳에 가족들이 있는지를 알아보게. 확인되면 밤이 되기를 기다린 후 구하도록 하세."

양궁표의 얼굴에 기쁜 기색이 가득 떠올랐다.

"산채를 떠나는 것입니까?"

설무검은 대답 대신 가볍게 고개를 끄덕였다.

양궁표의 얼굴이 확 퍼졌다.

"알겠습니다."

양궁표가 확인한 결과 아내와 아들, 양연화는 염탕의 거처 지하 감옥에 갇혀 있는 것이 분명했다.

그러나 가족을 구출해서 산채를 떠난다는 두 사람의 계획은 실행에 옮겨지지 못했다.

설무검은 자정에 행동하기로 결정했다.

그리고 관군 토벌대가 불시에 흑풍채 산채를 급습한 것은 자정을 반 시진 정도 남겨둔 시간이었다.

차차차창!

"으아악!"

"크악!"

토벌대가 들이닥치자 고요에 잠겨 있던 산채는 순식간에 아수라장으로 돌변했다.

토벌대는 불과 삼십 명에 불과했지만 하나같이 강군정병(强軍精兵)이었다. 그들은 산채 도처에서 닥치는 대로 산적들을 주살했다.

그들 토벌대는 산적만을 전문적으로 토벌하기 위해 선발되고 양성된 관군이었다.

더구나 그들 삼십 명은 활과 도검, 두 가지 무기를 동시에 사용하고 있었다.

그런 경우는 드문 편인데, 아마도 직속상관이 산적 토벌을 위해서 특별히 훈련시킨 듯했다.

토벌대는 멀리 있는 산적들은 힘들이지 않고 활로 쏘아 죽였으며, 가까이에 있는 산적들은 도검을 휘둘러 낙엽을 쓸 듯이 무찔렀다.

흑풍채 산적들은 그야말로 속수무책 지리멸렬이었다.

매서운 가을바람에 속절없이 떨어져 흩날리는 추풍낙엽이 바로 이곳에서 벌어지고 있는 광경이었다.

급기야 토벌대가 습격을 감행한 지 채 일각도 지나지 않아서 흑풍채는 거의 괴멸지경에 처했으며, 간신히 목숨을 건진 산적들은 가족까지 버려둔 채 도망치기에 급급했다.

하지만 도망친다는 것도 불가능했다. 좁은 곡구에 버티고 선 세 명의 관군이 도주해 오는 산적들을 모조리 활을 쏘아

거꾸러뜨리고 있었다.

자정의 계획에 대비하여 방에서 마지막 세부적인 계획을 짜고 있던 설무검과 양궁표는 깜짝 놀라서 집 밖으로 달려나왔다.

그들이 제일 먼저 동시에 쳐다본 곳은 채주 염탕의 거처였다.

그곳의 지하 감옥에 양궁표의 가족들이 감금되어 있으니 반사적인 행동이었다.

그러나 곧 양궁표의 안색이 해쓱하게 변했다.

믿을 수 없게도 채주 염탕은 온몸이 꽁꽁 포박되어 자신의 거처 계단 아래에 무릎이 꿇려 있었다.

뿐만 아니라 염탕의 심복 절반 이상이 핏물 속에 나뒹군 채 죽어 있었고, 두 명은 제압되어 염탕의 옆에 무릎이 꿇려 있었다.

양궁표는 염탕 옆에 있는 한 필의 칠흑 같은 흑마 위에 오연히 앉아 있는 인물을 발견하는 순간 벼락을 맞은 것처럼 후드득 전신을 떨었다.

양궁표가 이날까지 살아오면서 설무검을 만나기 이전에 유일하게 진정한 사내라고 인정했던 관군의 젊은 무장.

바로 그였다.

무장은 변함이 없는 모습이었다. 삼 년 전 양궁표가 목격했을 때처럼 왼손에는 창을, 오른손에는 도를 움켜쥔 채 마상에 당당하게 앉아 있었다.

물론 양궁표는 지금은 그 무장보다 설무검을 더 진정한 사내라고 생각하고 있었다.

"가자."

양궁표가 놀라고 있을 때 설무검이 나직이 외치는 것과 동시에 염탕의 거처를 향해 전력으로 달려갔다.

양궁표도 앞뒤 생각할 겨를도 없이 이를 악물고 설무검을 뒤따랐다.

무슨 일이 있어도 가족을 구해야만 한다. 가족을 잃으면 그는 미쳐 버릴지도 모른다.

설무검은 꼼수를 쓰기보다는 정면 돌파를 택했다.

관군 한 명이 설무검과 양궁표를 발견하고는 곧장 마주쳐 달려왔다. 아마도 그는 설무검과 양궁표를 보통 산적들이라고 판단한 것 같았다.

창창창!

과연 토벌대는 강했다.

많이 강해졌다고 자부하고 있는 양궁표와 순식간에 오륙 합을 나누었는 데도 조금도 밀리는 기색이 없었다.

그 광경을 보고 다른 한 명의 관군이 재빨리 응원을 왔다.

설무검은 그자를 발견하자마자 곧장 짓쳐들어 가며 거칠 것없이 천지검을 그어댔다.

후오오!

퍽!

흡사 귀곡성 같은 검명이 울리면서 관군의 머리가 세로로 쪼개졌다.

관군이 수중의 도를 들어 막기는 했지만, 천지검 앞에서는 한낱 수수깡을 들고 막는 것이나 다름이 없었다. 천지검은 관군의 도와 머리통을 동시에 쪼개 버린 것이다.

그때 양궁표도 어렵사리 관군의 가슴팍에 깊숙이 검을 찔러 넣고 있었다.

설무검과 양궁표가 다시 십여 걸음을 달려갔을 때 이번에는 세 명의 관군이 앞을 가로막으며 맹공을 퍼부었다.

쉬이익! 째액! 쌕!

양궁표에게 한 명, 설무검에게 두 명의 관군이 어지럽게 도검을 휘두르며 급소를 베고 찔러왔다.

설무검은 아직까지 양팔을 훈련하고 있을 뿐 검술을 수련하지는 않은 상태였다.

그는 급한 대로 초일검류를 전개했다.

아직 완전히 자유자재로 왼팔을 훈련하지 못한 그의 천지검에서 발휘되는 위력은 형편없었다.

빠르지 못하기 때문에 초일검류가 지니고 있는 원래의 변화를 마음먹은 대로 구사할 수가 없었다.

그러나 관군 정도는 상대하고도 남음이 있었다.

쿠오오!

뻐걱!

퍽!

"끄악!"

"우왁!"

천지검이 몇 차례 휘둘러지는가 싶더니 두 명의 관군을 각각 어깨와 허리를 두 동강 내버렸다.

동강난 관군의 몸뚱이는 쓰러진 다음에 몇 차례 퍼덕이다가 잠잠해졌다.

설무검이 다시 염탕의 거처를 향해 전력으로 달려갈 때 양궁표도 자신이 상대하던 관군의 목에 검을 찔러 넣고 서둘러 뒤따랐다.

토벌대 지휘자인 흑마 위의 무장이 저돌적으로 달려오고 있는 설무검을 쳐다보았다.

설무검을 주시하는 그의 두 눈이 가볍게 이채를 발했다.

그는 저처럼 강한 인상의 사내를 한 번도 본 적이 없었다.

그때 관군 다섯 명이 설무검과 양궁표의 앞을 막아섰다.

그러나 설무검은 달리는 것을 멈추지 않고 다가드는 관군들을 향해 수중의 천지검을 휘둘렀다.

우우웅—

콰차창!

"커흑!"

"흐악!"

거칠 것이 없었다. 굳이 검초식을 사용할 필요도 없었다.

검으로 막으면 검을 쪼개고, 도로 막으면 도를 부수면서 천지검은 관군들의 몸을 잘랐다.

흑마 위에 오연히 앉아서 지켜보던 무장의 얼굴에 약간 놀라움이 떠올랐다.

'저자! 평범한 인물이 아니다!'

어떻게 뭐라고 설명할 순 없지만, 무장은 설무검이 상처를 입어 제대로 움직이지 못하는 맹호(猛虎)라고 느꼈다.

무장의 얼굴에 의아함이 설핏 떠올랐다.

'어떻게 맹호가 이런 들개 무리 속에……'

설무검이 검을 휘두르는 동작은 어딘지 어색했다. 그러나 맹장(猛將)은 영웅을 알아본다. 그 어색함의 근본에는 완벽함이 깔려 있었다.

그러는 사이에 설무검이 관군 네 명을, 양궁표가 한 명을 죽여 버렸다.

그러자 이번에는 십여 명의 관군이 벌 떼처럼 설무검과 양궁표를 향해 달려들었다.

무장은 더 이상 방관할 수가 없다고 판단했다. 이러다가는 수하들을 몰살시키게 될 것이다.

설무검과 양궁표를 향해 달려들던 관군들이 움직임을 멈추고 오히려 뒤로 물러섰다.

흑마 위의 무장이 달려오고 있는 설무검을 향해 활을 겨누고 있는 것을 발견했기 때문이다.

얼핏 보기에도 보통의 활보다 절반 이상 클 뿐만 아니라 화살까지 굵고 긴 강궁(强弓)이었다.

그 광경을 발견한 설무검의 몸이 멈칫했다.

타앙!

허공을 진동하는 격타음과 함께 화살이 사출됐다.

그 순간 설무검도 전력으로 몇 걸음 질주하다가 마상의 무장을 향해 번쩍 신형을 날렸다.

거리는 이 장 남짓.

땅!

설무검은 쏘아오는 화살을 오른팔로 튕겨냈다. 이 순간 오른팔의 철갑은 방패 역할을 해주었다.

직후 그는 무장을 향해 비스듬히 쏘아가며 전력을 다해 천지검을 휘둘러 갔다.

후우웅!

설무검은 얼핏 무장의 얼굴에 한줄기 놀라움이 스쳐 가는 것을 보았다.

그리고 다음 순간 무장의 입가에 차가운 미소가 떠오르는 것도 발견했다.

설무검이 휘둘러 가는 천지검에는 천 근 이상의 무게가 실려 있었다.

더구나 바람처럼 빨랐다.

무장의 부릅뜬 두 눈은 자신을 향해 그어져 오는 천지검을 똑바로 주시하고 있었다.

그는 마상에 앉아 있는 자세에서 번쩍 몸을 날렸다.

착!

천지검이 무장이 타고 있던 흑마의 허리를 비스듬히 두 동 강 내버렸다.

흑마는 비명조차 지르지 못하고 그 자리에 무너졌다.

설무검은 땅에 내려서자마자 무장을 향해 쏘아갔다.

무장은 창을 쥔 채 우뚝 서서 설무검을 기다렸다.

후우웅!

천지검이 무장의 상체를 향해 비스듬히 그어왔다.

무장은 천지검이 보통의 검이 아니라는 사실을 이미 간파 하고 있었으므로 섣불리 창으로 막으려 들지 않았다.

우웅! 웅!

작은 동작으로는 천지검을 피할 수가 없었다. 무장은 이리 저리 걸음을 옮기며 피했지만, 기다렸다는 듯이 다음 공격이 휘몰아쳐 왔다.

설무검은 숨 쉴 틈을 주지 않고 소나기처럼 공격을 퍼부었 다.

무장은 피하면서도 감탄을 금치 못했다.

'이자는 맹호가 아니라 맹룡(猛龍)이다!'

그는 계속 뒷걸음질치면서 피했다. 도저히 공격할 기회를 잡을 수가 없었다.

위기감이 느껴졌다. 이러다가는 자신이 당할 수도 있다는 생각마저 들었다.

수많은 전장을 돌면서 혁혁한 전공을 세운 그였지만, 단 한 번도 이런 위기감은 느껴본 적이 없었다.

결국 그는 뒷걸음만 치다가는 당하고 말 것이며, 위기를 기회로 전환시켜야만 한다는 결론을 내렸다.

그런데 뒤로 물러서며 피하던 무장의 뒤꿈치가 돌부리에 걸려 일순 비틀거렸다.

후오오!

그런 기회를 놓칠 설무검이 아니었다. 기다렸다는 듯이 천지검이 무장의 정수리를 쪼개어왔다.

위력적이고 빠른 공격. 도저히 피할 수 없을 것 같았다.

하지만 무장의 냉철한 판단력은 이미 한 가지 방법을 생각해냈다.

천지검이 무장의 머리를 세로로 쪼개기 직전, 그는 번개같이 옆으로 몸을 날리면서 천지검을 피하는 것과 동시에 수중의 창을 설무검을 향해 힘껏 던졌다.

푹!

다음 순간 설무검은 왼쪽 가슴 윗부분이 불에 달군 인두로 지지는 것처럼 화끈한 느낌을 받았다.

투우.

피범벅이 된 뾰족한 창끝이 설무검의 등을 뚫고 나왔다.

"끄으으……."

설무검의 악다문 이빨 사이로 묵직한 신음이 새어 나왔다.

그는 부릅뜬 눈으로 짧은 수염을 기른 무장의 얼굴을 쏘아보다가 땅 위로 나뒹굴었다.

"형님―!"

양궁표의 처절한 외침이 아스라이 들려오는 중에 그의 의식이 점차 꺼져 갔다.

『독보군림』 2권에 계속…